光文社文庫

世界が赫《あか》に染まる日に

櫛木理宇

光　文　社

目次

序章

男が走っていた。

体格や服装からして若い男だ。黒っぽいシャツに、色の落ちたジーンズ。踵《かかと》を履きつぶした、よれよれのスニーカー。

まずは背中のアップから入り、次に全身が映しだされる。

画質は粗《あら》かった。素人《しろうと》が咄嗟《とっさ》に撮った映像だからだろう、手ぶれもひどい。ファインダーから男がはずれたかと思うと空が映り、かと思えば撮影者の足もとが映る。長時間観ていたなら酔ってしまいそうだ。

男は、逃げまどう人びとを追って走っていた。短い悲鳴が起こる。マイクに入る荒い息づかいは、撮影者のものだろうか。

男が足を止めた。

買い物袋をさげた女が、男の眼前で棒立ちになっていた。

腹がせりあがっている。妊婦だ。臨月の、いまにも生まれそうな腹だった。己が男の目にとまったことを、妊婦は悟った。本能的にか、両手で腹を抱えてうずくまる。悲鳴はなかった。

男が右手を一閃《いっせん》させた。

妊婦は亀のようにまるく縮こまり、動かなかった。男の手が二度、三度と動く。そこでようやく、男が刃物を持っていると視聴者にも伝わった。男はうずくまった妊婦の背に、刃渡り二十センチ近い出刃を振るっているのだった。

刃が、妊婦の首すじをかすめた。

妊婦はやはり動かなかった。

だが数秒おいて、彼女の体がゆっくりと傾《かし》いでいった。ごろり、とアスファルトに力なく横たわる。四肢から力が抜けているのがわかった。

男は足を伸ばし、転がった妊婦の体を爪さきでつついた。反応はない。

今度は腕をかるく蹴った。やはり彼女は微動だにしない。首すじから黒く粘っこい液体がとろとろと流れ落ち、アスファルトに染みを広げていく。

男の足が大きく動いた。右足で、思いきり男は妊婦の腹を蹴った。

渾身《こんしん》の蹴りに見えた。妊婦の体が一瞬大きく跳ねる。だがそれは純粋に物理的な動きでしかなかった。彼女は目を見ひらいたまま、仰向《あおむ》けに転がった。

カメラが死体からそれた。

逃げまどう人びとに焦点が当たる。

ふたたび血溜まりが映り、そして唐突にぶつりと切れる。

二日前に某県の歩行者天国で起こった、通り魔殺人事件の映像であった。

通りかかった一般人がスマートフォンでムービー撮影したものだ。動画サイトにアップされるやいなや、半日で一千万近い再生回数を叩きだしたという。

多くのワイドショウが、この映像を使用して事件を報道した。しかし九割方の番組は男が走っている背中と、妊婦に向かいあった構図のみを使った。

犯人が死体の腹部を蹴ったシーンは、とくに忌避された。あまりに刺激の強い画であり、流せばクレームは必至であった。

いま緒方櫂《おがたかい》がいる定食屋のテレビで流れているのも、カット済みの映像だ。しかし彼の手もとのスマートフォンでは、ノーカットの動画が流れている。

アスファルトに流れる血を眺めながら、櫂は焼き魚の身を箸《はし》でむしり、浅漬けをつまみ、かきこんだ白飯を味噌汁で流しこんだ。

客たちは皆テレビに目を向けていた。あちこちのテーブルから、

「おれこれ、ネットで観たわ」

「えぐいよなー」

「そうか？　音がないから、なんかちゃちいじゃん」

と笑い混じりの声が聞こえてくる。

テレビの画面では、スタジオに並んだコメンテータがひとりずつ紹介を受けているところだった。少年犯罪に一家言持つという触れ込みの、自称専門家の面々だ。

眉を寄せ〝沈鬱《ちんうつ》な表情〟をつくった女性アナウンサーが口をひらく。

「えー、犯人の少年はまだ十八歳。両親と妹との四人暮らしで、なに不自由なく育ったそうです。ですが中学でいじめを受けて以来、自室にひきこもる日々でした。犯行の動機は『誰でもよかった。人を殺してみたかった』と――」

奥のテーブルから高い舌打ちが湧いた。

「なあにが『誰でもよかった』だ、ふざけんな」

昼休みのサラリーマンらしき、スーツ姿の一団だった。

「誰でもいいなら、てめえを殺せよクソガキ。イカくせえ部屋でおとなしく首吊っとけ。家から出てくんじゃねえ」

「結局、親が甘やかしすぎなんだよ、こういうのは」

「寺にでも放りこんで修行させりゃいいんだよな。もしくは何とかヨットスクール」

「でもあれ、入れるまでにすげえ金かかるらしいぞ」

「そりゃそうだろ。こんな、いつ刺してくるかわからんようなやつらだぜ。預かるほうはリスクが高いよ。高い金もらわなきゃ割に合わん」

「昔はえらい叩かれたらしいけど、必要悪ってやつかもなあ」

櫂は箸を置き、立ちあがった。

食券制度なので精算は無用だ。厨房の女に口のかたちで「ごちそうさま」と告げ、引き戸を開けて外へ出た。

途端、ぎらつく陽光に目を射られた。

透明感のないべた塗りの青空を背景に、灰いろの街並みが広がっている。排気ガスが臭《にお》った。乾燥した大気が埃《ほこり》くさい。

櫂はゆっくりと歩きだした。

行き先は病院だった。目と鼻の先の、市民病院だ。

「誰でもいいなら、てめえを殺せよクソガキ——、か」

口の中でつぶやいた。

そして思いだす。十一年前の、あの夏のことを。

病棟で幾度となく嗅いだ消毒薬の匂い。真夜中に見た青信号の、透明な青さ。

当時、櫂は中学三年生だった。いまも細部まであざやかに覚えている。あの頃感じた、濃密な夜闇。コンビニエンスストアの殺虫灯がたてる鋭い音。夜空を背景にフラッシュバックする血と反吐《へど》の匂い。

クラスメイトの、高橋文稀《たかはしふみき》。眼鏡の奥でひたと据えられ、動くことのない彼の視線。

あの夜、文稀は確かに言った。

――誰だっていいさ。どうせぼくはもうすぐ死ぬ。他人のことまで深く考えてられないよ。

――自分が死んだあとのことなんて、地球が滅びようが関係ない。

櫂はふっと吐息をついた。

街は人工的にお行儀よく整い、道路にはゴミひとつなかった。闊歩《かっぽ》する人びとは、造りもののように小ぎれいで無臭だった。

クラクションの音が、白茶けた空気をわずかに切り裂いた。

第一章

1

緒方櫂は、夜道を走るのが好きだ。

とくに街灯のすくない道を走るのが好きだ。よく見知ったはずの道が、暗くなるだけでいつもとは違った顔を見せる。建物はただの黒い影となって左右にそびえ立ち、昼間は覚えない圧迫感を彼に与えてくる。

夜闇に浮かびあがった青信号の色が、とりわけ好きだ。あたりが暗ければ暗いほど、信号の緑は映える。やや青みがかって透きとおったエメラルドグリーンは、亡き祖母が着けていた帯どめの翡翠《ひすい》よりきれいだと思う。

この田舎町では、夜に出歩く者はほとんどいない。たまに酔っぱらいがふらふら歩いているが、きっと彼らは信号の色なんて見やしない。

この時間帯にだけ、おれだけが見られる美しさだ――。そう考えると、さらに価値が増す気がした。

燿はつい先月、十五歳になったばかりだった。

アスファルトを蹴るスニーカーは、誕生日プレゼントとして買ってもらった新品である。彼が踵をあげるたび、真っ赤なナイキのマークがリズミカルに躍る。

新しいグローブをねだっておかなくてよかった、と彼は思う。

なぜって、野球部は半月前に辞めてしまったからだ。監督の勧めで休部という建前になっているものの、戻る気はなかった。

チームプレイなんて二度とできない――いや、できる気がしない。

それでも夜のランニングは日課だった。

走ること、体を動かすことが単純に好きだからだ。

走る。雨あがりのなまぬるい空気をかきわけるようにして、燿は走る。手足の筋肉が、張りつめては弛緩《しかん》する。噴き出す汗が心地いい。

人間の肉体のピークは十七歳だ、とテレビで評論家が語るのを聞いたことがある。その言を信じるならば、燿の肉体はいままさに発展途上で、日に日にピークへ近づきつつあるはずだった。

なのに、ふいに叫びだしたくなる。櫂は衝動をぐっとこらえた。

　走るのは好きだ。でもいまこうして走っているのは、好きだからだけじゃない。

家でじっとしていると、下腹のあたりでとぐろを巻いている激情に耐えられなくなるせいだった。

そのとぐろは三週間前に、彼の体内に居座った。消えてくれる気配はいまだない。腹の中で大きくなるばかりだ。そのうち皮膚を突きやぶって、培養された化けものが飛びだしてくるかもしれないとさえ思う。

遠くから、乾いた破裂音が聞こえた。

車のバックファイアだろう。それとも公園で、馬鹿が爆竹遊びでもやっているのか。

耀はまっすぐ走るはずだった進路を変え、すぐ先の角を右折した。

ほんの気まぐれだった。

どうせ野球部は辞めた。朝練もない。もしほんとうに爆竹遊びをしているやつがいるなら、交ぜてもらおう。そう思った。

火が見たかった。夜闇に爆《は》ぜる火花のオレンジと、爆発音を感じたかった。つかのまの爽快感が欲しかった。

泉第二公園は、住宅街の真ん中にあるさびれた公園である。

さびれているのは、保護者たちから苦情の入った遊具をひとつずつ撤去していった結果だ。回旋塔や箱形ブランコがあったはずの場所は更地になった。回転ジャングルジムはまわらないよう固定され、すべり台はごく低いものに交換された。

いまある遊具は、地べたにくっつきそうな丸太橋と、幼児しか楽しめない低いすべり台。ブランコにいたっては鎖も座板もはずされ、鉄枠が残っているだけだ。回転ジャングルジムにはブルーシートがかぶせられ、動かせないよう紐《ひも》で括《くく》られている。

入り口の立て看板には『野球、サッカーなどボール遊び禁止、犬の散歩禁止、ダンス禁止、騒音禁止、スケボー禁止、自転車の進入禁止。うるさくするのはやめましょう。人の迷惑にならないよう、気をつけて遊びましょう』とこまかい字でびっしり書かれていた。

櫂は鉄柵をまたぎ、公園に入った。

残念ながら爆竹遊びの悪ガキはいないようだ。いちめん、しんと静まりかえっている。

だが街灯が照らしだした一角に、人影が立っているのが見えた。

櫂は目をすがめた。

少年だ。

自分と同じくらいの歳に見える。背はひょろりと高いが、痩せっぽちだ。腕も脚も、櫂の半分ほどしかなさそうだった。

櫂は少年に近づいていった。

すこしずつ輪郭があらわになる。横顔が見えた。ぶ厚い眼鏡《めがね》をかけている。やけに長い前髪で、顔のほとんどが隠れている。

櫂は眉根を寄せた。

少年は櫂に気づいていないようだ。しかたなく、櫂のほうから声をかけた。

「――よう、タカハシ」

少年の肩がぴくりと跳ねた。

ゆっくりと振りかえる。

「緒方くん」

同じ三年C組の、高橋文稀であった。

「おまえ、夜歩きなんかするのか。ちょっと意外だな」

「そうかな」

「なにしてんだ、こんなとこで」

「べつに」

いなすように言い、顔をそむける。その仕草に、ちりっと櫂の神経が波立った。

——なんだこいつ。

いくら親しくないとはいえ、クラスメイトが話しかけてんのにそんな態度ってありかよ。愛想なしにもほどがあるだろ。

「なんだよ、『べつに』って。訊かれたら、せめて最低限の返事くらいしろ」

われながら尖《とが》った声が出た。

緩慢に文稀の首が動く。ふたたび顔が櫂のほうを向く。体格は段違いとはいえ、目線は櫂とほんの数センチしか変わらない。

文稀は抑揚のない声で、

「ただの予行演習……いや、そこまでいかないな。まだ、脳内シミュレーションの段階だから」

と言った。

「は?」

櫂は目をまるくした。やべえこいつ、会話になってねえぞ、と心中でつぶやく。しかし櫂の反応には頓着せず、文稀は親指で背後の木を示した。

「もしぶらさがるなら、やっぱりあの枝ぶりがいいかと思って見てたんだ」

やはり要領を得ない返答だ。

櫂は遠慮なく舌打ちした。

「ぶらさがるってなんだよ。わけわかんねぇ」

このところ櫂はひどく短気になった。自覚はある。だが抑えられなかった。長い野球生活でつちかったはずのポーカーフェイスと自制心が、あえなく吹き飛びつつあった。

文稀が静かに言葉を継ぐ。

「昔さ、あの木でホームレスのおじさんが〝吊って〟死んだんだよ。どうせなら実績がある木のほうがいいだろう？　途中で枝が折れたりしたら、厄介じゃないか」

ふたたび櫂は舌打ちした。

「公園で首吊るなんて、はた迷惑なホームレスだな。もっと人目につかないとこでやりゃあいいのに。なんなら富士の樹海《じゅかい》だってある」

「そこまで行く電車賃がなかったんだろ」

文稀はこともなげに言った。その声音《こわね》に、思わず櫂は級友の横顔をうかがった。だが文稀の頬に笑いはない。どうやら冗談を言ったわけではなさそうだ。

彼は櫂から視線をはずしたまま、

「おじさんはホームレスだけど、犬を飼ってた。皮膚病だらけの老いぼれ犬だ。その犬に、塾帰りの中学生が面白半分に火をつけてさ。戻ってきたおじさんは慌てて火を消したけど、手遅れだった。犬は苦しんで、苦しんで、翌日死んだよ。で、おじさんは翌々日に、そこの木で首を吊ったんだ」

「よく知ってんな」

「その犬に、たまに餌をやってたからね。もちろん遠くから投げるだけで、撫《な》でたりはしなかったけど。皮膚病が伝染《うつ》ったらいやだしさ」

櫂は目の前の木を見あげた。

丈の高い、がっしりとした木だった。枝も幹も、いかにも硬くて頑丈そうだ。人ひとり吊りさがったところで、きっとびくともしないだろう。

枝に茂った葉が揺れてざわめき、闇の中で不気味なシルエットをかたちづくっている。

「樫《かし》の木かな」

「たぶんね。秋になると、まわりに団栗《どんぐり》が落ちてるし」

ふたりの足もとを、なまぬるい風が吹き抜けた。

櫂はぽつりと低く問うた。

「おまえ、自殺すんの？」

「うん」

あっさりと文稀がうなずく。

「その予定」

「ああ、そう」

耀も平静な声で応じた。

なぜか、驚きはなかった。生白い文稀の横顔を見ながら、耀はぼんやりと記憶を掘り起こした。

——ああそうだ、三年になってすぐの、ロングホームルームだ。

文稀はおとなしくて目立たない生徒だ。しかしその日の彼は、耀の心に強い印象を残した。

——驚きがないのは、そのせいかもしれない。

胸中でひとりごち、耀は思いだす。

あの日のホームルームの議題は、『なぜ人を殺してはいけないか』であった。どこぞの中学生が表通りで刃物を振りまわし、数人を殺傷した事件の直後だった。

「人を殺したら、どんな気分がするか知りたかった」

「逮捕されたいまも、なにがいけないのかわからない」

犯人の中学生は、悪びれずにそう供述したという。

ワイドショウは連日その事件一色で、「少年の心の闇」だの、「暴走する十代」だのと陳腐な見出しを躍らせていた。

担任の教師は片手で朝刊を掲げ、教卓から身をのりだして言った。

「さあ、この事件を受けてみんなで考えてみようじゃないか。おまえら、なんで人を殺しちゃいけないんだと思う？　自分なりの答えを言ってみろ」

右端の席から、クラスメイトが順に指名されていった、彼らは口ぐちに答えた。

「法律で決まっているから」

「知り合いや家族が殺されると悲しいから」

「命は一番大事なものだから」

「いったん死ぬと、もう生きかえれないから」

はたまた、

「わかりません」

――と。

十何番目かに指名された文稀は、答えた。

「殺人が禁じられてきたのは、社会規律の維持のためです。誰もがいつ殺し殺されるかわからない無秩序な社会では、為政者および指導者が困る。人民を統治し、また統治されるために必要不可欠なファクターのひとつが規律です。この根本をすり変えて、道徳の問題としてのみ語らせるから、議論の焦点がぼやけるんじゃないでしょうか」

対する櫂は、こう答えた。

「覚悟の問題です。人を殺す権利を手にするってことは、自分が殺されても文句を言わない義務も同時に背負うってことでしょう。殺されてもかまわないってやつだけが、殺せるんだ。問題は、その覚悟があるかどうかです」

答えを聞いた担任は、高橋文稀に「まったく、いつも理屈っぽいやつだ」とうんざりした目を向けた。そして櫂には「まさかおまえがそんなことを言うとは」と意外そうな視線をくれた。

クラスメイトのほとんどは無反応だった。彼らふたりが突然に異国語でもしゃべりだしたかのように、終始きょとんとしていた。

——そういやおれの高橋へのイメージって、あのホームルームで止まってるんだな。

いまさらながら、櫂はそう気づいた。

だが当然だ。高橋文稀とはろくに口をきいたことがない。

名簿で近いわけでもなく、どの授業でも同じ班ではない。唯一クラス全員で交ざりあう体育でも、いつも文稀は見学だった。イメージを上書きできるほどの接触が、彼らふたりの間には一度としてなかった。

耀はふっと吐息をつくと、きびすを返した。

「タカハシ、おれもう行くぜ」

「うん」

振りむきもせず、文稀が声だけで返事をする。

「じゃあな」

耀は走りだした。公園の鉄柵を、ハードルのように軽がると飛びこえる。着地と同時に、地を蹴って駆ける。

――おまえ、自殺すんの？

――うん。その予定。

たったいま交わした会話を反芻《はんすう》する。

しかし、やはりなんの感情も湧いてこなかった。

ここ一箇月で矢継ぎ早に起こった出来事のせいだろう。耀は思った。世の中にはどんな無残なことも起こり得るのだと、この短期間で否も応もなく学ばされてしまった。

「否も応もなく……か」

駆けながら、口の中でつぶやく。

言葉は、ひどく苦い味がした。

2

「カイ、英語の教科書貸してくれよ」

そう頭上から声が降ってきたとき、緒方櫂は自分の机に突っ伏していた。

二時限目と三時限目の間の、休憩時間だ。櫂はのろのろと顔をあげた。

声の主が誰かはすでにわかっていた。B組の佐野亮介《さのりょうすけ》だ。同じ野球部で、長い時間をともに過ごしてきた盟友でもある。

「なんだよ亮介、また忘れものか」

「バッグに入れたつもりだったんだけどさ、いま見たら入ってなかったんだ」

「しょうがねえな、ほらこれ」

「サンキュ」

「落書きすんなよ」

決まりきった型どおりの台詞《せりふ》を、淡々と交わす。

亮介が去るのを見届けて、櫂はふたたび机に顔を伏せた。

わかっていた。亮介は教科書を忘れてなどいない。おれの様子をうかがいに来ただけだ。亮介とは長い付き合いである。小学生の頃から同じ野球部で、ずっとレギュラー争いをしてきた仲だった。

監督から燿の休部を発表してもらったのは、先週だ。それ以来、亮介は彼のいるC組にやたらと顔を出すようになった。そしてそのたび、目で彼に訴えてくるのだ。

——野球、やめねえよな?

——また戻ってくるよな。高校で、一緒に甲子園めざすよな?

と。

燿は彼の視線に気づかぬふりをしつづけた。

気まずさは、ないではない。だがこれからもそうするつもりだった。亮介に応えられる熱量は、もはや燿の中にはなかった。あるのはただ、胃の底でくすぶる怒りだけだった。

「ねえ、緒方くーん」

かん高い声がした。

首をもたげ、目だけを向ける。小柄な女子生徒が、戸口の前で手まねきしていた。

「あたしたち今日、日直だよ。地理のスライド運ぶの手伝って」

「お、悪《わ》りぃ」

さすがにこれは無視できない。櫂は立ちあがり、女子生徒と肩を並べた。

廊下を歩きながら、女子がにっと笑う。

「あたし、緒方くんと日直でラッキー。でっかいから、心置きなくなんでも持ってもらえるもんね」

「なんでもって言うなよ」

櫂は苦笑した。

だが彼女の言うとおり、櫂はどの男子生徒と比べてもひとまわり体躯《たいく》が大きい。サッカー部やバスケ部とは違って、野球部には野球部独特の肉の付きかたがある。一見鈍重にも映る体型は、下半身の安定のため大臀筋《だいでんきん》と大腿筋《だいたい》とを重点的に鍛えるせいだ。栄養もカロリーも必要量の倍以上摂《と》り、意図的に体重を増やしていく。

そのおかげか中学三年生にして、櫂はすでに成人男性をしのぐほどの体格をしていた。背はすでに百八十センチ近いし、全身にみっしりと厚みのある筋肉が付いている。ボディビルダーのような「見せるため」の体ではない、きわめて実用的な「活動するため」の筋肉だった。

――でもその体も、いまや用無しだけどな。

そうひそかに自嘲したとき、ちょうど社会科準備室に着いた。女子生徒が、いちはやくプロジェクタを指さす。

「緒方くん、こっち持って」

「はいはい」

「頑張ってくれたら、バレンタインにチョコあげるからさ」

と言いながら、彼女自身は巻緒《まきお》でくくられたスクリーンを持ちあげる。

耀はその手からスクリーンも取りあげると、

「バレンタインって、何箇月先の話だよ。どうせその頃には『忘れた』とか言って、しらばっくれる気なんだろ」

「よくわかってんじゃん」

声をあげて女子生徒は笑った。耀は表情筋でだけ、薄く笑いかえした。

地理の授業は退屈だった。

「いいか、アジア・オセアニアのこのへんは、受験に必ず出てくるからな。とくに産業と輸出入、貿易額についてチェックしとけ。一番よく出る問題としては、石油と液化天然ガスと鉄鉱石。それから水の輸出が……」

教師の声を聞き流し、耀は目線だけで教室を見まわした。

背が高い彼は、自然といつも後ろの席にまわされる。この場所からは、教室の全容がいつでもよく見わたせた。

クラスメイトの黒い頭が整然と並んでいる。私語をする生徒はいない。こっそり内職にいそしんでいる者はいれど、静かなものだ。いたってお行儀がいい。

燿たちの通う秋葉西《あきばにし》中学校は、県内の市立中学としてはそこそこレベルが高いとされていた。教育レベルだけではなく、治安や規律の面においてもである。

秋葉西中には、いわゆる学級崩壊を起こしているクラスはひとつもない。校内暴力や体罰とも無縁だった。十年ほど前にはサッカー部内の過剰なしごきが問題になったそうだが、コーチが替わって以降それもなくなった。教師の質もよく、問題らしい問題はここ数年起こっていない。

燿の視線が、ふと一点で止まった。

高橋文稀だ。

背は高いが目の悪い文稀は、たいてい黒板前の席をあてがわれる。時おり眼鏡を指で押しあげながらスクリーンに見入る彼は、常と変わりない様子に見えた。

——変なやつだ。

いまさらながら、燿はそう思った。

——もしうちの学校じゃなかったら、あいつ、いじめられてたかもしれないな。

治安のいいこの秋葉西中に、目立ったいじめはない。金を脅しとられただの殴られただのいう話も聞かない。

だがいじめられていないにしろ、高橋文稀が〝浮いている生徒〟なのは確かだった。友達はひとりもいないようだし、積極的に話しかける生徒もいない。

空気のように、いつも文稀は無視されていた。

成績は上位のはずだ。容姿は客観的に見て中の上レベル。不潔でも乱暴でもなく、話しかければ的を射た答えを返してくる。立ち居ふるまいに、おかしなところがあるわけでもない。

だが彼には、どこか他人を拒絶している雰囲気があった。そしてその拒絶を超えてでも、仲良くなりたいと思わせる魅力もなかった。

他組の亮介にいたっては、

「おまえのクラスの高橋って、口きけんの？」

と真顔で訊いてきたことさえある。

――でもおれも、人のこた言えねえよな。

櫂自身、いまのいままで高橋文稀に注目した例《ため》しはなかった。気にも留めてこなかった、というのが正直なところだ。

例のロングホームルームのときは「へえ」と思った。だがそれだけだった。一目置いたわけでもなかった。

耀もほかのクラスメイトたちと同じだ。文稀を無意識に〝いないもの〟として扱ってきた。そこに悪意はない。ないだけに、言いわけのきかない残酷さがあった。

教師がスクリーンを何度も指し棒で叩く。

「マレーシア関連もよく受験に出るぞ。えー、華人資本はマレーシアの中で大きな位置を占めるが、それでも彼らの立場はけっして強いもんじゃない。いいか、このところをちゃんと押さえた上で……」

耀は頬杖をつき、ゆっくりと教科書をめくった。

TSUTAYAとコンビニに寄って帰宅すると、三和土《たたき》には両親の靴がすでに揃っていた。

まっすぐ帰れば、耀が一番早く家に着くはずだ。だが部活を辞めてからも、寄り道してから帰宅するのがなんとなくの習慣となっていた。

「おう、おかえり」

「ただいま」

父の声に、低く応える。

キッチンから出汁《だし》のいい匂いが漂ってきた。

母は料理上手だ。とくに櫂が野球で頭角をあらわしてからは、栄養六大要素の脂質、蛋白質、炭水化物、ビタミン、ミネラル、食物繊維に留意して毎日献立を考えてくれた。その気遣いはいまだに変わらない。

部屋着に着替えて戻ると、ちょうど夕飯がはじまるところだった。

母の骨ばった手が、牛肉の野菜巻き、もずく酢、アヴォカドとブロッコリーのサラダ、そして具だくさんの味噌汁と、オレンジのランチョンマットへ順に並べていく。

櫂はキッチンに入り、炊きたての湯気を噴いている五合炊きのジャーを抱えてリヴィングへ戻った。ジャーの位置は、櫂のすぐ横が定位置だ。自分で好きなだけよそって食べられるよう、いつの間にかこうなってしまった。

「いただきます」

「いただきます」

唱和して、箸をとる。

テレビでは、アナウンサーが無機質な声でニュースを読みあげている。

「……祥太《しょうた》くんの具合、どうだ」

野菜巻きを咀嚼《そしゃく》しながら、父が言った。

「あいかわらずよ」

母は低い声で応え、

「たまには付き添いを交代しましょうって言うんだけど——あの子、聞かなくて」

と眉宇《びう》を曇らせた。

祥太は櫂の、ひとつ年下の従弟《いとこ》だ。そして母の言う「あの子」とは、祥太の母である。櫂の母と祥太の母親は、ふたつ違いの姉妹なのだった。

「涼奈《すずな》ちゃんのほうは……その、ひとりにしといて、大丈夫なのか」

ひどく言いづらそうに父が言う。

「いまは、そのほうがいいでしょう」

母も喉につかえたような声を返す。いままでにも、櫂の眼前で幾度となく交わされてきた問答であった。

祥太の妹である涼奈は、いま祖父母の家にいる。転校する予定だと聞かされているが、いまだそれ以上のことを櫂は知らない。

「カイ。しばらくは涼奈ちゃんを……その」

父が櫂を見ずに言う。

「そっとしといて、やるんだぞ」

「わかってるよ」

短く櫂は答えた。

あの事件以後、涼奈には会えていない。祖父母の家まで訪ねていったが、彼女は二階の部屋に閉じこもったまま下りてこなかった。しかたなく祖母に伝言を残して帰ったものの、いまもって返事はないままだ。

——でも、文句なんて言えない。

櫂は胸中でつぶやいた。

なぜって涼奈のほうが、もっとつらい。もっともっと傷ついている。いまのあの子に対して、おれがかけられる言葉なんてない。

母が疲れた声音で言う。

「ごめんね、カイ。あんたにも迷惑かけるけど……」

「謝んなよ」無意識に、険しい声が出た。

「迷惑とか、そんなこと言ってる場合かよ。——謝んな」

食卓が静まりかえった。

櫂ははっと顔をあげた。父も母も、箸を構えたまま凍りついている。顔に苦渋が滲《にじ》んでいる。

「……ごめん」

謝って、顔を伏せた。

なんだよ、ごめんって。口に出したそばから後悔する。

なんだよ。母さんに偉そうに言っといて、自分だって謝ってんじゃねえか。てめえ何様だよ。八つ当たりしてんじゃねえよ。馬鹿野郎馬鹿野郎馬鹿野郎——。

櫂はブロッコリーを奥歯で苦く噛《か》みくだいた。

3

上がり框《かまち》に尻をつき、スニーカーの紐を固く結ぶ。

以前はきつく結べば結ぶほど、気合が入るような気がしたものだ。

第一試合中にスパイクの紐がほどけたら、いちいち審判におうかがいをたてて結びなおさなくてはいけない。だからできるだけ固く結ぶ癖がついてしまった。

「カイ、ランニングか」

背後で父の声がする。

「うん」

「あんまり遅くなるなよ」

「わかってる」

振りむかず答えて、櫂は立ちあがった。

雨がつづいたせいか、大気が湿っぽい。なまぐさい匂いが、ねっとりと街のいたるところに粘りついている。アスファルトでは、車に轢《ひ》かれたらしい蛙の残骸が街灯の仄白《ほのじろ》い光に照らしだされていた。

まずアキレス腱を伸ばす。数回、その場で腿《もも》上げをする。

ふっ、ふっ、と規則正しく息を吐き、体を温める。指さきにまで熱がいきわたり、全身の器官がアドレナリンに浸るのを待つ。

地面を蹴って、櫂は駆けだした。

体が軽い。どこまででも行ける気がする。ふくらはぎの筋肉が、ばねのように収縮するのがわかる。己の肉体の若さと強靭さを、まざまざと感じる。

だがいまその肉体を突き動かしているのは、野球への情熱ではなかった。

煮えたぎるように赤黒く、暗い怒りであった。

涙はもう湧いてこなかった。

最初の一週間は泣いてばかりいた。なにをしていても、なにを見ても悔し涙が滲んだ。だが十日を過ぎた頃から、ふつりと涙は止まった。すでに一生ぶんを泣きつくしたのかと、馬鹿げた考えさえ浮かんだ。

一灯信号が点滅している交差点を、右に曲がる。

ローソンとファミリーマートの看板が、連なって皓々《こうこう》と輝いている。雑誌を立ち読みする客が外からまる見えだ。殺虫灯が高い音をたてて、気の早い蚊を焼き殺す。

櫂は予定を変え、手前のローソンへと向かった。

ジャージのポケットには、もしものときの五百円玉が常備されている。駐車場でしばし足踏みをしてから、店内に入った。

冷えた缶コーヒーを二本買い、ふたたび彼は走りだした。

「よう、高橋」

予想どおり泉第二公園には先客がいた。

「また来てたのか」

なぜか、からかうような声が出た。

だが高橋文稀は「緒方くんこそ」と短く答えただけだった。

「そっちは、今日も首吊りのシミュレーションか？」

「いや。べつに縊死《いし》にこだわってるわけでもないんだ。もっと楽に死ねる手段があるなら、そっちを選ぶ予定だしね」

「練炭なら苦しまずに死ねるらしいぜ」

「うん、それも候補のひとつに入れてる」

しばし、沈黙が落ちた。

頭上では黒一色の夜空に、こまかい星が散っている。

うんと濃いコーヒーの表面に、肌理《きめ》こまかな上白糖をまぶしたかのようだ——そう思いながら、櫂は文稀に無糖の缶コーヒーを差しだした。

「なに？」

文稀が怪訝《けげん》そうな顔をする。

「やるよ」

「ぼく、財布持ってきてないけど」

「いいから飲めって。それとも、コーヒー苦手か」

「いいや」文稀は首を振った。

だよな、と櫂は思う。

今日一日、櫂はなんとはなし文稀の行動に注目していた。給食がない秋葉西中では、昼食は自家製の弁当か購買部のパン、もしくはカップラーメンだ。そして文稀の昼食は購買部のレタスハムサンドに、紙パックの無糖コーヒーだった。

野球のため飲食物に気を遣ってきた櫂には、それが三百キロカロリーに満たない昼食だとすぐにわかった。女子以下の摂取カロリーだ。どうりで痩せているはずだと、感心さえしてしまった。

ふたつのプルトップが、かしっと音をたてて開く。

微糖を謳《うた》っているにしては甘すぎるコーヒーだ。顔をしかめてから、櫂は尋ねた。

「……高橋、おまえマジで死ぬ気なんか」

低く「うん」と文稀は答えた。

「今日明日にって話じゃないけどね。でも、近ぢか実行するつもりだ」

こいつの眼、動かないな。櫂は思った。

長く伸ばした前髪の奥にある、厚い眼鏡のさらに奥の眼だ。ひたと据えられ、ほんのすこしも揺らがない。櫂を凝視しているようでいて、そのくせ誰も映していないかのような、ひどく奇妙な視線だった。

「そっか」

櫂はうなずき、言った。

「――じゃあ死ぬまでの間、おまえ、おれを手伝えよ」

文稀の眉端が、かすかに動いた。櫂は台詞を継いだ。

「こんなの誰にも言えなかったけどさ。どうせ死ぬやつになら心置きなく頼める。死ぬ方法と期日を決めるまでの間でいいから、おれを手伝え。その代わりおれも、できる限りおまえの自殺に協力してやっから」

言葉を切り、

「どうだ？」と訊く。

文稀が首をかしげた。

「どうだって言われてもな。手伝いの内容による、としか」

「復讐したいんだ」

さらりと櫂は言った。

「東一中《あずまいっちゅう》ってあるだろ。隣町の」

「行ったことないけど、名前は知ってる。公営団地の近くに建ってる中学校だよね。確かいま、すごく荒れてるんじゃなかったっけ」

「ああ」

東一中。正式名称は、上神沼市立東崎第一中学校《かみこうぬましりつあずまざき》である。

耀は缶コーヒーをひとくち啜《すす》って、

「おれの従弟がそこに通ってる――いや、通ってたんだ。従弟の名前は祥太っていって、二年生だ。祥太の下には年子の妹がいて、その子も東一中の生徒でさ。ふたりとも、おれと兄妹同然に育ったんだ」

彼は言葉をつづけようとした。だが、ふいになにかが喉もとまでせり上がってきた。胃のあたりから、熱い小石のような塊がこみ上げる。切なく喉をふさいでしまう。じわりと目頭が潤んだ。耀は慌ててまぶたを閉じた。何度か深呼吸をし、意志の力で、発作的な激情を抑えこむ。

数十秒後、ふたたび顔をあげた。

「……おれが下手な説明するより、見てもらったほうが早《は》ぇ《え》よな」

耀はポケットからスマートフォンを取りだし、目当てのページを検索してから、

「ほら、これだ」

と文稀の眼前に突きだした。

液晶には、事件のニュースが表示されていた。

『X県上神沼市立東崎第一中学2年の男子生徒（13）が、いじめに悩んだ末に自殺をはかり、入院中であることが20日にわかった。学校や市教育委員会は、暴行および恐喝などの行為があったことを認め、加害者の少年らとともに被害生徒側に謝罪したが、自殺との関係はまだ調査中であるという。

母親によると、被害生徒は去年11月から今年4月ごろまでの間、上級生たちから日常的に金銭を脅し取られ、暴行されていた。さらに今月9日の午後10時頃、この春に卒業した少年4人は被害者の男子生徒を呼び出し、金銭を奪ったのち殴る蹴るの暴行を加えた。被害生徒はその後帰宅し、自宅で自殺をはかったものとみられている。母親はいじめがあったとして、学校に調査を求めていた。

学校側は被害生徒の同級生らに聞き取り調査を実施し、加害生徒たちは暴行や恐喝があった事実を認めて、校長ら教員と加害者の少年4人が母親に謝罪。しかしその後も少年らが、インターネット上に「（被害生徒が）早く死ねばいい」、「いい気味だ」などと書き込んでいた形跡があるという。

学校、市教委は「双方の言い分が食い違っているため、現時点ではいじめと自殺未遂に関連性があるとは断定できない」と主張。被害生徒の母親は「学校からも市教委側からも、調査結果等をきちんと知らされていない。このままでは納得できない」と、再度の調査を求めている』

文稀が顔をあげた。

「この『被害生徒』って、もしかして緒方くんの従弟？」

櫂は答えず、

「新聞記事だとだいぶぼかしてあるけど、ほんとはもっとひでえんだ」

と眉根を寄せた。

「そこには『殴られたあと、自殺未遂して入院』ってさらっと書いてあるだけだろ。でも実際は、殴られたなんてもんじゃなかったんだ。そいつら、祥太をコンクリートの地面に頭から投げ落としたり、顔や腹の上に飛び乗ったりしたらしい。気絶した祥太はやつらに無理やり自宅までひきずられ、庭さきに放りこまれた」

母親が発見したとき、祥太は息も絶え絶えだったらしい。

救急車を呼ぶという母親に彼は「やめてくれ」と言い、自分を部屋に運ぶよう頼んだ。

だがその後、母親が様子をうかがいに行くと、祥太は枕を己の顔に押しつけて窒息しかけていた。

すぐに病院へ搬送されたものの、祥太を診た医師は「脳にも内臓にも、軽度とは言えない損傷がある」と語り、「予断を許さない状況だ」と説明したという――。

　燿は爪さきで地面を蹴った。

　砂埃が舞う。だが彼は蹴りつけるのをやめなかった。

「……くそったれ。〝いじめ〟なんて言葉で簡単に片づけやがって。あんなのただの暴力で、犯罪じゃねえか。枕のことだって、事故か自殺かわかんねえのに、勝手に決めつけんな。……くそ、くそっ」

　食いしばった奥歯が、ぎりっと軋《きし》んだ。

　なぜ「自殺だ」と記事に書かれてしまったのか、燿は知らない。おそらく学校側がそう発表し、記者が鵜呑《うの》みにしたのに違いなかった。

　記事を見た祥太の母は、

「わたしは記者になにも言ってない。ただインターフォン越しに『学校からも教育委員会からも、話は聞かされていない。うちから言えることはない。そっとしておいて』と言っただけよ。……なのにこの書きかたじゃ、うちがクレーマーみたいじゃない」

　と肩を落として泣いていた。

　くそったれだった。なにもかもが糞だ。従弟の事件によって、燿の目に映る世界は変わった。手袋を返したように、世の中のすべてが一変してしまった。

文稀はしばし、無言で櫂を眺めていた。

やがて平板な声で、

「『あんなのただの暴力』、か――。まるで、その場にいたみたいな言いかたをするね、緒方くん」と言った。

「やつらが、ＳＮＳに動画をあげてたせいさ」

苦《にが》にがしく櫂は答える。

「ほんの三十分くらいで削除したから、学校にも警察にもばれなかったらしい。けど画像を保存してたやつがいて、そいつがおれにこっそり連絡してきたんだ」

祥太の同級生だった。「自分がチクったとは言わないでくれ」と何度も念を押しながら、その少年は櫂のスマートフォンにデータを送ってくれた。

目を覆いたくなるような、凄惨な映像だった。

「……祥太のやつは、まだ昏睡状態だ。これから先、意識が戻るかどうかも不明らしい。ひょっとしたらこのまま、植物状態になっちまうかも」

それだけじゃない、と櫂は声を落とした。

「あとでわかったことだけど、やつら祥太だけじゃなくて、妹の涼奈のことまでターゲットにしてやがったんだ」

「殴られたの」文稀が問う。

「それならまだマシだ」

燿は吐き捨てた。

「殴られるより、もっとひどいことをされたんだ。なんていうか、その……女の子にとって、一番いやで、つらいこと」

唇を噛む。

はじめてそれと知らされたときの衝撃を、燿はまざまざと覚えている。

ふざけるな、涼奈はまだ中学一年生なんだぞ、と叫びたかった。だが、できなかった。怒声は喉奥で凍りつき、重く冷えた塊となって胸の底に棲《す》みついた。一生溶けないのではと思うほど、固く凝《こご》った氷塊であった。

「――おれは、やつらに復讐したい」

呻《うめ》くように、燿は言った。

「祥太と涼奈をめちゃくちゃにしておいて、あいつらが大手を振って表通りを歩いてるなんて許せない。これからの人生、全部をぶち壊してやりたい。やつら全員、祥太と涼奈と同じ目に遭わせてから、おれは――」

「どうするの」

文稀が言う。

一拍おいて、櫂はかぶりを振った。

「……まだ、決めてない。でもどうせ自首するか、おまえみたいに死ぬかのどっちかだろうな。でも、復讐することだけは決めてる。そこは絶対に揺らがない」

だから、おれを手伝え――。櫂は顔をあげて言った。

真正面から文稀を見据える。

短い静寂ののち、文稀が口をひらいた。

「そのふたりが、大事なんだね」

「あたりまえだろ」

櫂は顔をしかめた。

だがやはり文稀は眉ひとつ動かさない。

「ぼくには従兄弟がいないから、その感覚はよくわからないな」

「は？　おまえんち、親父もおふくろも一人っ子なのかよ」

「そうじゃないけど、親戚付き合いがないんだ。ぼくにいるのは両親と兄。あとはずっと会ってない、他県住まいの祖父がいるだけ」

櫂は返事をしなかった。ただ黙って彼を見つめた。

やがて文稀は肩をすくめ、

「わかった、いいよ」と首肯した。「きみを手伝う。ただし、ぼくの誕生日までだ」

「誕生日まで？　なんでだ」

「十五歳になったら、死ぬと決めてるんだ」

なぜだ――と耀は反射的に問いかけてやめ、口をつぐんだ。代わりに平静な声で訊きなおす。

「おまえの誕生日っていつだよ」

「十一月」

「なんだ、六箇月も先じゃんか」

耀は屈伸するようにしゃがんでから、勢いよく立ちあがった。文稀の正面に立ち、彼をまっすぐに見おろす。

「オッケー。じゃあ、おまえの誕生日までの契約だ」

――それまでの、相棒だ。

耀が内心でつぶやくと同時に、文稀が言う。

「でもさ、同じ目に遭わせても、やつらが反省しなかったらどうするの」

指で眼鏡を押しあげて、

「その手のやつらって、ちょっと痛めつけたくらいじゃ性根は変わらないよ。だからこそ刑務所は累犯囚だらけなんだ。緒方くんの拳で殴られたらそりゃ痛いだろうけど、それで心を入れ替えるなんてこと、まずないんじゃないかな」

燿は口をひらいた。

「――そのときは」

低い声が洩れた。

「そのときは――……殺すさ」

「そう」文稀がうなずく。

「殺すの」

「ほんと驚かねえんだな、おまえ」

苦笑して燿は言った。

「記事だけ見て、納得ずくで即答しやがったしな。相手がどんなやつかってのも、ろくに訊かねえし」

「誰だっていいさ」

文稀があっさりと言いはなつ。

「どうせぼくはもうすぐ死ぬ。他人のことまで深く考えてられないよ。自分が死んだあとのことなんて、地球が滅びようが関係ない」

なんの感情もない声音だった。

耀はそれ以上深追いするのをやめ、スマートフォンをかるく振った。

「高橋、ＩＤ交換しようぜ」

しかし文稀はかぶりを振った。

「ぼく、ｉＰｈｏｎｅもスマホも持ってないんだ」

「は？　じゃあこれから、どうやっておまえに連絡とりゃいいんだよ」

耀が呆《あき》れ声を出す。

文稀は街灯の下まで歩いていき、落ちていた枝を拾った。土の地面に大きくメールアドレスを書きつける。

「これ、ぼくのパソコンのアドレス。よっぽどの夜中でない限りは、そう遅れずに返信できると思う」

耀が登録し終えたのを見届け、文稀はざっと靴底でアドレスを消した。

「高橋、おまえ部活やってないよな？」耀が問う。

「うん。放課後ならたいてい連絡つくよ。なにかあったら、ここにメールして」

「わかった」

うなずいて、櫂はきびすを返した。

出口の柵をまたぎかけて、振りかえる。

「じゃあな。学校では……」

他人のふりでいいような——。そう言いかけて、櫂は言葉を呑んだ。

文稀が訊きかえす。「え？」

「あー……いや、なんでもない。おやすみ」

櫂は顔をそむけ、柵を越えて走りだした。

4

小体《こてい》な神社の角を曲がり、十メートルほど歩いて、目印の郵便ポストを左折する。住宅街に入ると景色が一変した。街灯がぐっと減るせいで、数分は目が闇に慣れない。足もとがどこか頼りない。

高橋文稀の家は、新興住宅地域の西端に建っていた。

門扉を押し開け、かちりと音がするまで閉めきる。内鍵をかける。鉄平石《てっぺいせき》を敷きつめたアプローチが、玄関までゆるいS字カーブを描いている。

庭には申しわけ程度の芝生があり、ろくに手入れをしていない薔薇《ばら》が茂っていた。一つ二つかろうじて咲いた花も、黒点病におかされて生気なくうなだれている。

文稀は短い石段をのぼった。風防室の引き戸を開けると、ようやく玄関扉が眼前に立つ。家内はしんと静まり、冷えていた。

なるべく音をたてないよう靴を脱ぎ、框にあがる。奥をうかがったが、リヴィングに電気はついていない。

——ママはもう寝たらしいな。

文稀は足音をしのばせ、二階へ向かった。

彼の部屋は、階段をのぼってすぐの突きあたりだ。ドアをひらき、体をすべりこませる。ほっと息をつく。

帰って真っ先にするのは、ノートパソコンの電源を入れることだ。

いまだにOSはXPである。おまけにウイルスソフトを複数インストールしているせいで、起動にかなり時間がかかる。その時間を利用して部屋着のスウェットに着替えた。眼鏡を拭き、モニタを覗《のぞ》きこむ。

ノートパソコンの定位置は学習机の上だった。

昔ながらの学習机は見栄《みば》えこそよくないが、すばらしく実用的だ。頑丈で、収納力にすぐれ、抽斗《ひきだし》には鍵がかかる。おまけに隠し抽斗なんてものまで付いている。

その隠し抽斗に、文稀はＵＳＢメモリや記録用ディスクを保管していた。

手前のＵＳＢメモリを選び、ノートパソコンに挿す。

データをひらいた。

彼が五年前から書きつづけているテキストデータだった。一年ごとに分けて保存し、いまやデータは五つに増えている。

クリックし、文稀は一番古いデータをひらいた。

＊　＊

――序章として。


十五歳でぼくは死ぬ。

そう決めた。ぼくはいま十歳だから、残された時間はあと五年だ。長い？　短い？　よくわからない。

今日はぼくの誕生日だった。プレゼントに、父のお古のパソコンをもらった。

ろくなソフトが入っていないし、セキュリティの管理が面倒だけれど、たいした問題はない。テキストエディタが使えて、データ保存できるならそれでいい。起動パスワードはうんと複雑にしておいたから、父にもわからないはずだ。

いまぼくは、もらったパソコンでこの文章を打っている。忘れずに、定期的にバックアップをとらなくちゃいけない。まるきり同じ内容は、きっと二度と打てない。

辞書をいちいち引かなくていいのが便利だ。漢字がいくらでも使える。でもあまり漢字ばかりにするのはやめておこう。あとで読みかえすときのことを、考えておかなくちゃいけない。

まずはじめに書いておこう。ぼくの左目は邪眼だ。

ギリシャ神話のメドゥーサのように、ぼくに見つめられたやつは石になる。

ぼくがいままでに石にしたのは、父と、ママと、お兄ちゃんと、それからぼく自身だ。

これ以上ほかの人は石にしないよう、普段はちょっと色の入った眼鏡をかけ、伸ばした前髪で目を隠している。

でもそれも、十五歳までの我慢だ。あと五年で、ぼくは死ぬ。

この左目の秘密についてはっきり知っているのは、お兄ちゃんだけだ。ぼくから打ちあけたのだ。

　でももしかしたら、ママも勘づいているかもしれない。なぜってママはぼくを真正面から見ないし、ぼくを遠ざけようと一人部屋まで宛てがってきた。

だからいま、ぼくがママに会うのは夕飯のときだけだ。パソコンが部屋に来たから、ほかの時間にリヴィングへ行く必要はなくなった。

　お兄ちゃんさえもらっていない一人部屋を、先にもらえたのがすごく嬉しい。おまけに父は大きな本棚まで置いてくれた。

　この部屋はぼくの国だ。石の王国だ。

　王国の本棚を、ぼくの本でいっぱいにしよう。あと五年、こうして記録をつづけよう。

　これはつくりばなしだ。と同時にぼくの日記だ。なにが真実かは、ぼくが死んだあと、読んだ人が勝手に決めればいい。

　人間は皆、生まれた瞬間から死に向かって歩んでいると本で読んだ。

　ぼくも同じだ。ここでこうして息をしているだけで、ぼくは猛スピードで死んでいく。死に向かって、一直線に進んでいる。

　あと五年。

つづいて、ふたつめのデータをひらく。

＊　＊

＊　＊

明日になれば、また誕生日が来る。つまり丸一年が過ぎたってことだ。

本棚はあれから、ちょうど五分の一くらい埋まった。どれもこれも、ぼくが厳選した本ばかりだ。

まず図書館で借りて、読んで、これはと思った本だけがこの本棚に入る資格を得る。

父は本や学用品に遣うお金なら、なにも聞かずに渡してくれる。ママは、父がいいと言えば文句は言わない。これも邪眼の効果だ。父もママも、石だからだ。石は脳味噌まで固く冷えているから、なにも考えやしないのだ。

(中略)

ぼくの本棚の、上から二番目の左端。

一番手に取りやすい棚で、一番の特等席。

そこに置いてある本は、半年前から一冊きりだ。「さっさとおれを死刑にしろ」と主張した、アメリカの死刑囚についてのドキュメント本である。

書いたのは、死刑囚の弟であるマイケル・ギルモア。彼は末弟で、死刑囚ゲイリーは次兄だった。本には祖父母の代の昔話から、ゲイリーが死刑になるまでが書いてある。なってからのことも、すこし書いてある。

翻訳したのは、すごく有名な小説家だ。この人の小説も読んでみたけれど、女の子のことばかり書いてあっていまひとつだった。でも翻訳のほうは、びんびん来た。これはすごい本だ。

ぼくは、この本と一緒に火葬されたい。

(中略)

この本のはじめのほうに、死刑囚ゲイリーの叔母が橇《そり》から投げだされて死ぬシーンがある。その叔母はまだ十代の少女で、母親の言うことをきかずに橇に乗り、電柱に顔面から打ちつけられて死亡するのだ。

「ああ、ママ」彼女は言う。

「ごめんなさい。ちゃんと言うことを聞くんだった」

彼女は顔面の骨を折っていたので、涙とともに押しだされた両の眼球が、眼窩《がんか》から頬に垂れさがってしまったという。そんな娘を母親は抱きしめ、完全に死んでしまうまで髪をやさしく撫でつづけるのだ。

この死が勧善懲悪の結果――親の言うことをきかなかった罰――なのかどうか、ぼくは知らない。親の言いつけを守らないと、彼女のように悲惨な死を迎えることになりますよ、という神様からのメッセージなのか？　よくわからない。

でもできることなら、醜い死でなく安らかな死を迎えたい、とぼくは思う。

もしそれがかなわないのなら、とびきり悲惨に死にたいとも心の一方で思う。

明日、ぼくは十一歳になる。

あと四年。

＊　＊

三つめのデータをひらいた。

＊　＊

誕生日だから、ひさしぶりに特等席の本を読みかえしてみた。

いまや本棚はだいぶ埋まった。ぼくが死んだら、この本たちはどうなるんだろう？　古本屋に叩き売られてしまうんだろうか。それはいやだ。

本の処遇について、考える時期に来たかもしれない。

馬鹿だった。死ぬとわかっていてなにかを蒐集《しゅうしゅう》するだなんて、あの頃のぼくは、子供とはいえ考えなしすぎた。


（中略）


ゲイリー・ギルモアと同じ少年院にいたという少年は、こう話す。

「一度檻の中に閉じこめられると、人は憎しみに満ちた人間になっちまうんだ。そしてもしその憎しみを外部に向けることができなければ――あるいは機関銃を持って銀行に押し入って片っ端からみんな射ち殺してやるというような妄想がうまく機能しなければ――人は憎しみを今度は自分自身に向けるようになる。

そういった自己破壊傾向が高まると、今度は誰かをけしかけて自分を極限まで追いつめさせるようになる。そのためには誰かを目一杯痛めつけるか、あるいは怒り狂わせるしかない、という場合だってあるんだ」

　ぼくは彼の言うことがわかる。

　脳髄の芯まで、染みとおるように理解できる。そうしてそれを、不幸なことかもしれないと思う。

　決行まで、あと三年。

＊　＊

　データを閉じ、文稀はＵＳＢメモリを引き抜いた。

　窓の外を見おろす。

　湿気でべたついた夜風に、黒点病の薔薇が震えていた。

「……〝かげもなし　しんしんと曇り日の舗石に、園に、落ちちる薔薇　明るき地心にひびく　無数の小さきもののうめき。〟」

　小声でそらんじ、文稀はモニタに向きなおった。

　インターネットに接続し、ブラウザを立ちあげる。

　あらわれたグーグルのトップページに『上神沼市立東崎第一中』まで入力すると、『上神沼市立東崎第一中学いじめ事件』、『上神沼市立東崎第一中　いじめ』、『上神沼市立東崎第一中　自殺』と検索候補が次つぎ表示された。

ニュース記事はどれも、さきほど櫂のスマートフォンで得た以上の情報は与えてくれなかった。

文稀は画面を切り替え、今度は私設の『少年犯罪糾弾サイト』に繋《つな》いだ。つづけてツイッター、フェイスブック、インスタグラム、まちBBS、学校裏サイト、匿名掲示板と、与えられた糸を順にたぐっていく。

あらかた情報が出そろったところで、脳内で繋ぎあわせてみた。

櫂の従弟のフルネームは、土橋《どばし》祥太。

ネットの呼称は「土橋」だったり「D」であったり「S太」であったりと、まちまちだった。姓が櫂と違うのは、おそらく母方の従弟だからだろう。

祥太がトラブルに巻きこまれたいきさつは、一年次にクラスメイトと喧嘩《けんか》をしたことにはじまるらしい。

喧嘩と言っても向こうから吹っかけられ、祥太が応じたかたちのようだ。その場は仲裁が入っておさまったが、相手にはわだかまりが残った。彼が、同校の三年生である兄にいさかいを愚痴ったことから話は大きくなる。

クラスメイトの兄は翌日に祥太を呼びだし、

「おれの弟に恥かかせやがって」と怒鳴りつけた。

しかし祥太は「一年生の喧嘩に三年生が首を突っこむのはおかしい。いくら兄弟だからってルール違反だ」と反論した。

激昂《げっこう》した兄は祥太を殴る蹴るし、翌日も、その翌日も呼びだした。

つまり最初はいたって古典的に「校舎裏へ呼びだして殴る」だけだったのだ。しかし祥太の家が母子家庭であると知れるやいなや、事態はさらに捻《ね》じ曲がっていく。

男親もしくは屈強な兄の存在というのは、暴力への無意識の抑止力となり得る。だが祥太の家は母子家庭で、しかも母、祥太、妹という家族構成だった。母親が資格職で、そこそこ裕福であったこともわざわいした。

「おまえん家、けっこう小金貯めてるらしいじゃねえか」

「母子家庭《ボッシー》のくせして一戸建てなんかに住みやがって。生意気なんだよ」

さらに数人、上級生がいじめグループに加わった。いずれも〝こいつは金づるになりそうだ〟と嗅ぎつけたハイエナであった。

祥太は毎日のように殴られ、蹴られ、つばを吐きかけられた。

反抗心はみるみる萎《な》えていった。殴られるのがいやさに、祥太は唯々《いい》諾々《だくだく》と金を渡すようになった。

はじめは自分の貯金から払っていた。しかしすぐに尽きた。次には妹の貯金箱や、通帳に手を出した。それでも足りなくなると、こっそり母親の財布からキャッシュカードを抜いて、ATMでおろした。

――なんだか『名古屋五千万円恐喝事件』みたいな流れだな。

文稀は思った。

『名古屋五千万円恐喝事件』とは、同級生に脅された中学生が八箇月の間、百三十回にわたって金を脅しとられた事件だ。五千万円は被害総額である。

祥太と同じく、被害者は母子家庭。預貯金だけでなく、事故死した父親の保険金まで巻き上げられた、凄まじい「いじめ」事件であった。

五千万円恐喝事件の加害者は、一度に五百万円要求したことすらあったという。その金は主に飲食代、ゲーム代、タクシー代、ブランド品の購入費、風俗店の支払い等に消えたらしい。

――そこまでの豪遊が、なぜ保護者にばれずにやりすごせたのか。

当時、文稀は不思議に思った。そして主犯少年の親による手記を読んでみた。だが手記は「息子の逮捕後、いやがらせの電話がひっきりなしで困った」、「世間の目が冷たい」、

「われわれ家族も被害者だ」といった愚痴ばかりで、残念なことにまるで参考にならなかった。

――まあいいや。それより土橋祥太だ。

文稀は頭を切り替えた。

さすがに五千万円には及ばないものの、土橋祥太が脅しとられた金はかなりの額にのぼるようだ。記事にはおよそ八十万円とも、百万円とも書かれている。

加害生徒たちの豪遊ぶりは、『まちＢＢＳ』にぼかして書きこまれていた。五千万円恐喝事件と同じく遊興費に遣っていたようで、焼肉店を貸しきったり女を買ったりと派手にやっていたようである。

しかしある日、通帳から金が減っていると祥太の母親が気づいた。

母親は涙ながらに祥太を叱った。用途を問いつめられたが、祥太は答えられなかった。進退きわまった彼は「もう払えない。出せるお金がない」と上級生たちに訴えた。

しかし上級生たちは、

「おまえんとこのババア、まだ四十前らしいじゃねえか。熟女系のソープ、紹介してやるから稼がせろよ」

「ババ専デブ専の店、いくらでも探してやるぞ」

とせせら笑った。

そうしてその中のひとりが、

「そういえばこいつ、妹がいるじゃん。ブスでもデブでもねえはずだぜ」

と言いだした。

その後の流れは、匿名掲示板の書きこみですら曖昧《あいまい》だ。だが妹の涼奈も被害に遭ったことだけは間違いない。「写真を撮られた」、「ネットに画像が」などというレスからして、まあやられたんだろうな、と文稀は見当をつけた。

それを知った祥太は激怒した。「妹にまで手出ししやがって」、「殺してやる」と上級生たち相手に喚《わめ》いたらしい。しかし、さらなる激しい暴力で制圧されただけに終わった。

ふたたび暴行の日々がはじまった。

不幸なことに、上級生たちは豪遊に飽きはじめていた。彼らは祥太と涼奈を痛めつけるほうに新たな楽しみを見出した。それはいじめなどという生やさしいものではなく、はっきりと暴力であり、虐待だった。

兄妹はいいように嬲《なぶ》られ、もてあそばれ、おもちゃにされた。そうして暴力がエスカレートした果てに、祥太は病院でいまだ意識不明——というわけだ。

文稀はゆっくりと爪を嚙んだ。

「うん」

モニタの文字を見つめて、うなずく。

「これは、やっちゃっていいな。……やっちゃっていいやつらだな」

――問題はない。

もしぼくらが闇討ちしたと発覚しても、世論はこちらに味方するだろう。そう見込むには十二分なほどのクズだ。

短く息を吐いて、文稀はノートパソコンを閉じた。

5

その日は、朝からずっと雨だった。

だが夕方には雨足も弱まり、夜九時を過ぎた頃には、傘なしでも外出できそうになっていた。ただし空には薄墨を刷《は》いたような雲が流れ、月も星も見えない。

むろん泉第二公園も、夜闇に包まれていた。

「緒方くん、闇討ちの経験あるの」

「は？　あるわけねえだろ」

唐突な文稀の問いに、櫂は口を歪《ゆが》めた。

てか闇討ちって言うなよ、カッコ悪い——とぼやく櫂をよそに、

「どっちにしろ、ぶっつけ本番でうまくいくとは思えないよ」と文稀が言葉を継ぐ。

「入念な下調べがいるし、練習も必要だ」

櫂は鼻白《はなじろ》んだ。「じゃあどうする」

「予行演習するべきだと、ぼくは思う」

きっぱりと答えた文稀に、「おまえ、それ好きだな」と櫂は苦笑した。そういえばこいつ、はじめて公園で会った夜も首吊りの脳内予行演習をしていたっけ。

「笑いごとじゃないよ」

文稀は真顔でかぶりを振った。

「やるとなったら、失敗は許されないんだ。ひととおりのシミュレーションはしておくべきだよ。緒方くんだって試合で失敗したくないからこそ、毎日部活であんなに練習してたんだろう。違う？」

そこで野球を持ちだすのかよ、と櫂はひそかに舌打ちした。だけどまあ、こいつの言うことにも一理ある。

「……ヤミウチの、予行演習か」低くつぶやいた。

「となると、相手がいるな」

「もちろん」

文稀が首肯する。

櫂は雨で濡れたベンチをジャージの袖でぬぐい、彼の隣に腰をおろした。

「けど、相手は誰でもいいってわけにいかねえだろ。さすがに罪もない人に怪我させるのは駄目だ。それじゃ、やつらと同レベルに落ちちまう」

「じゃあ罪のあるやつを狙えばいい」

さらりと文稀は言った。

櫂が顔をあげる。

「闇討ちされても仕方のないようなやつ。たとえば……そうだな、緒方くんの従弟をひどい目に遭わせたやつらと、同類のやつならいいんじゃない」

櫂の脳味噌に、じわじわと高橋文稀の言葉が染みこんでいった。

文稀がつづける。

「その手のゴミなら、恨みをたくさん買ってるに決まってる。犯人の特定はむずかしいだろう。警察はきっと、動機のある人間から探っていくだろうからね」

「でもそんなやつ、どうやって探す」

「きみが持ってる、そいつがあるじゃない」

文稀は櫂が握りしめているスマートフォンを指さした。

「検索すればいくらでも出てくるさ、やられて当然のクズ野郎なんて」

いまだ幼さの残る声で、文稀は「クズ野郎」とどぎつい単語を口にした。

櫂はしばし黙っていた。

スマートフォンを持ちなおし、画面を検索エンジンのトップページに切り替える。

「……なんて検索すりゃいいんだ。『いじめ』？　『少年犯罪』？」

「『悪質』、『胸糞《むなくそ》』とか付けくわえると、もっといいかもね」

数秒後、あらわれた画面に櫂は眉根を寄せた。

思った以上の数だ。表示された上から順にひらいていく。反吐《へど》の出るような事件ばかりだった。また現行の少年法ゆえ、軽微な罰で放免された加害者たちに、苦言を呈する内容が多かった。

せわしなく指を動かしながら、櫂はつぶやいた。

「県内の事件ってねえのかな。どれもこれも、遠いとこのばっかだ」

「交通費なら、ぼくが出すよ」文稀が言った。

「え、いいのか」

耀が目を見ひらく。

文稀はわずかに顎をひいて、

「ぼく、お金あんまり遣ってこなかったから。個人名義の口座にけっこう貯まってるんだ。どうせ死ぬんだし、全部遣いきってしまいたい」

「そっか、そうだな」

いまはじめて気づいた——と耀はつぶやいた。

「おれだって、ちょっとは貯金あるはずだ。そうだよな、もう将来なんてないんだ。全額、遣っちまっていいんだよな」

呆然と繰りかえす耀を眼鏡越しに見つめ、文稀は無感情に言う。

「最初は弱そうな相手がいいよね。本番に向けて、だんだん強い相手にしていくのがいいと思う」

「弱いやつ？　このガタイのおれに、弱いものいじめしろってのかよ」

耀が顔をしかめた。文稀が首を振る。

「言いたいことはわかるよ。でも緒方くんはずっと真面目な野球部員で、暴力とは縁遠かっただろう。バットでボールを打つのと、人の頭を殴るのは全然違う。きみは肉体的には万全でも、精神的にはそうじゃない。ぼくなら、肉体的にも精神的にも両方だ。鍛える必要があるんだ。ぼくらは人間の頭や手足を、ためらいなく壊せる人間にならなきゃいけない」

バットで人の頭を殴る——。

想像して、あらためて櫂はぞっとした。嫌悪を押しころして尋ねる。

「弱い相手って、たとえばどんな」

「じつを言うと、先に目星をつけておいたんだ」

文稀は櫂の手からスマートフォンを受けとった。ぎこちない手つきで操作し、表示画面を彼に突きだす。

「これなんかどうかな。他県だし、なんの繋がりもない相手だ。警察沙汰になったとしても、顔さえ隠していれば、捜査の手がぼくらまでたどりつくのは困難だろう」

櫂は液晶を覗きこんだ。

隣県で起こった、女子中学生間のいじめ事件記事であった。

『Y県警少年課は7日、石嶋《いしじま》市《し》立《りつ》津《つ》根《ね》川《がわ》中学2年の女子生徒（14）にみだらな行為を強制したとして、児童福祉法違反の疑いで、同中学に通う3年の女子生徒2人＝いずれも（15）＝を逮捕した。2人は調べに対し、容疑を認めている。

被害者の女子生徒がふさぎこんでいたことから家族が医師に相談し、医師から警察に通報があり事件が発覚した。３人は部活動の先輩後輩で、被害者がレギュラーに選ばれたことから関係がぎくしゃくしていた。

逮捕された2人は、被害者に「馬鹿にしているんだろう」と因縁をつけ、「先輩への態度がなってない」、「段取りしてやるから、稼いで慰謝料を払え」などと脅して暴行したのち、昨年8月から11月にかけ、出会い系サイトで知り合った男と4回にわたって市内のホテルでみだらな行為をさせ、金をとった疑い。

被害者は「怖くて従ってしまった」、「親に言えなかった。死のうと思った」などと話しているという』

「たまたまネットしてて見つけたんだ」

櫂は画面に見入ったまま無言だ。文稀が画面を指で突いて、

「かなり悪質な事件だよね。なのに家裁は、『ふたりとも、もとは真面目な部活少女だった』、『反省の念が著しい』って理由で、鑑別所に四週間入っておけと命じただけだったそうだ」

櫂は目をあげた。

「なんでそこまでわかる」

「まずは『少年犯罪糾弾サイト』から情報をもらって、次にそのサイトのリンクを貼ってるページからSNSをたどっていったんだ。そしたらいわゆる裏サイトってやつにたどりついて、鑑別所の件を知った。いまどきまだあるんだね、学校裏サイトなんて」

ふたたび文稀はスマートフォンを操作した。

今度はURLを直接入力する。表示されたのは、匿名掲示板にありがちなスレッド型のサイトであった。

立てられたスレッドのほとんどは『テスト勉強してない人集まれー』だの、『ガチ本音・塾と家庭教師どっちがマシ?』、『好きな人のイニシャルを書くと想いがかなうスレッド』といった無害なものがほとんどだ。とはいえ、

『死ぬほどうざいやつの実名を書きこめ』

『セクハラ教師坂東殺す』

『密告専用スレ』

といった剣呑《けんのん》な文字も、中にちらほら見える。

そのはるか下方に、『ばれーぶえんこーひとでなしめすぶた』というひらがなばかりのスレッドが埋もれていた。

1. 名無し@BBS　20XX／01／28（水）17：36：51【sage】
たいほされたばれーぶさんねんくされめすぶた2ひきについてかたりましょー
きほんてきにsage進行でたのむ

スレッドを立てたらしい者の書きこみが一番上にこうあり、レス番が一桁のうちは「ひどいよね」、「女子バレー部どうなっちゃうの」、「鑑別所にたった四週間？　戻ってくるの怖い」といった書きこみが多いが、日を追うごとに、煽《あお》るようなふざけたレスばかりに変わっていく。

ことに中盤は「喧嘩両成敗。メスブタ同士つぶしあえー」だの「被害者も気持ちよかったんだからいいじゃん。気持ちよくてお金もらえてよかったね☆」といった書きこみばかりだ。だがやがてそれもおさまると、

697. 名無し@BBS　20XX/05/29（金）22：10：14【sage】
【削除済み】

701. 名無し@ＢＢＳ　20XX/05/30（土）22：05：45【sage】
【削除済み】
704. 名無し@ＢＢＳ　20XX/05/31（日）22：19：02【sage】
【削除済み】


と管理側に削除された空白レスばかりが並ぶ。

文稀が言った。

「たぶん同一人物だろうけど、ほぼ毎日同じ時間に、加害者の本名と電話番号と住所を書きこんでいくやつがいるんだ。運営はすぐ削除するわりにアク禁しないようで、この時間にパソコンの前にいれば楽勝で見れる。——で、これがそのスクショ」

四つ折りにたたんだ紙片を、文稀は櫂に突きだした。

スクショとはスクリーンショットのことだ。表示された画面ごと画像として保存しておける機能、および保存データを指す。

櫂は紙片をひろげた。

707. 名無し@ＢＢＳ　20XX/06/01（月）22：10：14【sage】
大井田真依《おおいだまい》　02XX-X5-22XX　石嶋市榎並区5-3-12
中田優希奈《なかたゆきな》　02XX-X4-31XX　石嶋市北幸区2-8-18-201

というレスが、くっきりと印字されていた。

「どうかな。条件にはかなってるだろ。相手は女で弱いだろうし、他県でぼくらとは縁もゆかりもない。警察に訴え出られたとしても、向こうはまず怨恨で捜査するだろうから、六箇月以内に逮捕される可能性はきわめて低いと思う」

スマートフォンを櫂の手に返し、文稀は言った。

「それとも緒方くんて、女は殴れないとかいうタイプ？」

「まあ、普段ならな」

低く、櫂はうなずいた。

耳鳴りがする。頭蓋の中で、わんわんと羽虫が飛んでいる。その羽音の奥に、かつて自分が口にした言葉を彼は聞いた。

――殺されてもかまわないってやつだけが、殺せるんだ。

――問題は、その覚悟があるかどうかです。

「普段なら、女は殴らない。……けど、こんなやつら、女じゃねえよ」

燿は足もとにつばを吐いた。

「化けもんだ、こいつら」

6

神社の角を曲がり、郵便ポストを左折し、文稀は住宅街の西端の我が家へと帰る。門扉を押し開け、中へ入って施錠する。

鉄平石を敷きつめたゆるいS字カーブのアプローチをたどり、玄関扉にたどりつく。

今夜は、リヴィングの灯りはついていた。テレビの音が聞こえる。バラエティ番組だろうか、大勢の笑い声がさざ波のように響いてくる。

文稀は静かに階段をのぼった。

日中閉めきっていた部屋は、熱がこもって蒸し暑かった。窓を開ける。雨の残り香をはらんだ、冷えた夜気がすべりこんできた。

学習机に座る。ノートパソコンを立ちあげる。

数日前に作成したばかりの、新たなテキストデータを彼はひらいた。

十五歳でぼくは死ぬ。

そう決めたのは五年前のことだ。ついにあと半年で、ぼくは十五歳になる。いよいよ死が、目前に近づいている。

長い長い序章を終え、やっと物語の本編というわけだ。

以下に記すのは創作だ。と同時に、ぼくの日記だ。

どちらにより比重が置かれているかは、ぼくの死後、読んだ人が自由に判定してくれてかまわない。

＊　＊

ぼくは毎朝、きっかり七時に起きる。学校へ行くためだ。ぼくは毎日同じ学校へ行き、同じ教室に入って、同じ机の同じ椅子に座る。

クラスの顔ぶれは一年間同じだ。一年経つと、また替わる。

けれど、誰もぼくを見ない。ぼくも彼らを見ない。なぜってぼくの左目は、邪眼だからだ。ぼくのこの目で見つめられたやつは、石になる。

もしぼくがこの力を誰かれかまわず使っていたなら、ぼくのまわりには、とうに石の王国が築かれているだろう。けれど、ぼくはそうしない。あたりに広がるのは、索漠たる砂漠のごとき町並みだけだ。

ぼくは朝、起きる。

歯をみがく。顔を洗う。朝食をとる。

朝食のテーブルに父はいない。ママも、たいていいない。一緒に朝食をとるのは、お兄ちゃんだけだ。

食事は無味乾燥だ。まるで味がない。石になったママが、石と砂利《じゃり》でつくるせいだ。硬く冷えて、なんの味もしないのだ。

学校のやつらはいつも「やっとお昼になった」、「食べるのだけが楽しみ」だなんて声高《こわだか》に騒いでいる。ぼくにはやつらの気持ちがわからない。食事が楽しいだなんて、考えたこともない。

ぼくはきっかり七時半に朝食を終える。そして、もう一度歯をみがく。リステリンでゆすぎ、歯ブラシでみがき、デンタルフロスで仕上げをする。

髪はとかさない。ぼくの前髪は、邪眼を隠すためにある。だからいつも、わざと無造作に伸ばしたまま放っている。

学校へは徒歩で行く。クラスは三年C組。

担任教諭は四十代の男だ。独身で、額が後退しかかって、髭《ひげ》がやけに濃い。昼過ぎになると、顎から首もとにかけて、生えかけの髭で真っ青になる。

クラスメイトは、全員で三十二人いる。男が十七人、女が十五人。約半分が女だが、どいつも顔と名前がまったく一致しない。

そろそろ女の子に興味を持つべき年代なのに、現実のぼくはさっぱりだ。いままで読んだ文献と照らしあわせて考えるに、性的に未熟なカテゴリに入るらしい。統計の平均的中学生に比べ、自慰の回数、衝動ともに乏しい。

でもぼくが生殖および繁殖行為をする必要性はない。十五歳で死ぬのだから、子孫を残せるはずがない。だからぼくの性衝動のなさは、ある意味必然なのだと思う。

学校では勉強をする。

中には有意義な勉強もあるが、ほとんどは無益だ。

自主性を重んじる自由な校風だなんて言っているが、嘘っぱちだ。くだらない。勉強なんて建前で、じつは無言で長時間座らせることによって、ぼくたちに忍耐心と忠誠心を植えつけるシステムなのだ。

馬鹿馬鹿しい。子供を我慢強い奴隷に仕立てあげたいなら、きれいごとなんか吐かず、かたっぱしから軍隊か禅寺に放りこんでしまえばいい。でもあいつらには、それができない。建前がなにより大事だからだ。

ぼくは退屈な授業を終え、午後四時には家に帰る。

今日も、庭木に水をやっていたお隣のNさんと顔を合わせた。彼女はうちを監視でもしているかのように、しょっちゅう庭にいて、ぼくや家をじろじろ見る。

門扉を通る。玄関戸をあける。

出迎えてくれるのは、やはりお兄ちゃんだ。

「おかえり」

「ただいま」

お兄ちゃんは子供の頃から変わらない。

ぼくと違って二重まぶたで目がくりっとして、日に焼けているわけでもないのに肌が浅黒い。整ってはいないが、愛嬌のある顔立ちをしている。

対するぼくは生《なま》っ白《ちろ》い肌をして、背ばかりひょろひょろと高く、骨ばっている。ぶ厚い眼鏡と前髪で邪眼を隠し、愛想のかけらもない。知らない人が見たならきっと、ぼくのほうが石だと思うだろう。

夕食はＮＨＫの七時のニュースとともに食べる。

お兄ちゃんは、食事の間もにこやかだ。そうでなくてもお兄ちゃんは、いつだって笑顔を絶やさない。

石になってしまっても、お兄ちゃんは変わらずこの家のムードメイカーだ。つねに彼が、場の空気を支配する。彼の笑みは天使の笑みだ。血が繋がっているはずの父やママとは、たいした違いだ。

ぼくらは食事をする。テレビのニュースはいつだって物騒《ぶっそう》だ。世界のどこそこで紛争が起きているだの、日本のどこかで殺人事件があっただのの画面を観ながら、砂利と泥水の食事を終える。

食事のあとは、歯をみがく。リステリンでゆすぎ、歯ブラシでみがき、デンタルフロスで仕上げをする。

そのあとは風呂だ。ぼくは清潔にしておくのが好きだ。湯船に長く浸かるのも好きだ。だから、本を持って入る。

風呂の蓋《ふた》を半分閉ざして、タオルを敷いて、その上に本を立てて読む。こうするとページがふやけない。

長湯は心臓に負担をかけるため、お湯は胸下までしか張らない。半身浴というやつだ。

もうじき死ぬのに健康を気にするなんて、おかしいと思うだろうか？　でもぼくは死にたいのであって、病気になりたいわけじゃない。心臓麻痺で死ぬなんて御免だ。ぼくは、ぼくの意志でもって死にたい。

風呂からあがり、ぼくは火照《ほて》った体を冷ましがてら、夜の散歩をする。

玄関口でお兄ちゃんを振りかえる。

「いってきます」

「いってらっしゃい」

夜の散歩は、春先からはじめた習慣だ。

ぼくは来たる死に向かい、シミュレーションをはじめた。夜道を歩きながら、ぼくはあちらこちらと覗き、探り、物色する。ぼくにふさわしい、索漠たる死に場所を。

ぼくが死に、家にはママと父とお兄ちゃんが残される。

ママは昔からぼくを嫌っている。ママはまるで竜王石《りゅうおうせき》だ。ウイスキーを水のように飲み、火を噴く代わりに毒を吐きちらす。ぼくを嫌い、父を嫌い、世界のすべてを嫌っている。よくあんなにも絶え間なく憎悪を発散していられるものだと、いっそ感心してしまうほどだ。

父は対照的に、無口でおとなしい人である。彼がぼくをどう思っているかは、この歳になってもよくわからない。父はくにゃくにゃと不定形な石だ。見る人によってかたちを変える、アメーバのような石なのだ。

ぼくは歩く。ママも、父もいない、夜道を歩く。

夜の空気は昼間のそれとは違い、ひんやりと冷えて、冴えている。匂いも、音も、昼間よりずっとあざやかだ。

ぼくは夜が好きだ。とりわけ、夜の公園が好きだ。

そうだ、これを書いておかなければいけない。

昨夜ぼくは、公園で新しい相棒を拾った。

この相棒は大きな体軀を持っている。身長はぼくより約三、四センチ高い。体重は十――いや、十五キロは重いかもしれない。向かいあってみるとわかる。威圧感が違う。全身が、鍛えあげた鋼の刀だ。

驚いたことに相棒は、ぼくが見つめても石にならない。

こんなことは祖父以来だ。ふたりめで、そしておそらく最後の相手だろう。ぼくが彼を相棒に選んだ、もっとも大きな理由がそれだ。

あらゆる意味で彼は異質だ。そしてきっと、彼は使える。

公園で彼に出会って、ふと思いだした件があった。そういえば馬鹿な担任が、春先にホームルームでこう尋ねてきたのだ。

なぜ人を殺してはいけないのか――と。

ぼくは社会規律のためだと答えた。だが相棒はそのとき、覚悟の問題だと答えた。ぼくはその答えが、まあまあ気に入った。愚かな精神論とも言えるが、すくなくともほかのやつらよりはずっとましだ。考えにそれなりの芯がある。

ぼくは決めた。

死ぬまでの間、この相棒を手足にして遊ぶことにする。消化期間の暇つぶしにはもってこいだろう。

遊びの名は、復讐だ。

復讐ごっこだ。つまらないか面白いかは、まだわからない。ただ試してみる価値はあると思う。

もし面白かったら、通帳の金なんか遣いきってしまおう。本は数冊を除いて、全部処分しよう。どうせもうすぐ終わりだ。死んで意識が消失するというのは、世界ごと失くなってしまうのと同じだ。

遺言どおり、愛書は棺桶に入れて一緒に焼いてもらいたいものだ。だが、あまり期待はしないでおこう。期待は、するだけ疲れる。

今日はひさしぶりに祖父と話した。

「なにもかもうまくいってるよ」

ぼくは、祖父に報告する。

「相棒ができた」と言うと祖父は心配していた。そいつは信用できるのか、大丈夫かとしつこいほど訊いてきた。

「大丈夫、ぼくは油断したりしない。ただそいつと、しばらく遊ぶだけだよ」

とぼくは答え、祖父を安心させた。

復讐ごっこは、たぶんぼくの計画にも役立つはずだ。計画の一部に組みこむことを前提に、動いてみるとしよう。

ターゲットはすでに絞った。まずはY県だ。ちょっとは楽しくなるといいけれど、どうだろう。やってみなければわからない。

あと六箇月。

＊　　＊

階下から呼ぶ声に応え、文稀は階段をおりてリヴィングへ入った。

テーブルにはすでに、ママとお兄ちゃんがついていた。並べられた食事に、ああそうかと文稀は思う。空腹感がなく、夕飯をとっていなかったことを忘れていた。

「ぼさっと突っ立ってないで、早く食べちゃいなさい」

尖った声でママが言う。

文稀は椅子を引き、座る。

お兄ちゃんの前には煮魚、南瓜《かぼちゃ》のサラダ、きんぴら蓮根《れんこん》、いんげんの煮びたしを並べたトレイが置かれている。ママの前にはウイスキーの壜とグラス、そしてチェイサーの水があるきりだ。

文稀の前へ、ママが荒々しくトレイを押しやった。その目は据わり、血走っている。吐く息は熟れた柿の匂いがする。

文稀は箸をとった。

食事はいつもどおり冷えて、ぱさぱさで、味がなかった。調味料を足したり、電子レンジで温めなおすことはできない。ママが「あてつけがましいことをするな」と半狂乱になるからだ。

ママがウイスキーの壜をグラスに傾ける。ツーフィンガー、いや、スリーフィンガーの分量が注がれる。

舌先でウイスキーを舐めながら、ママはお兄ちゃんに話しかける。

「今日、学校でどうだった？　楽しかった？」

「そう。そんならよかった」

「ふふ、馬鹿ね」

「いいこと、あんただけは、まともでいてよ」

ふいにママが顔を文稀に向ける。敵意をこめたまなざしが彼を射る。

グラスが飛んできた。身がまえる間もなかった。切子細工のウイスキーグラスは文稀の額をかすめ、背後の壁に当たった。

振りかえらぬよう文稀はつとめた。余計な動作で、ママを刺激したくなかった。

唸《うな》るように、ママが言う。

「なに見てるの、気持ち悪い」

声のトーンが跳ねあがる。

「気持ち悪いんだよ、おまえ。謝りなさい。謝れ、謝れ、謝れ」

拳《こぶし》でテーブルを叩きはじめる。おさまる様子がないとみて、文稀はしかたなく言った。

「ごめんなさい」

ママが喚く。「なによそれ。心がこもってないじゃない。もう一度」

「ごめんなさい」

「頭をちゃんと下げろ、馬鹿」

右手を伸ばし、ママは文稀の頭を鷲摑《わしづか》みにした。力まかせに顔面をテーブルへ押しつける。

文稀はさからわず、夕飯の皿をお兄ちゃんの側へ押して避難させた。鼻が潰れそうだ。チェイサーのグラスからこぼれた水で、頬と額が濡れて冷たい。

ママが唸る。「〝ぼくは馬鹿のクズです〟、と言いなさい」

「……ぼくは、馬鹿のクズです」

淡々と文稀は繰りかえした。さらにテーブルへきつく押しつけられ、頬が歪む。声がこもって割れる。

「〝ぼくはキモい、最低の愚図《ぐず》野郎です〟」

「ぼくはキモい、最低の愚図野郎です」

「〝友達はひとりもいません。一生結婚できません。ぼくが馬鹿でクズでキモい最低のクソガキだからです。誰も、ぼくのことを好きになってくれません。当然です〟。ほら、言うのよ」

「友達はひとりもいません。一生結婚できません。ぼくが馬鹿でクズでキモい最低のクソガキだからです。誰も、ぼくのことを好きになってくれません。当然です」

きちんと復唱できたはずだ。だがママはお気に召さなかったらしい。言葉にならぬ奇声をあげ、文稀の夕餉《ゆうげ》にチェイサーの水をぶちまけた。

ママが立ちあがり、憤然とリヴィングを出ていく。

足音が次第に遠ざかる。

どうやら寝室へ引っこんでくれるらしい。文稀は首をもたげ、安堵《あんど》の吐息をついた。

「やれやれ」

かたわらのお兄ちゃんに、肩をすくめてみせる。

「まったく、ヒステリーはこれだから。……さっさと食べちゃおうぜ。食べ終えささえすりゃ、自分の部屋に戻れるんだから」

文稀の言葉に、お兄ちゃんは無言で笑いかえした。

第二章

1

洗面所の、鏡の前に立つ。

普段はワックスひとつ付けない髪を、文稀はオールバックにしてヘアスプレーで固めた。身に着けているのは父のクロゼットから借りたゴルフシャツに、ツータックのチノパンツだ。どちらも高価だが、おそろしく野暮ったい。

文稀は横を向き、体型を確認した。

この服なら、すこし腹が出ていたほうが自然そうだ。ゴルフシャツの下にタオルを詰め、裾をチノパンツに押しこむ。胸ポケットには、百円ショップで買ったちゃちなサングラスを挿しこんだ。

廊下は静まりかえっていた。家鳴りの音すらしない。

文稀は壁掛けのフックに吊り下がる、各種の鍵を指で確認した。自宅の鍵、車庫の鍵、物置小屋の鍵、車のキイ。

手を伸ばし、ママのステップワゴンのキイを取った。

ここ数年、ママは運転をやめている。昼間から酒びたりで、とても運転どころではないのだ。キイがなくなろうが車そのものが車庫から消えようが、いまの彼女は気にもとめやしない。

車庫のシャッターを開けた。

庭の泥で、ナンバープレートを念入りに汚す。だが全部汚してしまうと、かえって人の記憶に残りやすい。数字がふたつ隠れるくらいでちょうどいい。

まず向かった先はセルフ式のガソリンスタンドだった。

車をおりる前に眼鏡をはずし、胸ポケットのサングラスに替えた。給油を終え、運転席に戻って眼鏡をかけなおす。

カーナビの行き先を石嶋市に設定し、文稀は車を発進させた。

バイパスには乗らず、下道を選んだ。オービスやNシステムは避けたい。Nシステムに追われる羽目になるとは思えないが、用心に越したことはなかった。また交通課のねずみとりが張っていそうな道は、あらかじめネットの口コミサイトで調べ済みだ。

先行車から充分な車間距離をとり、けして追い越さず、安全運転で文稀は走った。

煽られたりパッシングされたときは素直に道を譲り、譲ったときはライトをスモールにして、相手の機嫌をそこねぬようつとめた。無免許運転にトラブルはご法度であった。

パトカーや白バイに追われたことは一度もない。だがそのときはそのときだ、と思っていた。

もしこの段階で自分が捕まるならば、そこまでの運命だったということだ。運が味方しない計画は成功の確率が低い。その時点ですっぱり諦めよう、と文稀は己に言い聞かせた。

車の流れはスムーズだった。

あたりは暗く、先行車のバックミラーに文稀がはっきり映るおそれもない。

万が一、前を行くドライバーが「子供っぽい顔だ」とあやしんだとしても、通報して面倒ごとに巻きこまれたがるやつは滅多にいない。速度を守りつつ、流れにのって走ってさえいれば、平凡なシルヴァーのステップワゴンなんかに誰も注目しやしない。

県境を越え、隣県に入った。

カーナビの指示どおり文稀は走った。入力してあるのはターゲットのひとりである、中田優希奈の電話番号であった。

裏サイトに晒《さら》されていた番号と住所を信じるならば、彼女は両親とともに1DKのアパート住まいらしい。

ステップワゴンは、夜の住宅街に滑りこんでいった。


「……と、いうわけで」

泉第二公園の丸太橋に腰かけて、文稀は言った。

「中田優希奈は鑑別所を出てから、ずっとひきこもり状態みたいだ。対する大井田真依のほうは、毎晩のように彼氏と遊び歩いてる。だから、やるならこの大井田真依のほうだとぼくは思う」

耀は思わず顔を曇らせた。

「ひとりだけ、やるのか」

文稀が片眉を上げる。

「何人だっていいだろ。べつにこいつらに恨みがあるわけじゃないし、どうせ練習台だ。両方きっちり襲う必要なんてないじゃないか」

「そりゃそうだけど」

耀はしぶしぶうなずき、「で、いつやる」と訊いた。

「すぐにでも――と言いたいところだけど、この大井田って女、生活リズムもサイクルもめちゃくちゃなんだ。男の呼びだしが最優先、って感じで動いてる。雌の本能で生きてるんだろうな。まるで動物だ」

不快感をあらわに、文稀は吐き捨てた。

「ただ男の仕事の都合なのか、水曜と木曜の夜は遊びに出ても早めに帰るようだ。彼氏と別れて、ひとりになったところを狙おう」

「彼氏のくせに、家の前まで送ってやんないのか」

「それはまあ、人それぞれの流儀なんじゃない？　もしかしたら、恋人同士だと思ってるのは大井田真依のほうだけなのかもね」

ともかく、決行日は二日後の木曜日と取り決められた。

木曜の夕方から夜にかけての降水確率は、三十パーセントだった。

櫂は待ち合わせ場所の駐車場に十分前に着いた。服は目立たない黒のナイロンジャケットに、同じく黒のデニムを選んだ。靴はスニーカーではなく硬いワークブーツだ。

無意識にその場で足踏みを繰りかえしていると、眼前にシルヴァーのステップワゴンが横づけされた。

運転席のウインドウが開く。覗いた顔に、櫂は目をまるくした。

「おまえ、運転すんのか」

「オートマだ。小学生だって運転できるよ」

うそぶく文稀をいま一度眺めて、櫂は思わず噴きだした。

「なんだそのアタマ。服もひでえな。おっさんかよ」

「念のためだよ」澄ました顔で文稀は言い、

「一応、免許も作ってみた」

助手席に乗りこんだ櫂に、ドリンクホルダーに挿した偽造免許証を指してみせた。

「もらい事故さえしなければ、とくに見せる機会はないと思うけどね。でも本物とは重さからして違うし、警察なら一発で見やぶるはずだ。念のため作ったってだけで、ただの気休めだよ」

櫂は偽造免許証を手にとってみた。ためつすがめつし、感嘆する。

「謙遜すんなよ。いい出来だぜ、どうやって作ったんだ」

文稀の言うとおり、本物と比べれば一目瞭然なのだろう。だが夜目で、比較対象なしに見たならば偽物とは思えない出来だった。運転免許証などまじまじ見たことのない、中学生の身だから余計かもしれない。

証明写真の文稀は修整済みなのか、だいぶ老けて見えた。

「画像は母親の免許証をスキャンして、そのへんで撮った証明写真を貼りつけて、フォトショとイラレでいじっただけ。ラミネートフィルムは百均で買ったやつ」

「フォトショとイラレってなんだ」

「画像を加工するソフトのこと。正式名称はフォトショップと、イラストレーター」

ステップワゴンが走りだす。

赤信号で停まり、右折のウィンカーが出される。

「高速やバイパスはオービスがあるし、覆面パトカーも走ってるから、ちょっと時間は食うけど下道を行こう。緒方くん、親に夕飯いらないって言ってきた？」

「ああ、亮介とファミレス寄ってくるって電話した」

「そう」

亮介とは誰だ、などと文稀は訊かなかった。ただうなずき、後部座席のボストンバッグを顎で指した。

「とりあえず、当座で要《い》りそうなものは用意しといたよ」

「用意？」

「確認してみて」

耀は助手席のシートから身をのりだし、合成皮革のバッグを掴んだ。膝にのせて、ジッパーを開ける。途端に彼は瞠目《どうもく》した。

バッグにはロープが束になって入っていた。ガムテープがあった。梱包用結束バンドがあった。スタンガンに、催涙スプレーがあった。タオルやバリカン。懐中電灯。鋏《はさみ》。ハンマー。カッター。特殊警棒。バンダナ。ニット帽に、工業用カッターまでもが突っこまれていた。

ハンドルを操りながら文稀が言う。

「ネット通販と、そこらのホームセンターで揃えたんだ。まだ模索の段階だから、その都度話しあって足りないものを補充していこう」

「ああ。……それはそうと、おれ、特殊警棒とスタンガンの実物ってはじめて見たぞ」

耀は特殊警棒をかかげ、柄のスイッチを押した。

スライド式らしく、しゅっと音をたてて警棒が伸びる。掌《てのひら》にかるく叩きつけ、強度を確かめてみた。いける。これなら骨の二、三本は折れそうだ。

「警棒もスタンガンも、護身グッズとしてネットで簡単に買えるんだよ。登録アドレスはフリーメール。商品はコンビニ受け取りで現金払いにしておいた」

片頬で文稀は笑った。

「ぼくは緒方くんと違って肉体派じゃないから、武器くらい持ってないとね」

「なんだおまえ、意外とやる気満々だな」燿も笑う。

茶化したつもりだった。しかし文稀は真顔で言いかえした。

「もちろん。やると決めたんだから、やるよ」

2

ステップワゴンは待機の態勢に入った。

場所は石嶋市で唯一と言える、歓楽街のとば口である。

繁華街のアーケードを出て、JAの看板を左折し、しばらく直進するとV字形の小路があらわれる。その小路から先が、歓楽街であった。

キャバクラやパブのけばけばしいネオンが夜闇に浮かびあがっている。看板灯籠《とうろう》が立ち並び、ラブホテルの店名が瞬《また》いている。

昔懐かしい縄のれんや赤提灯《ちょうちん》といった趣ではない。飲み屋街というよりは、風俗街に近かった。道は狭苦しく、電線がやたらと交錯して、ごたついた眺めをいっそう猥雑《わいざつ》に見せていた。

「なかなか来ねえな」

「そうだね」

焦《じ》れる櫂をいなすように、文稀は低く応じた。

夕飯は車内で、コンビニ弁当をかきこんで済ませた。いまは同じくコンビニで購入した、カフェインとアルギニン配合の栄養飲料をすこしずつ飲んでいるところだ。どれだけ効果があるかは知らないが、興奮剤のつもりだった。

後部座席に移った櫂は、苛々《いらいら》と足を揺すりつづけていた。

「なあ。もしかして、別の出口からとっくに出ちまったんじゃないのか」

「かもね」

「かもねっておまえ――」

「まあ、もうすこし待ってみよう」

文稀がやわらかに封じる。しかたなく櫂は黙った。

数分して、文稀が声を短く発する。

「来た」

「え、マジか」

ウインドウを開けて、櫂は首を突き出した。

腕を組んでべったり寄り添ったカップルが、小路を出て歩いてくるところだった。男に比べ、女はかなり若いようだ。服もバッグも安っぽく、化粧がやけに濃い。髪を金茶に脱色し、十センチ近いピンヒールを履いている。

「どう見ても〝真面目な元部活少女〟じゃねえぞ。ほんとにあれで間違いないのか」

「間違いないよ。ここから自宅に入っていくのを、何度も尾行して確認してる。あいつが大井田真依だ」

「彼氏のほうも、だいぶイメージ違うな」

二十代後半に見える男であった。背はさほど高くなく、太っている。と言っても脂肪のみをまとっているわけではなかった。筋肉の上に脂肪を乗せた、がっちりと堅太りした体だ。一見鈍重だが、体軀といい面がまえといい暴力慣れした臭いがある。

「あいつはまだ、相手にしたくねえな」

耀は低くつぶやいた。――そう、いまはまだ駄目だ。襲撃に不慣れな、いまのうちはまだ。

文稀が右手をあげ、

「大丈夫だよ、見ていて。大井田真依はいつもあの角で男と別れるんだ」

と指さした。

なるほど宝くじ屋の看板の前で、真依と男は抱きあっていた。熱烈な別れのキスをしている。男は舌を使いながら、右手で真依の尻を鷲摑みにしていた。

やがて体を離し、男がきびすを返す。

真依がバイバイ、と手を振る。遠ざかっていく男の背をいつまでも見送り、手を振りつづけている。

男は一度も振りむかなかった。角ばった太り肉《じし》の体軀が横断歩道を渡り、角を曲がって、完全に見えなくなる。

文稀が櫂を見た。櫂も文稀を見た。目くばせし、うなずきあう。

ふたりは打ち合わせどおり、バンダナを顔の下半分に巻いて後頭部で縛った。ニット帽をかぶり、はみ出た髪を念入りに帽子の中へと押しこんだ。

「おまえ、眼鏡したままなのか」

「しょうがないだろ。これがないとなにもできないんだから」

「でも……」

あやうく笑いだしそうになって、櫂は慌てて口もとを引きしめた。

いまの会話で、はからずも緊張がほぐれたようだ。無意識にきつく握りしめすぎたか、指さきが白っぽくなっていると気づく。血をかよわせようと、櫂は手を握ってはひらく動作を繰りかえした。

深呼吸する。かるく肩をまわす。

なあ、と文稀に問おうとして、やめた。なあ、失敗したらどうする——という問いだった。呑みこんで正解の質問であった。

いまはそんなこと、考えるべきじゃない。うまくいく、絶対にうまくいく、とだけ己に言い聞かせる。

真依が歩きだした。文稀がギアを入れ替え、ステップワゴンを発進させる。

「黒のワゴン車のほうが、それっぽかったよな」燿は言った。

「え？」

「拉致《らち》用に、さ」

「ああ、そうだね」

気のない声で文稀は応じた。

街灯の乏しい通りにさしかかったところで、ステップワゴンは真依を追い抜いた。数メートル先の路肩に停める。

真依は歩きながら、しきりにスマートフォンをいじっていた。不審なワゴン車には目もくれない。近づいてくる。一歩一歩、距離が縮まる。

燿は思わず息を詰めた。

心臓が耳のそばで、せわしなく跳ねている。

試合前にも体験したことのない緊張が、手足を強張《こわば》らせている。なのに五感はやけにクリアだ。掌が、首の後ろが、滲んだ汗でしっとり濡れている。

おれは怖気《おじけ》づいているんだろうか。燿は思った。

だからこんなにも汗をかき、顔を引き攣《つ》らせて、身を固くしているんだろうか。

いや、違う。すこしも怖気づいていないと言ったら嘘になるけれど、いまの感情はそれとは似て非なるものだ。なんというか、もっと、こう――。

「いまだ」

文稀がささやいた。

燿はドアをひらいた。真横を通りかかった真依の腕を摑む。

片手で口をふさいだ。力ずくで車内へ引きずりこむ。ドアを閉める。

何度もイメージトレーニングしておいたおかげか、ここまではうまくいった。安堵しかけて、掌の下の生身の感触に、すぐまた気を引きしめる。

ステップワゴンは七人乗りの三列シートである。二列目、三列目のシートは倒してフルフラットにし、マットを敷いておいた。そのマットの上に、燿は真依をうつぶせに押さえつけた。

手足を縛ろうとして、櫂ははっとした。

——ない。

縛るための道具が、手の中にない。

一気に恐慌が襲ってきた。頭に血がのぼる。視界が狭まる。なぜだ、と思った。梱包用の結束バンドを用意しておいたはずなのに、なぜ。

焦りと恐怖で、どっと汗が噴きだす。手がぬるぬるとすべる。全身が、音をたてんばかりに震えだすのがわかった。

横から腕が伸びた。

文稀の腕だ。彼は櫂の左手首を、かるく指さきで突いた。

その瞬間、櫂はあやうく声を出しそうになった。

結束バンドが、己の手首に結びつけられていた。どうやら真依を待っている間、手持ち無沙汰なあまり無意識に結んでしまったらしい。

櫂は利き手で、手首の結束バンドをほどこうとした。だがその前に、真依の体が反転した。

真依は唸るような声をあげ、膝で思いきり櫂を蹴った。

おそらく股間を蹴りあげるつもりだったのだろう。だが膝はわずかにそれ、櫂の腿《もも》にあたった。

一瞬、熱に似た痺《しび》れが襲う。数秒おいて腿が脈打つように痛みだす。呻き声をあげそうになり、櫂は歯を食いしばった。

真依は手足を振りまわし、いまや死にものぐるいで暴れていた。犯されると、いや、殺されると思っているに違いなかった。

真依の伸ばした爪が、櫂の腕の皮膚をえぐる。刺すような痛みに、櫂の視界が赤く染まった。

考える間もなく、櫂は右拳で真依の顔を殴りつけていた。

ぐにゃりとした頬肉の感触があった。肉のすぐ向こうに歯があることまで、はっきりとわかった。拳に、直接伝わった。

真依が抵抗をやめた。

だが櫂はもう一発殴った。さらにもう一発。真依の腕が、力なく落ちた。

櫂は彼女の体を、いま一度うつぶせに転がした。震える手で、なんとか真依の両手首をまとめあげ、結束バンドで縛る。足首も同様にした。

加勢した文稀が、真依の髪を摑んだ。顔をあげさせ、血だらけの口にガムテープを貼りつける。

ああ、と櫂は思った。

――ああそうだ。最初にガムテで、口をふさぐ手順のはずだった。

あんなに脳内シミュレーションしたはずなのに、やっぱりうまくいかないもんだ。これが本番でなくてよかった。高橋の言うとおり、予行演習しておいて正解だった。

――もし本番でヘマをしたら、取りかえしがつかない。

祥太の仇《かたき》を討てずに捕まったら、一生かけても悔やみきれない。

三人を乗せたステップワゴンは住宅街を抜け、来た道を戻って国道へと出た。煌々《こうこう》と光るカラオケやファミレスの看板、パチンコ屋のネオンサインを背に走る。毒々しいまでに華やかな灯りが、見る間に遠くなっていく。

目指す先は、山だった。春には老人たちが山菜採りに入るような山だ。

三十分ほど走ると、山のシルエットが黒い塊となって眼前にせまってきた。細く険しい道を、ステップワゴンは四十キロの速度で慎重にのぼりはじめた。

観念したのか、真依は呻き声ひとつあげない。「言いなりになるふりをして、無事に解放されるまでしのごう」と思っているに違いない。

いまや櫂の目は、完全に闇に慣れていた。マットに横たわった真依の生白い体が、陸にあがった深海魚のごとく異質に映る。

山の四合目ほどで、車は停まった。

文稀がエンジンを切り、真依と櫂のいる後部座席へ移動してくる。当然ながらバンダナもニット帽も着けたままだ。なかば顔を隠した彼は、櫂でさえ一瞬ぎょっとするほど異様だった。

真依がふたたび体をよじって暴れだす。櫂はバンダナの奥で舌打ちした。だが正直、もう殴りたくはなかった。

櫂の気持ちを悟ったかのように、文稀がボストンバッグを開けてみせた。

無言で櫂は、鋏を指さした。文稀が櫂に鋏を手渡す。

櫂は抗《あらが》って跳ねる真依の背に片膝をのせ、遠慮なく体重をかけた。うぐ、とガムテープ越しに真依が呻くのが聞こえた。

さきほど文稀がやったように、乱暴に髪を摑んだ。首をもたげさせる。間髪《かんはつ》を容《い》れず、顔面を思いきりマットに叩きつけた。

なにか硬いものが潰れる音がした。鼻骨かもしれなかった。

真依は唸り、首を垂れ、ようやくおとなしくなった。

櫂は彼女の薄っぺらいキャミソールを、鋏で切り裂きはじめた。

裾から首もとまで、わざと派手な音をたてて切る。すっかり抵抗をやめた真依の体をごろりと転がし、前身頃も同じように切っていった。

真依はひどく痩せて、貧相だった。乳房は平らで胸骨が浮きあがっていた。中学生とは思えないほど肌がくすみ、かさついている。ラブホテル帰りだからか、安っぽいボディソープのシトラスが匂った。

デニムのスカートは生地が厚くて切れなかった。しかたなく、引き抜くようにして脱がせた。下着は上下とも切り裂いた。

あらわれた陰毛はみじめなほど薄く、まばらだった。乳首は両方とも陥没していた。乳房が鳥肌立っている。太腿は肉がそげ落ち、合わせた両足の間に大きな隙間ができていた。

素裸の真依が、マットの上に横たわっていた。

性欲はまったく湧かなかった。ただし激しい興奮があった。性欲とはまったく別種の昂《たか》ぶりと衝動が、櫂の脳を支配していた。

文稀が顎で、いま一度真依を指す。

櫂はうなずいた。言葉はなくとも、彼の言いたいことが瞬時に伝わった。櫂は彼女の脱色した髪を摑み、鋏の刃を根もとにあてた。

真依の目が見ひらかれた。

犯されることは覚悟していただろう。だがこの行動は予想外だったに違いない。真依はうう、ううと呻き、頭を振って逃れようとした。しかし櫂は片手で頭を押さえつけ、逃がさなかった。

裁ち鋏だが、新品なため切れ味は悪くなかった。無造作に髪を切り進めていく。半分ほど切ったところで、真依が体の力を抜いた。

ベリーショートほどに短くなった髪に、つづけて文稀がバリカンをあてた。音のない車内に、バリカンのモーター音が響く。

文稀は、眉毛も刈った。睫毛《まつげ》は鋏で切った。

真依は微動だにしなかった。

数分後、丸坊主で、全裸の、眉も睫毛もない生き物がマットに転がっていた。刈りかたがまずかったのか、頭皮にはところどころ血が滲んでいた。

真依は声もなく、静かに涙を流していた。

片手で彼女の頰を摑み、文稀が口のガムテープをひといきに剝がした。鋭い音がした。反射的に櫂は顔をしかめた。

耳もとに口をあて、文稀が言う。

「ごめんなさいは？」

数秒、沈黙があった。

「ごめんなさいは？」繰りかえす。

真依の唇がひらく。空気の足りない魚のように数度あえいだのち、

「ごべん、な、ざい」

と声が洩れた。

「聞こえない、もう一度」

「ご、ごべんだ、ざい」

「もう一度」

真依の顔が歪んだ。

「ごべん、だざい。ごべんだざい。ごべんだざい。ごべんだざい。ごべ、だ、ざい」

両の目から、だらだらと涙がとめどなく流れた。瞳いっぱいに、恐怖の色が貼りついていた。

「ごろざ、だいで」

真依は青洟《あおばな》を垂らしていた。

なおも謝りつづける彼女の拘束をとき、文稀はステップワゴンから真依を蹴りだした。ぶざまに彼女は尻から落下した。

ドアを閉める。

「あとは、ひとりで勝手に帰るだろ」文稀は言った。

「……あの、おまえ、大丈夫か」

耀が問う。

「なにが」

「いや、ええと」

すこし口ごもってから、「声、あいつに聞かれちまっただろ」と取ってつけたように答える。

「ああ」

文稀はうなずいた。

「いいさ、それくらい。万が一録音されていたとしても、警察が声紋分析して日本中から容疑者を割りだした頃には、ぼくはとっくに死んでる」

彼は運転席へと戻り、挿しっぱなしのキイをまわした。音をたててエンジンが動きだす。

藪《やぶ》に車のリヤを突っこんで切りかえし、のぼってきた山道をUターンして戻る。

だがほんの数メートル走ったところで、ステップワゴンは停まった。

「どうした」

櫂の問いに、文稀はバックミラーをしばし見つめて、

「ごめん、ちょっと待ってて」

と言い、車をおりた。

バックミラーに映っていたのは、真依だった。

丸坊主で全裸の少女は、しゃがみこんで啜り泣いていた。立ちあがって数歩進んだはいいが、足の裏をガラス片か石片で切ったらしい。歩けないのだった。

ゆっくりと文稀は彼女に歩み寄った。

声をかけるわけではない。すこし離れたところから、じっと観察する。

「なんで、なんでよぉ」

真依はまるくうずくまり、拳で幾度も地面を殴っていた。

「なんで、あだじがぁ。なんでいっづも、あだじばっかりぃ。もうやだ。こんなの、やだ、やだ、やだ、やだぁ……」

嗚咽《おえつ》が長く尾をひいた。

文稀は車へ戻った。ドアを開け、素早く運転席へ乗りこむ。肩越しに櫂を見て、彼は言った。

「帰ろう」

3

次の標的は誰にするか。耀と文稀は、額を突きあわせて考えた。

場所は当然のごとく、泉第二公園だ。文稀がノートパソコンを膝にベンチへ座り、耀はその前にしゃがみこんでいる。

飛んできた蛾を耀は手で払って、

「一昨年《おととし》くらいに、先輩から聞いた話なんだがな」

と切りだした。

「津庫《つくら》市に住んでた先輩の友達が、同級生にひでえ目に遭わされたらしいんだ。学校でのいじめじゃなくて親同士もからんでるから、もうちょい根が深いんだけど」

「親同士？」

文稀が眉根を寄せる。耀は手を振って、

「親っていうか、正確には親父な。いじめ野郎の親父が、被害者の親父の上司なんだよ」

「ああ、なるほど。会社での力関係を、子供たちの間柄にも持ちこんだってわけだ。それはたちが悪いな」

「だろ。被害者の親父がおとなしい気弱な人なもんだから、上司夫婦はだいぶ調子こいてたらしい。上司本人が部下の親父にパワハラするだけじゃなく、上司の女房は被害者の母親をパシリ扱いで、『お稽古ごとに行くから運転手をしろ』だの、『どこそこの何が食べたいから取り寄せて何日までに家へ届けろ』だの、好き勝手やってたそうだ」

「親がそんなんじゃ、子供はモロに影響受けるだろうね。『あの一家はおれたちが好きにしていいやつらだ』と思いこんだとしても無理ないな」

「無理ないって……。おまえ、いやな言いかたすんなよ。まともなやつなら、そんなふうに思ったりしねえぞ」

燿が反駁《はんばく》する。

「そんなやつらの子供が、まともなわけないだろ」文稀はしれっと首を振った。

「性格は遺伝と環境によって形成されるんだ。その両親じゃDNAも躾《しつけ》も、どっちも望み薄だね」

「……まあ、それはともかく」

諦めて、燿は話をつづけた。

「そんな流れで、いつしか子供同士の間にまで、しっかり上下関係が根づいちまったんだとさ。それでも小学生くらいまでは、親分子分くらいの微笑《ほほえ》ましい間柄だった。でも中学に入った頃から、どんどん加害者側が増長していった。気がついたら、事態は立派な『いじめ』に発展していたんだ」

文稀がすこし考えこんで、

「緒方くんにその話を聞かせた先輩って、野球部の先輩？」と問う。

「ああ」

「だったらその友達って子も野球やってたんじゃない？　津庫市なんてけっこう遠いし、親戚でもない限り親しくなりそうにないよね。それとも引っ越したとか？」

「いや、野球繋がりで合ってる。ボーイズリーグで同じチームだったらしい」

「ボーイズリーグに入ってるような子なら、体格もいいんじゃないの。自分よりでかい相手って、手を出すほうも怖いと思うんだけど」

「確かにガタイがいいほうが有利だし、でかいやつも多い」耀は同意した。

「でも中学くらいなら、全員が全員でかいってわけじゃねえよ。それにそのふたりの関係は、もう体格差でどうにかなるもんじゃなかったようだ。完全に『おれが上、おまえは下』って階級ができちまってたからな」

「そうか」

文稀は納得したようだった。

「前提はわかったよ。で、『ひどい目』っていうのは、具体的にどんな目に遭わされたわけ」

「おれもこまかいとこは聞いてないんだけど」

と耀は前置きして、

「きっかけは、体育の授業でやらされた柔道らしい。被害者は――ええと、先輩はシノダって呼んでたけど――そのシノダさんは運動神経がいいんで、投げられるのもうまいんだよ。あんまり楽にほいほい投げれたもんで、いじめ野郎は『おれってうまいじゃん』と勘違いしたんだろうな。『もっと技を磨きたい』とか言いだして、シノダさんを放課後に自宅へ呼びだしたんだ」

畳の座敷で、ふたりは柔道のつづきをしたのだという。

しかし簡単に投げられてばかりのシノダに、加害少年は次第にヒートアップしていった。

いつしか柔道ではなく殴る、蹴るになり、シノダも防戦一方ではいられなくなった。

顔を殴られそうになり、反射的にシノダはその手を払い落とした。それが加害少年を激怒させた。反撃するなんて生意気だ、とばかりに、彼はシノダを両手で突きとばした。

畳に尻もちをついた相手の顔面を、加害少年は思いきり蹴った。

悲鳴が湧いた。

蹴りつけた足の爪さきが、シノダの左目に突き刺さったのだ。彼は畳を転げまわった。血と硝子体液《しょうしたい》が、頬にだらだらと流れ落ちた。

加害少年は蒼白になり、逃げた。救急車も呼ばず、親も呼ばずにただ逃げた。

一一九番通報したのは、十数分後にたまたま回覧板を届けに来た隣家の住人だった。悲鳴と泣き声を聞き、慌てて部屋に駆けこんだのだ。

「眼球破裂で、どうしようもなかったらしい。シノダさんは左目を失明した」

櫂は声を落とした。

「でもシノダさんの親父は、『被害届は出すな』と言ったんだとさ。相手が上司の息子だからだよ。——泣き寝入りだ」

「彼の母親は、それで納得したの？」

「したんじゃねえかな。実際、事故ってことでいじめ野郎はとくにおとがめなしだったそうだ。シノダさんちは治療費と、ほんのちょっぴりの慰謝料をもらって引きさがった。ただ、さすがに夫婦仲はうまくいかなくなって、すこし経って離婚したってさ。シノダさんの親権は母親にわたって、二人で母方の実家へ引っ越していったそうだ」

短い静寂があった。

文稀が言う。

「加害者の、名前と住所は？」

「苗字は聞いたかもしれないが、覚えてない。でも津庫中の校区内だとは思う。わかるのは、それだけだ」

燿の言葉に文稀は首を縦にして、

「じゃあ緒方くんはその先輩に会って、できる限り情報を入手しといてよ。ちなみにぼくが次の候補にどうかと思ったのは、この事件」

とノートパソコンをひらいた。

モニタに表示されているのは、ネットニュースの記事であった。

『Z県柄妻《えつま》市で4月、小学5年の男子児童（11）が自宅で殺鼠剤《さっそざい》を飲み、一時重体となった事件で、柄妻市教育委員会は20日、「いじめを示す事実は見つからなかった」とする調査結果を発表した。

市教育長は「学校でのいじめが自殺未遂の理由である可能性はきわめて低い」と説明。男児の両親は市教委に対し「説明が不充分であり、納得できない」と抗議しているという。

市教委は事件が起こった4月9日の翌週から調査を開始。担任を含む全教職員と、全校児童、ならびに男児のクラスメイトである児童25人に対するアンケートと、聞き取り調査を行った。

調査の結果、市教委は「校内にいじめはなかった」という結論に達した。

市教育長は「われわれができる範囲での調査は終わった。今後はご家族が納得のいくまで説明していきたい」と話している』

モニタを覗きこんでいた櫂は、

「小学生かよ」顔をあげて、気抜けしたように言った。

文稀がニュースの日付を指さす。

「でもこれ、三年前の記事だからね。いまは加害者も被害者も中学二年生だ」

タッチパッドにあてた指を、くるりとまわす。

「おまけに『まちBBS』によると、このいじめの主犯は中学でも懲りずにいじめを繰りかえしているらしい。まだ事件にはなってないけど、近いうちに大きなニュース沙汰が起こるんじゃないかって、生徒たちは怖がってる様子だ」

「ふうん」

櫂は顎に手をあてた。ゆっくりと前傾姿勢になる。

「そんなにひでえのか」

「ぼくが説明するより、これを見たほうが早いと思う」

文稀はそう言いざま、アンダーバーをクリックした。最小化していた『まちＢＢＳ』のウインドウが、前面に表示される。

76. 名無し@ＢＢＳ　20XX/04/21（火）20：29：54【sage】
Ｆやばいね。あの調子でいったらほんとやばい。もう学校来ないでほしい。

目の前で人ゴロしなんて起きたら、さすがに立ち直れない。こっちの将来のことも考えてよねって感じ。

77. 名無し@ＢＢＳ　20XX/04/21（火）21：13：08【sage】
あいつがほかの生徒の将来なんて考えるわけないじゃん。ていうか、もう転校したい。

絶対Ｍ、あのままじゃコロされるよ。それか、自サツしちゃう。死んだほうがマシだもん、あんなの。

同じ校区だってだけなのに、なんであたしらまでグロいいじめショーなんて見せらんなきゃなんないの。

76. 名無し@BBS　20XX/04/21（火）21：49：37【sage】
Mには悪いけど、おれらが無事受験終わって卒業してから死んでほしい。もし全国ニュースになったら、高校でA中の出身だって知られたとき白い目で見られるかもしんないじゃん。そういうの、マジ勘弁だわ。


おそらく「殺」、「死」という文字は管理人がNGワードに設定しているのだろう。Fというのが加害者を指す隠語らしく、おそらくイニシャルだ。

「はっきりなにがあったかは書いてないけれど、いつなにが起こってもおかしくない状況だ、ってことはわかるよね」

そう文稀は言い、

「ぼくらがこいつをやれば、次の傷害——いや、殺人事件を食いとめることにも繋がるかも」と結んだ。

櫂は口の中でちいさく唸り、いま一度ニュース記事を表示させた。吟味するように、一から読みなおす。

——似てる。

櫂は思った。

ディテールこそ異なっているが、この事件は土橋祥太の一件と似ている。自殺とも事故ともつかぬ状況。重い傷を負った被害者。責任をとらず逃げまわる教育者側。納得できない、とあてもなく繰りかえすしかない家族。

拳をきつく握りしめた。

「……学校だの教育委員会だのってやつは、どこも同じだな。手間と時間をかけて、調べたふりしてるだけなんだ。マスコミに発表する台詞は、最初から決まってやがるんだ」

櫂はうなずき、言った。

「よし。次はこいつだ」

帰宅して自室へ戻ると、スマートフォンの着信ランプが瞬いていた。

履歴を見ると、亮介からだった。ほぼ十分おきに四度もかけてきている。折りかえしかけると、ワンコールで亮介は応答した。

「おせーよ、カイ。何回電話したと思ってんだ」

「あー、悪い」

櫂は苦笑した。

「どこ行ってたんだよ」

「ランニング行ってた。邪魔くさいから、スマホ置いてってたわ」

「マジかよ。一時間スマホなしで平気とか、おまえ原始人？」

呆《あき》れたように亮介は言い、

「まあいいや。来月さ、部員みんなで五十嵐《いがらし》の誕生祝いやろうって話になってんだ。おまえも来るだろ？」

と問うた。

五十嵐春菜《はるな》は、一年生の春から野球部のマネージャーをつとめている女子生徒だ。野球部の活動は原則、三年生の一学期までとされている。七月末に引退し、あとは自主トレしながら「どこの高校で野球をつづけるか」に思いを馳《は》せることとなる。いまは六月なかばだ。亮介や五十嵐が部員でいられるのも、あと一箇月とすこしでしかない。誕生祝いはおそらく、三年生の慰労会も兼ねてひらかれるのだろう。

監督が櫂を退部でなく休部扱いにしたのも、復帰を期待したからではない。卒業の日に櫂も部員たちと顔を揃えられるように、というはからいであった。

「五十嵐の、誕生祝いかあ」

櫂はため息をついた。

「どうすっかな」

「なんだよ、冷てぇこと言うなよ」

電波の向こうで、亮介が口をとがらせるのがわかった。

「何度も言ってるだろ。五十嵐のやつ、カイに気があるんだってば」

「嘘つけ。おまえの言うことはあてになんねぇよ」

「あのなあ。……あーいや、もう、そんならそれでいいよ。いいからさ、顔出すだけ出してくれよ。な？　どうせみんなでファミレスでメシ食うってだけだし、プレゼントだのサプライズだのって恥ずかしいこともしねえんだから」

「メシ食うって、夜か」

耀は眉をひそめた。亮介が答える。

「あたりまえだろ。夜以外、みんな時間とれねえじゃん」

「ああ、うーん」

しばし言いよどみ、耀はばつの悪い思いで告げた。

「悪い。夜だとおれ、無理かも」

「なんでだよ」

亮介は声を荒らげかけた。しかし、すぐさまはっとしたように声を落とし、

「あ――ひょっとして、祥太くんの、アレか？」と言った。

「……うん」

罪悪感を押しころして、燿は肯定した。

「おれも、体あくの、夜だけだからさ」

祥太の見舞いが最優先なのだと、言外に匂わせた。

沈黙ののち、亮介が吐息をつく気配がした。

「だよな。……ごり押しして悪かった。おれ、無神経だったな」

「いや」燿は短く言った。

嘘は嫌いだし、苦手だ。罪悪感もある。ここで長台詞を吐いたなら、すぐにぼろを出してしまいそうだった。

亮介が強《し》いて明るい声で言う。

「でも、気が向いたら来てくれよ。来月の四日、夕方六時にガストだから。ほんと、時間あいたらでいいからさ、な」

「ん、わかった。じゃあな」

「じゃあ」

通話がふつりと切れた。

＊　　＊

最近また、家のまわりで猫がうるさい。

発情期だろうか。ぎゃあぎゃあと、やかましいことこの上ない。

首のあたりを噛んだり、もつれあったりして、まったくいやらしいやつらだ。しかし繁殖のためなのだから、しかたないことかもしれない。猫の寿命はさほど長くない。

野良猫ならなおさらだ。彼らは短い生涯のうちで、子孫を残さねばならないのだ。ぼくとは違う。

繁殖といえば、つい数日前、女の裸を見た。

バリカンで頭を刈られた女の全裸だ。裸を間近で見たら、もっと興奮するかと思っていた。でも、そんなことはなかった。はっきり言って拍子抜けだった。

例の復讐ごっこの一環でやったことだ。拉致して、服を切り裂いた。髪を刈った。

正直手際はよくなかったけれど、トータルとして、初回にしてはまあまあの出来だったと思う。

それにしても猫がうるさい。

廊下に出て、窓を開けてやった。声ばかり聞こえて、いまいましいことに姿は見えない。

闇に包まれたように隠れている。

しかたなく、気分転換に階下へおりた。喉も渇いたことだし、麦茶でも飲もう。ママはリヴィングで酔いつぶれてしまったから、やかましく言わないはずだ。

キッチンへ入り、冷蔵庫をひらく。

お兄ちゃんが入っていた。

ぼくは舌打ちする。きっとママの仕業だ。ママはぼくを嫌って彼を溺愛しているくせに、時折こういう真似をする。他人にはわからないアンビヴァレンツというやつだろうか。だとしても、くだらない。

ぼくはお兄ちゃんを引っぱり出してやった。

「大丈夫？　あいつ、ひどいことするなあ」

「いいんだ」

こんなときでさえ、彼は微笑みを絶やさない。ぼくが石にしてしまったからか？　だとしたら、ぼくも彼にひどいことをした一人ということになる。

ぼくはお兄ちゃんが部屋に戻るのを見届け、自室へ戻った。

そういえば麦茶を飲むのを忘れていた、とドアを閉めてようやく気づく。ぼくはふたたび舌打ちした。

まったくママはろくなことをしない。彼女はぼくの予定を狂わせる天才だ。

いつかママはお望みどおりに、自分のまわりにあるものすべてをめちゃくちゃにしてしまうだろう。そうしてはじめて、彼女は笑うだろう。満足の高笑いを、荒廃した世界に響かせるのだろう。

ぼくは知ってる。

あの女はいかれてる。

＊　　＊

「標的の名前がわかったよ」

文稀は言った。

頭上では樫の枝が夜風に揺れ、涼やかな葉ずれの音を鳴らしている。雨あがりの風が、鼻さきを吹き抜けていく。

「Fのフルネームは福沢《ふくざわ》竜登《りゅうと》だ。小学校の卒業アルバムの画像が『私設・少年犯罪糾弾サイト』の掲示板に貼られたことがあったようで、キャッシュが残ってた」

ノートパソコンをまわして、文稀はモニタを櫂のほうへ向けた。

「こいつ、マジで小学生か？」

　櫂がアルバム写真を見つめて言う。

「アタマ金髪じゃねえか。目つき悪《わ》りいし、ヤンキージャージ着てやがるし……。十二歳に見えねえぞ」

「両親の出来も推して知るべし、だね。この手のファッションを『かっこいい』と思える文化のやつらなんだろうさ」

　と文稀はあっさりいなして、

「当時のニュースで流れた校舎と背後の風景を解析して、グーグルマップのストリートビューと照らしあわせてみた。どの小学校かは半日で特定できたよ。まちBBSに『同じ校区だってだけなのに』との書きこみがあったから、いま福沢は市立中学に通っているはずだ。この小学校と同校区の中学といえば、有畝川《ありせがわ》中学校のほかにない」

　淡々とつづけた。

「ここまでくればあとは簡単だ。もともと全国ニュースにもなった有名人だしね。『有畝川中学』、『福沢』、『竜登』で検索したら、福沢の舎弟らしき生徒のフェイスブックが見つかったよ。こいつの過去ログで、福沢のだいたいの活動範囲と、行動パターンがわかった。ほかの仲間たちのSNSも見つけたし、やつらの動きは逐一こっちで把握できるはずだ」

耀はモニタを睨んで、鼻を鳴らした。

「しかしこいつら、なんで鍵かけないでSNSのやりとりしてんだ。LINEが使えねえわけでもないだろうに」

「LINEだと仲間内にしか発信できないけど、SNSなら身内以外も見るだろ。だからこの手の自己顕示欲の強いやつらは、SNSのほうが好きなんじゃないかな」

文稀が答える。

「ただし彼らは同級生や他校の生徒たちが見ることは想定しても、ぼくらみたいなまるきりの他人まで見るってことは考えないらしい。SNSで犯罪自慢の馬鹿な投稿が絶えないのは、そのせいだ。自分が知ってる世界の範囲内にしか、想像力が及ばないんだ」

さてこれで情報は充分——と文稀は嘆息して、

「とはいえ、もうすこし調べる時間がほしいな」と言った。

「相手はこの前と違って男だし、中二ならそれなりにガタイもいいはずだ。万全の状態でなきゃ手は出せないよ。予行演習の段階で逮捕されるのはいやだ。返り討ちに遭うのは、もっといやだ」

「おれだってそうさ」

耀は同意し、立ちあがった。

「じゃ、おまえはもうちょい計画を煮つめといてくれ。おれは先輩に会って、こないだ言ったシノダさんの件について聞いてくる」

「いつ会うの」

文稀の問いに、櫂は答えた。

「今日だ」

「手際いいね」文稀が目をまるくする。

めずらしくこいつを感心させたぞと、櫂はすこし得意な気持ちで言った。

「だって、急ぐんだろ」

4

先輩の後藤《ごとう》に指定されたのは、最近市内にできたばかりの、珈琲店ともファミレスともつかぬ全国チェーン店であった。

店内は煉瓦《れんが》と木目調の内装で、淡いオレンジいろの照明がレトロふうだった。空気ごと、全体にセピアがかって見える。

後藤は奥の席で待っていた。かるく手をあげ「こっちだ」と櫂を呼び寄せる。

櫂はテーブルの横に立ち、生真面目に腰を折って頭をさげた。

「ちわす。今日はわざわざ、ありがとうございます」

「いいって。それよか、ひさしぶりだな」

櫂が向かいの席に座るのを待って、後藤はメニューを押しやる。

「ここ、店員の教育なってなくてさ。コーヒーどころか水持ってくるのも遅《お》っせえんだ。でも今日は、そういうとこのほうがいいだろ」

「はい。気ぃ遣っていただいて、すんません」

「いちいち堅苦しいな、おまえは」

ははっ、と声をあげて鷹揚《おうよう》に笑う。

「で、どうした」

後藤はコーヒーをひとくち啜ってカップをおろし、

「――例の、従弟のことか」

声をひそめた。

「いえ。……いえっていうか、じつを言うとそれもあるんすけど」

櫂はちょっと言葉に迷ってから、言った。

「今日は、あの、かなり前に先輩から聞かせてもらった事件のこと、教えてほしいんです。

お友達のシノダさんって人が、片目を失明した件」

後藤の目が、すうっと細まった。

「なんでそんなこと、聞きたいんだ」声の調子が変わる。

「冷やかしなら――」

と言いかけ、後藤はつづく台詞を呑んだ。

かぶりを振って、言いなおす。

「いや、いまのおまえが冷やかしでそんなこと訊くわけねえな。悪かった。でもな、おれは話したくないし、おまえに聞かせたくもない。あんときは篠田《しのだ》があんな目に遭った直後だったから、つい愚痴っちまってすまなかった。……でもう、済んだことだ」

済んだことだ――その言葉が、櫂の胸に刺さった。

テーブルの下で、思わず拳を握りしめる。爪が掌に食いこむのがわかった。だが痛みは感じなかった。

済んでなんかない。そう思った。なにひとつ済んでなんかいやしないんだ。

だっておれの従弟は、集中治療室で昏睡状態だ。あんたの友達は、片目で一生不自由な思いをしつづけるんだ。済んだことなんて、ひとつもありゃしない。

「なあ緒方。おまえはいま、その手の話は耳に入れねえほうがいい。聞いたってむかつくだけだぞ。これ以上しんどい思いすることないんだ。やめとけ」

「いえ」

かたくなに櫂は首を振った。

「お願いします。聞かせてください」

立ちあがり、いま一度深ぶかと頭をさげる。

「こんなこと言うと変に思われるでしょうけど、いまおれ、怒ってるほうが楽なんです。そうでないと落ちこんで、どんどん底のほうまで沈んでいって、二度と浮上できなくなる気がして」

頭を上げず、櫂は押しころした声で言った。

「篠田さんを失明させたやつって、同類ですよね。祥太をあんな目に遭わせたやつらと、きっと同じ種類のやつだ。——お願いします、聞かせてください。頼むから、おれを、もっと怒らせてください」

数秒、なんとも言えぬ間が流れた。

だが根負けしたのは後藤の方だった。彼は手を振って、

「……わかった。頭あげて、座れよ」

と吐息をついた。

耀が椅子へ腰をおろす。後藤は眉間に深い皺を寄せ、耀を睨むように身をのりだした。

「じゃあ、お望みどおり話してやる。やるけど……ほんと、むかつく話だからな。覚悟しとけよ」

「はい」

耀は目をそらさず、うなずいた。

後藤はゆっくりと話しだした。

「――篠田を失明させやがったやつの名前は、栄谷《さかえや》っていうんだ。残酷だよな。名簿まで前後しやがるんだぜ。あいつはいつも『栄谷くん』って呼んでたっけ。同い年のやつは基本みんな下の名前か苗字で呼び捨てなのに、そいつだけ『栄谷くん』だ。でもいま思うと、それ以外の呼び名は許されない空気だったんだろうな」

「父親同士が、上司と部下だったんですよね」

「そうだ。篠田の親父さんが部長で、栄谷の親父が――ええと、常務だか専務だか忘れたけど、どっちかだ。おれたちみたいな体育会系も真っ青の、強烈なパワハラ野郎だったらしい」

後藤はちょっと笑って、

「でもその親父たちのすげえとこは、部下の家族にまで上下関係を通させたってことだよ。

ほんと、すげえんだ。なにしろ――」

「失礼いたします」

頭上からの声に、はっとふたりは顔をあげた。

テーブルの脇にはウエイトレスの制服を着た若い女が、銀盆を捧げ持って立っていた。ようやく水を持ってきたようだ。

櫂の前に水のグラスを置いて、「ご注文がお決まりでしたら」と言いかける店員に、櫂は慌てて「同じのを」と頼んだ。

機械的に注文を復唱し、伝票を伏せて店員が去っていく。

「ええと、どこまで話したっけ」

後藤が苛立ちを隠さず、舌打ちまじりに言った。

櫂が答える。「上司親父のパワハラが、家族に持ちこまれたってとこまでです」

「ああ」

いったん店員の邪魔が入ったのがかえって功を奏したのかもしれない。胸に溜まった澱《おり》を吐きだすように、今度こそ後藤は切れ目なく語りはじめた。

栄谷の父親は、典型的な『部下を押しつぶしにかかる上司』だったという。そうしてその下で、篠田の父は疲弊していった。

不運なことに、両家の長男は同い年だった。栄谷家は篠田家に家族ぐるみの付き合いを求めるようになり、妻同士、子供同士の関係にも「おれが上、おまえは下」の図式を押しつけてきた。

篠田の妻は最初のうちこそ反発したものの、

「我慢してくれ」

「男には、立場ってものがあるんだ」

と夫に乞われ、次第になにも言えなくなっていった。

篠田が栄谷とはじめて会ったのは、幼稚園児のときだった。その頃はさしたる軋轢《あつれき》はなかった。両家で連れだってバーベキューをしたり、温泉旅行や海に行ったりした。

幼稚園は別だった。しかし彼らは小学校で一緒になった。栄谷の母親が教師に頼んだらしく、六年間同じクラスだった。

だがその頃の栄谷はまだ「ちょっとわがままな、甘ったれの子供」でしかなかった。ほかに友達はおらず、篠田にべったりの子供時代であった。

栄谷が変わったのは、中学に入ってからだ。

色気づいて異性の目を気にするようになった彼は、やたらと篠田を「いじり」たがり、人前で小馬鹿にするようになった。

父親の立場を慮《おもんぱか》り、篠田はさからわなかった。その従順な態度が、さらに栄谷を増長させた。

栄谷は篠田を名前で呼ぶのをやめた。

クラスメイトたちの眼前で「ポチ」と呼び、使いっぱしりをさせた。

篠田が苦笑すると「にやにやすんな」、「今度にやついたら、罰として一発腹パンな」と宣言し、ほんとうに殴った。

この一発が、決定的に彼らの関係を変えた。

以後、栄谷はひどく暴力的になった。「退屈だった」というだけの理由で篠田をビンタし、冬場に冷たい床で正座しろと強要した。篠田の給食のトレイめがけてヘアスプレーを噴きかけたこともある。額に油性マジックで性的ないたずら書きをし、プリクラ機で撮って校内のあちこちに貼りつけた。

またあるときには若い女性教諭を指さして、「おい、あいつのスカートめくってこい」、「乳揉んでこい」と命令した。通りすがりの妊婦を見て「あの腹、蹴っちまえ」と言ったことすらあった。

さすがにそれらの命令は、篠田は拒否した。報いとして彼は、顔が腫れあがるまで栄谷に殴打された。殴られている間、篠田はいっさい無抵抗を貫いた。

そんな中で起こったのが、あの失明事件だ。

父親は「被害届は出すな」と妻子に言い聞かせた。「おれだってつらいんだ」と泣き、顔の片側に包帯を巻いた息子に「わかってくれ」と土下座さえした。

表面上、両家は和解した。

篠田と栄谷の二家族はそれぞれの暮らしに戻った。しかし篠田家に残ったわだかまりと不信は、いかんともしがたかった。

翌年、篠田の両親は離婚した。

さらに半年後、篠田の母親が栄谷の母に軽い怪我をさせる事件が起こる。こちらは二箇月後に示談が成立した。ただしその件で接近禁止命令が裁判所から出され、いま篠田たちは栄谷家に近づくことを許されていない。

篠田の父は、同じ上司のもとで働きつづけている。

鬱《うつ》病と診断され、心療内科に通いながらの勤務である。息子への養育費の支払いのため、どうしても職を失えないのだそうだ。

篠田父子は一箇月に一回の約束で面会している。だがお互い言葉すくなで、気まずい時間ばかりが流れるという――。

話し終え、後藤は長いため息をついた。

「……ボーイズリーグんとき、篠田と同じチームだったって、おまえに話したよな。あいつが遊撃手《ショート》で、おれが三塁手《サード》だったんだ。向こうが小六で肩壊してやめたけどさ。あいつとはずっと、仲よかったんだよ」

冷めたコーヒーが、カップの中でかすかに揺れている。

「栄谷ってやつは、野球にまるで興味なかったらしい。だから野球してるときだけが、たぶん篠田が栄谷から解放されてる時間だったんじゃねえかな。なのに……肩壊しちまって、チームを辞めて」

後藤はうつむいた。語尾が、喉で詰まって震えた。

「おまけに目も、なんてさ。――ひでえよな。ひでえよ、畜生」片手で顔を覆う。

燿はなにも言えなかった。ただテーブルに置かれた、後藤の震える拳をじっと眺めていた。

やがて、後藤がぽつりと言った。

「――神様って、いねえんだな」

5

雨が数日つづいた。

気象庁の発表では三日ほどで晴れ間が覗くとのことだったが、予報は見事にはずれ、雨雲は五日の間、居座った。

耀と文稀がふたたび公園で顔を合わせたのは、週もなかばを過ぎた木曜の夜であった。

「福沢竜登のこと、いろいろわかったよ」

さらりと言う文稀に、耀は苦笑した。

「簡単に言ってくれるよなあ。おまえ、探偵の才能あんじゃねえの」

「たいしたことはしてないよ。掲示板に『目の前で殺人なんか見たくない』、『なんであんなの見せられなきゃいけないの』って書いてあったことからして、人目もはばからず派手にやってるんだろうと推測できた。つまり相当数の生徒が知ってるはずだろう」

「よくそれで、親や警察にチクるやつが出ねえもんだよな」

「怖くて言えないんじゃやない？」

文稀は言った。

「過去にも例があるよ。東京の綾瀬《あやせ》で起こった女子高生コンクリート詰め殺人事件は、最終的に百人前後の人間が『あの家には女子高生が監禁されてる』って知ってたらしい。大勢の男があの家を訪れ、近所の人たちはみんな悲鳴を聞いたり、被害者がベランダに裸で立たされる姿を見てた。なのに、誰ひとりとして通報しなかった。彼女が殺されたとわかったのは、主犯らが別件でつかまって、口をすべらせてからだ。そのへまがなければ、彼女の死は永遠に発覚しなかったかもしれない」

文稀は「ま、それはともかく」と話を変えて、

「身近であやしいことや危険なことがあったら、女は誰かとしゃべりたくなるものらしいじゃないか。校内では福沢の目を恐れて話せないだろうから、きっとどこかでおしゃべりするはずだと思ったんだ。いくらメールやＬＩＮＥ全盛の時代でも、女は直接会って、群れてしゃべりたがる。そうだろ？」

と訊いた。

耀は答えなかった。意にも介さず、文稀が言葉を継ぐ。

「だから有畝川中学の近所のマックや、その地区で一番人気のある学習塾近くのファミレスで、時間をみはからって張ってみた。それらしき団体客が来たら、店員に頼んでテーブルを替えてもらって、彼女たちの井戸端会議に耳を澄ましてみたんだ」

「で、どうだった」

「空振りの日が三日あって、四日目にビンゴ」

まあだいたいのことはその会話でわかったかな――。文稀は言った。

櫂がうなずきかえして、

「おれも例の先輩に会えたから、いろいろ情報ゲットできたぜ。相手の名前は栄谷と言って、津庫北高校に進学したそうだ。先輩と同い年だから、いま高校二年だな」

「津庫北高校二年の栄谷ね。わかった」

ノートパソコンのメモ帳ソフトに打ちこみ、上書き保存をかけてから、文稀は櫂を見やった。

「さて、福沢について必要な情報は揃ったし、そろそろ決行日を決めようか」

「え」

櫂が返事に詰まった。

あからさまに言いよどんでいる彼を、

「どうかした?」と文稀が覗きこむ。

しばしの間、櫂は心中の思いを口にするかどうか迷っていた。こんなことを言ったら、きっと高橋文稀は気を悪くするだろう。だが言うだけでも言っておきたかった。後藤と会ったあの日から、どうしても胸のもやもやが晴れなかった。

やがて、櫂は決然と顔をあげた。

「——悪い。ここまでおまえに段取りさせといて、いきなりこんなこと言うの、ほんと申しわけないんだけど」

言葉を切る。台詞のつづきを低く押しだす。

「おれ、栄谷のやつを先にやりたい」

つばを呑みこむ。ごくりと喉が鳴った。

しかし、文稀はしごくあっさり「わかった。いいよ」と答えた。

櫂は目をまるくした。

「え、いいのか」と言いかけ、慌てて「ごめん。ほんと悪《わ》りい」と付けくわえる。

片頰で文稀が微笑した。

「べつにいいさ。ぼくはどっちの事件にも思い入れはない。どいつが先だろうと後だろうとかまやしない」

じゃあ決行日は、栄谷の情報次第でまた考えようか、と彼が言う。

櫂に否やはなかった。

じゃあまたなにかわかったら——と言いかわして、ふたりは解散した。

文稀からLINEのメッセージが届いたのは、翌晩のことだ。

「おまえ、パソコンしか持ってなかったんじゃないのか」

耀が驚いてそう返すと、

「PC版のLINEソフトというのもあるんだよ。まあ、ぼくもつい先週インストールしたばかりなんだけどね。緒方くんと通信するのに、便利そうだから入れてみた」

とレスポンスがあった。

つづけて文稀のメッセージが表示される。

「栄谷舜一《しゅんいち》＝津庫北高校在学（偏差値42）、普通科二年三組。校内に親しい友達はなし。帰宅部。週二で塾へ通ってる。趣味は鉄道写真で、フェイスブックとインスタグラムに登録してる。ツイッターもやってたようだが、こちらは昨年六月から更新が止まってる」

耀は返事を打ちこんだ。

「もうそこまでわかったのか。で、そのSNSで動向はわかりそうか？」

「たぶんね。どうやら篠田って人が、こいつの唯一の友達だったらしい。中学時代のイキがったツイッターに比べて、いまはまるで別人だ。校内のイベントにはまったく触れないし、友達の名も出てこない。教師や塾講師の名前が、たまに愚痴まじりに書きこまれる程度だよ」

「じゃあ塾の帰り道が狙い目かな」

「ぼくもそう思う」

文稀の答えは迅速で、明快だった。

「こいつを先にしておいて正解だったね。福沢より、ずっと楽な獲物だ。演習というのはすこしずつ難易度をあげていかなくちゃいけない。ちょうどいいステップアップだ」

まったくだ、と櫂は胸中で同意した。

「よし。まずはこいつで、〝二人目〟の経験を積もうぜ」

そう打ちこみ、櫂はわざと子供っぽい髑髏《どくろ》のスタンプを付けて送信した。

6

天気予報はまたはずれた。

夕方にはやむとの予報を裏切り、夜九時を過ぎても雨は降りつづいている。ときおり雨足が弱まることはあれど、ぶ厚い雲が去る気配はいっこうに見えなかった。

進学塾『高栄ゼミナール』の前には、親たちの送迎車がずらりと列を成している。中にはタクシーのランプもちらほらと光っていた。

「雨で道もよくないし、タクシー拾って帰ってきちゃいなさい」

と命ずる甘い親の存在を見越しての待機だろう。

「栄谷の親は、迎えに来ねえのか」

櫂はステップワゴンのリヤウインドウを細く開けた。

「来ないよ」

文稀が答える。

「ＳＮＳで栄谷本人がぼやいてた。彼の両親はどっちも自己愛が強くて、いつでも自分が優先、子供は二の次ってタイプらしい。栄谷が高校受験に失敗してからは、さらに拍車がかかったそうだ。アクセサリーにも自慢にもならない息子に用はないんだろう」

「このガキにしてこの親あり、ってやつか」

櫂は鼻で笑った。文稀は答えず、興奮剤代わりのカフェイン入りドリンクを啜った。

やがて、塾のガラス戸がひらいた。

生徒たちがわらわらと表へ出てくる。ある少女は親の車を見つけて駆け寄り、ある少年は一目散にタクシーへ向かい、また何人かの少年たちは傘をさし、肩を並べてバス停へと歩いていく。

「出てきた」文稀が短く言った。

思わず櫂は身をのりだした。

文稀がフロントガラスの向こうを指さしている。その先に目を凝らした。

あらわれたのはグレイのパーカーにジーンズという、いたっておとなしい格好の少年だった。髪も服装のシルエットも、地味というより野暮ったい。いじめるよりは、いじめられる側に多いタイプに見えた。

じっと栄谷を眺めている櫂に、

「意外？」と文稀が訊く。

「いや」

櫂は否定した。

意外ではない。スポーツ系の部活でさえ、似たタイプはよく目にする。地味でとろくて、先輩たちに毎日のようにいじめられていたやつほど、進級した途端に後輩をねちねちいびりだすものだ。

たいして野球がうまいわけでも、好きなわけでもないくせに、

「おれがやられたこと、後輩にやりかえすまでぜってぇ辞めねーからな」

とおかしな執念を燃やしていたチームメイトを、櫂はいまでも覚えている。そして軽蔑

している。栄谷は、まさしくそいつと同種の人間に見えた。

栄谷が傘をさし、歩きだした。

「バス停に向かうのか？」

「いや、栄谷の自宅は歩いて十分ちょいの場所にある。徒歩で帰るよ」

文稀はグレイのパーカーが角を曲がるのを見届けてから、車をゆっくりと発進させた。

前回と同じく、ターゲットをわざと途中で追い抜く。街灯の乏しい通りを選んで、数メートル先で停車する。

「準備して」

文稀がささやいた。

「ああ」糴はうなずいた。

顔の下半分をバンダナで覆い、ニット帽をかぶる。利き手である右手を、何度も握ってはひらき、血をかよわせる。試合前にもいつもする仕草だった。癖になっていると言ってもいいくらいだ。

前回は女だった。力の差にまかせて、楽にねじ伏せられる相手だった。

でも今回は違う。男で、しかも高校生だ。ふたつも年上だ。

遠目に見たぶんでは、体格は糴が上だ。だが油断はできなかった。

櫂は生まれてこのかた、同年代の男と殴りあいの喧嘩をしたことがない。力で負ける気はしないが、本気で抵抗されたら押さえこめるか懸念があった。

目を閉じる。

深呼吸し、頭の中で、後藤から聞かされた話を反芻した。

篠田を「ポチ」呼ばわりし、クラスメイトたちの眼前で使いっぱしりをさせたやつだ。

「にやにやすんな」、「今度にやついたら、罰として一発腹パンな」と言って殴ったやつだ。

「退屈だった」というだけの理由でビンタし、冬場に冷たい床で正座させ、給食にヘアスプレーを噴きかけ、額に油性マジックで性的ないたずら書きをしたやつだ。そして顔面を蹴りつけ、彼の左目から永遠に光を奪ったクズだ。

後藤の声がよみがえる。

──なのに……肩壊しちまって、チームを辞めて。

──おまけに目も、なんてさ。──ひでえよな。ひでえよ、畜生。

──神様って、いねえんだな。

櫂はまぶたをあげた。

掌から滲む汗がおさまっていた。震えも止まった。頭の芯が澄んでいる。

サイドミラーを確認すると、いましも栄谷が歩いてくるところだった。文稀に合図をしてドアを開け、櫂は道路におり立った。

ゆっくりと歩き、栄谷の正面に立ちはだかる。

栄谷が肩を跳ねあげた。まず驚き、次に怯《おび》えるのが手にとるように伝わってきた。おもねるような目で、上目づかいに櫂を見あげてくる。

冷ややかに櫂は栄谷を見おろした。

なんだ、チビじゃねえか――。そう思った。

おまけに太っている。顎も腹も、中年親父《おやじ》ばりにたるんでぶよぶよだ。トートバッグの持ち手を握った手は、赤ん坊のようにやわらかそうだった。

――なんで。

ぎりっと櫂は歯嚙みした。

なんで、こんなやつに。

篠田は後藤先輩と同じく、ボーイズリーグでレギュラーを勝ちとった人だ。本来こんなやつに屈するはずはなかった。それを親同士が上司と部下だという理由だけで、こいつは長年彼の上に君臨し、押しつぶした。彼から目を――野球を、完全に奪った。

許せなかった。

櫂は無造作に歩み寄り、右手を突き出した。握っていたスタンガンを、栄谷の首すじに当てる。

夜闇に青白い火花が散った。

栄谷の体が一瞬棒のように強張《こわば》り、がくんとアスファルトに両膝をつく。立てないようだと十二分に目視して、櫂はその肩に手をまわした。車内の文稀に合図を送る。

栄谷は膝から下が大きく震え、まるで力が入らない様子だった。だが意識はあるようで、唇を震わせながら「う、う」と低い呻き声をあげている。ふたりがかりで、車へと引きずりこんだ。

ドアを閉め、フルフラットにした後部座席上のマットに転がす。結束バンドで両手首と足首を縛り、口にガムテープを貼りつけた。

「スタンガンで失神ってしねえんだな」

櫂が吐息まじりに言った。

「映画やドラマのあれって嘘か」

「市販のスタンガンは威力が低いから、数分ちょっと体の自由を奪う程度に設定してあるんだろう。あくまで護身用、ってやつだ」

そう答え、文稀が口の端で笑う。

「でも、今回はそれで充分だったよ」

「だな」

耀も薄く笑いかえした。

蓑虫《みのむし》のような格好でもがく栄谷を後目《しりめ》に、文稀は彼のトートバッグを手早く探った。学生証を確認する。間違いない。栄谷舜一だ。

つづいてスマートフォンを取りだし、電池パックをはずした。

前回の大井田真依の襲撃のあと、「そういえばGPSの存在を考慮に入れなかった」とふたりで反省したのだ。電池をはずした栄谷のスマートフォンは、通りすがりの生垣へと投げこんだ。

真依の件での反省点は、ほかにもあった。耀と文稀は話しあい、いくつかのルールを定めた。

ひとつは、相棒が熱くなりすぎていると思ったら、肩を叩くなどしてクールダウンさせること。実際、結束バンドのありかを耀に教えてくれた文稀のフォローは、かなり有効であった。

次に人間違《ひとまちが》いの襲撃を避けるため、口コミの情報は必ず裏をとり、百パーセントの確信がとれた相手しか狙わないこと。万が一不安な場合は、被害者の名前や当事者にしかわからないだろう事実を応答させ、ターゲット本人であると必ず確認すること。

また監視カメラがどこに設置されているかの事前確認は、必須であった。

「じゃ、行くよ」

文稀は運転席へ戻り、ハンドルを握った。

ステップワゴンはまっすぐ山へ向かった。

ただし今回は県内なので、土地勘があった。燿自身が、何年か前に部の合宿で入った山である。夏休みに入れば子供らのため開放されるが、それ以外の時期は静まりかえり、管理人も月一回しか訪れぬ地であった。

燿のナビで、ステップワゴンは細くくねる杣道《そまみち》をのぼっていった。

頃合いをみて停車する。

呻き、体を波打たせてもがく栄谷を、ふたりは荷物のように運びおろした。

なるべく頑丈そうな枝を選び、縄をかける。縄には登山用のカラビナを取りつけた。

燿は結束バンドで縛った栄谷の両手首を、さらに縄で縛って輪をつくった。縛っている間じゅう、栄谷の歯はガムテープの下でかちかちと鳴っていた。怯えで、歯の根があわないらしかった。

燿は栄谷の両腕を強引にあげさせ、文稀に向かって顎をしゃくった。文稀が駆け寄ってきて、栄谷を左脇から支える。

栄谷は海老《えび》のように跳ね、反りかえり、全身で抵抗しつづけた。しかたなく櫂は、いま一度彼にスタンガンを使った。

ふたたびぐったりとなった栄谷を抱えあげる。櫂は両手首の輪を、枝のカラビナにさげた。このために今日は、獲物を後ろ手に縛らなかったのだ。

一見華奢《きやしや》だが、カラビナは耐荷重量百六十キロを謳う金属リングである。もし落ちるとしたら、それは枝が栄谷の重みに耐えられなくなったときだ。

数分後には肉のサンドバッグができあがっていた。

枝から吊りさがり、冷えた夜風に揺れている。

栄谷はやはり意識を失うことなく、ガムテープ越しに唸りつづけていた。見ひらいた双《そう》眸《ぼう》が、恐怖に濡れている。これからなにをされるのか、どんな目に遭うのかと恐れ、涙と洟水を垂らしていた。

櫂は栄谷の眼前に立った。

ものも言わず、櫂は栄谷の横っ面を平手で張った。思いきり腕をしならせた一撃だった。するどく、同時に重い音がした。数秒待つ。みるみる栄谷の左半面が腫れていく。

二度、三度と櫂は平手をふるった。

栄谷の鼻から鮮血が噴きだす。四度目の平手で、鼻骨が曲がった。同時に血が止まった。

燿は手を伸ばし、鼻柱をつまんで、力まかせに鼻骨を戻してやった。

ガムテープの向こうで絶叫が湧く。蛇口をひねったように、栄谷の両鼻孔から勢いよく鼻血がほとばしった。

燿は口のガムテープをなかばまで剝がしてやった。栄谷があえぎ、

「お、おま、えら。誰だ。なんで、こんな」

と湿った声で言う。

燿はテープを貼りなおし、五度目の平手を喰らわせた。後ろにねじ切れるのではないかと思うほど、栄谷の首が勢いよく回転した。

またテープを剝がす。

「ひ、人違い、ら」

栄谷は泣き声をあげた。

「おれは、なにも、ひてない。だ、誰かと、間違え――」

横っ面を張った。

ひいひいと泣く栄谷の口にまたもテープを貼りなおし、燿はさらに七度目、八度目と渾身の平手を見舞った。

手を止めて、数歩しりぞく。

栄谷の顔は別人のように変形していた。腫れというより、赤紫に膨れあがっている。まるで肉を詰めこみすぎた腸詰だ。鼻血で顔の下半分がまだらに染まっていた。

耀はみたび口のテープを剝がした。

「ゆ――ゆる、ひて」

栄谷が哀願した。

「ゆるひて、くらさい。ゆるひて。……な、なんれも、しまふ。金、なら、おやが」

大粒の涙がぼろぼろとこぼれ落ちた。もし吊るされておらず、両手が自由だったなら、彼はきっとその場に恥も外聞もなく土下座していただろう。

耀はゆっくりと彼に顔を寄せ、

「駄目だ」

と短くささやいた。

駄目だ――。数秒後、言葉の意味を悟ったのか、栄谷の表情がだらりと弛緩《しかん》した。ジーンズの股間がみるみるうちに濡れ、布地が黒く変色していく。アンモニアが臭った。

耀は顔をしかめた。嫌悪がこみあげる。純粋に生理的な嫌悪だった。ある生き物が特定の生物に覚える、本能レベルでの拒否感であった。

腕を振りあげ、耀ははじめて拳で彼の顔面を殴った。

ぐしゃりといやな感触がした。なにかが潰れた音だ。鼻骨なのか、それとも歯が折れたのか、櫂にはわからなかった。

栄谷は低い嗚咽を洩らし、血とも涎《よだれ》ともつかぬ粘った液を口から垂れ流した。

彼の耳に、櫂は唇を寄せた。

「にやにやするな」

そうささやく。声を出してはいけないとはわかっていた。だが我慢できなかった。

栄谷の顔が、目に見えて強張った。

「いいか。にやついたら、罰として一発だ」

栄谷が震えだした。泣き声をあげ、激しく首を振りはじめる。怯えや恐怖を通り越し、いまや恐慌《パニック》が彼を襲っていた。

櫂は眉間に深い縦皺《たてじわ》を寄せ、彼を冷ややかに眺めた。豚だ、と思った。こいつは肥え太った雄豚だ。汚らしい。なにもかもが醜すぎる。

櫂は栄谷の口へ丁寧にガムテープを貼りなおすと、あらためて拳を振りあげた。頬骨をめがけて、思いきり一発殴る。

「目が笑ってるぞ」

二発目が振りおろされた。

「まだ笑ってるな」

三発、四発。

「笑うな」

五発目の拳が彼の頬にめりこんだ。

だが櫂の怒りはおさまらなかった。嗜虐心《しぎゃくしん》が、全身を浸していた。こいつも篠田と同じように片目をつぶしてやろうか、一瞬そんな思いがよぎる。

しかしこみあげた激情を、櫂は無理やり呑みくだした。

——いけない。

それはしちゃいけない。なぜってこいつをどうするかは、高橋文稀と事前に打ち合わせて決めておいたからだ。

彼との取り決めは、守らなくてはならない。やつとおれは一蓮托生《いちれんたくしょう》だ。彼に裏切られたくないなら、おれも彼を裏切ってはいけない。あいつとした約束を、おれは絶対に破らない。

——なぜっておれは、この豚とは違う。

櫂は背後の文稀を振りむき、顎で栄谷を指した。

文稀がうなずきかえす。

彼が車へ戻るのを横目で確認して、櫂は眼前で揺れる肉塊を、いま一度冷ややかに観察した。

あのあたりか、と見当をつけ、狙いすまして脇腹に回し蹴りを見舞った。ワークブーツの爪さきが、栄谷の背中をえぐったのが感触でわかった。

栄谷の体が大きく跳ねあがる。

人体において、左右一対なのは眼球だけではない。櫂は腎臓を狙っていた。蹴りは何発もつづいた。何度も、何度も叩きこんだ。

気づけば、栄谷は白目を剝いていた。ガムテープの隙間から、血と涎まじりの泡が垂れ落ちている。すでに意識は途切れていた。

櫂は何年か前、打球を誤って脇腹に受けたチームメイトのことを思いだしていた。そいつは腹をさすりながら「三日くらい血尿が止まらなかった」と苦笑していたものだ。

——それなら栄谷はいったい何日、血の小便を拝むことになるのだろう。

いや、おそらく血尿程度では済むまい。だがしかたのないことだった。彼は篠田の左眼球を奪った。報いは受けねばならない。世の中には、どう償《つぐな》ったところで取りかえしのつかないことがある。

ステップワゴンがアイドリング音を立てている。櫂はその音を背に聞きながら、栄谷を吊っていた縄をナイフで切った。

栄谷は崩れるように膝から落下した。前のめりに倒れる。己の小便まみれの泥土に、顔面を突っこんだ。完全に失神していた。

櫂はステップワゴンに乗りこんだ。

ドアが閉まると同時に走りだす。みるみる栄谷が遠くなっていく。

「これって、社会正義ってやつだよな」

しわがれた声で、櫂はつぶやいた。

「全部済んだら、おまえは死ぬんだよな。おれも、どうなったっていい。——一匹でも多く害虫を退治しようぜ」

文稀は答えなかった。

車窓の外は、凝《こご》った濃い闇に包まれていた。

第三章

1

先送りしていた福沢竜登への襲撃は、翌々週に決行された。

「そういえば福沢の同級生がファミレスで話してた、福沢たちのいじめの内容をまだ話してなかったね」

決行の三十分前、文稀がハンドルを操りながらそう言った。格好はやはり父親から拝借したゴルフシャツに、野暮ったいツータックのチノパンツだ。

櫂はフルフラットにした後部座席であぐらをかいていた。運転席と助手席シートの間から首を突きだし、

「それ、いまする話かよ」

と相棒に言う。

文稀はわずかに首をすくめ、「聞いといたほうがいいよ。むかつくからね」と言った。

「腹立ちは、襲撃のいい燃料になるだろ。違う?」

「……違わねえな」

不承不承、櫂はうなずいた。

では、と文稀が語りだす。

「前にも話したとおり、福沢は小学五年生のとき、悪質ないじめで同級生を自殺未遂に追いこんでいる。被害者は殺鼠剤を飲んで自殺をはかり、一時重体となった。小学生の自殺はショッキングだから、事件は全国ニュースになった」

「被害者はどうなったんだ。〝一時〟重体ってことは、死んでないんだよな?」

「一応、持ちなおしたらしいよ。でも知覚麻痺や脳障害などの重い後遺症が残ったそうだ」

ステップワゴンが青信号を右折する。

「でも小学生の福沢は、刑事罰の対象外だった。被害者の親は民事の訴訟も断念して、一家で引っ越していったみたいだね。たぶんいい弁護士に出会えなかったんじゃないかな。あそこは日教組が強い県だから、そのあたりの事情も関係してるかも」

「ニッキョーソってなんだっけか」と櫂。

「日本教職員組合。要するに、学校教師の権利を守るための団体だね。十年くらい前の北海道では、道教委がいじめの調査をはじめた途端、組合から妨害を受けるという事件があったらしい。ま、つまりそういう団体だよ」

「クソだな」

櫂は高く舌打ちした。文稀が言葉を継ぐ。

「ともかく、ろくすっぽ罰を受けなかった福沢はさらに調子にのったわけだ。いじめ主犯として有名になったことを『ハクがついた』と自慢し、中学に入学後も大きな顔をしてねり歩いた」

「そんなんで、二、三年にシメられたりしねえのか」

「一年生のときは上級生を気にしてか、多少おとなしかったようだよ。でも二年になってからは、わがもの顔で校内をねり歩いているそうだ。いじめの手口も悪質化している。いまターゲットにされている男子生徒は、『いつ自殺するか、事故で死ぬかわからない』とクラスメイトが怯えるほどに追いつめられているらしい」

文稀の説明によれば、福沢の〝いじめ〟は陰湿そのものだった。

殴る蹴る、金を脅しとるなどは一通り。また福沢は現在のターゲットを『ガンダ二号』

と呼び、返事をしないと手下たちに殴らせていた。

ちなみに『ガンダ』とは、みずから殺鼠剤を飲んだ例の児童の渾名《あだな》だ。毒薬を飲むまでに福沢自身が追いこみ、渾名も福沢がつけた。被害児童の実姉が、小児癌でわずか十歳で亡くなったことからそう呼びはじめたのだという。

福沢は毎週月曜になると「おいガンダ二号、新しいの書けよ」と、ターゲットに遺書を書かせるのが恒例らしい。しかも内容を添削し、ここが駄目だ、あそこを書きなおせと何度も駄目出ししたのち、『今週の新作』として黒板に貼りだすのだった。

彼は毎日三十回以上ターゲットに電話し、

「学校休むなよ。休んだら家に火つけるぞ」

「おまえのおふくろ、輪姦しちまうぞ」と脅しつけた。

ペットの猫を焼き殺し「食え」と強要した。犬の糞や、生きた蛙を呑みこませたこともあった。口と鼻を粘着テープでふさぎ、

「さて何時間耐えられるでしょう」

「新記録を出せなかったら殺す」

と嘲笑《あざわら》い、気絶寸前まで放置したこともあった。

頸動脈を手加減なしに絞めつづけ、「こいつ失神癖ついて、すぐオチっからおもしれぇ

んだよ」と、意識を失わせては笑いものにした。理科室の薬品でやけどを負わせる、階段から突き落とす、首を絞めるなどは日常茶飯事であるという。

現在の一番のお気に入りは、自殺の練習をさせることだった。毎日のように屋上から飛び降りのシミュレーション、首吊りのシミュレーションを強いる。そうしてターゲットが朝に登校すると、

「なんだよ。おまえなんでまだ生きてんだ」

「いつ死ぬんだ」

「早く死ねよ」

と罵声を浴びせ、手下にはやしたてさせては悦に入っている——とのことであった。

「どう、緒方くん」

文稀が言った。

「これが、いまからぼくらが襲う福沢竜登ってやつの言動だ。むかついた？」

「ああ」

櫂はうなずいた。

「充分だ」

ステップワゴンは国道沿いに建つ、巨大なアミューズメント施設の駐車場に停まっていた。

一階がボウリング、二階がゲームセンター、三階がカラオケルーム、四階が映画館。そして五階にファストフードやファミレス等の飲食店を詰めこんだこの施設は、市内の中高生たちに絶大な人気を誇る遊び場であるという。

一見健全な娯楽ばかりだが、ネットの書きこみによれば、エクスタシーだの大麻だのを売って小遣い稼ぎする輩《やから》も徘徊しているそうだ。しかもカラオケルームは『飲食品その他、持ちこみ自由』を謳っている。

「信じらんねえ」燿はぼやいた。

「おれたちが清く正しくグラウンドで走りまわってる間に、こんな田舎の二年坊が、カラオケ屋で仲間と大麻やってたなんてな。世の中、腐ってんなあ」

「信じられなくても、事実さ」

外をうかがいながら、文稀が静かに言う。

「いままでの緒方くんと福沢竜登じゃ、住んでる世界も人種も百八十度違った。同じ日本人で、同じ地方で暮らして、同じ中学生という属性であっても、まるで交わる点がなかった。でもこれからは違う。ぼくらは腐ったやつらに、積極的に踏みこんでいかなきゃならない」

「……わかってるよ」

櫂は声を落とした。文稀が振りかえり、手を伸ばす。

「それより緒方くん、これ」

「ん」

文稀が差しだす袋を、櫂は素直に受けとった。

袋の中身をシートにあける。ボクシング用の衝撃吸収パッドにバンデージ、手袋型の拳サポーター。文稀に頼んでネットで購入してもらった品々だった。

櫂はまず、左手の拳頭に衝撃吸収パッドを当てた。バンデージで巻いて固定し、さらに手袋型サポーターをはめる。

栄谷への襲撃から得た教訓だった。数発しか拳は使わなかったというのに、拳頭を痛めてしまったのだ。二週間のブランクがあいたのは、その怪我のせいだ。悔しい失態であった。

「ニット帽も、真夏になったらつらいよな。いよいよ暑くなったら、キャップとマスクに替えようぜ」

利き手にバンデージを巻くのに悪戦苦闘しながら、櫂は言う。

「それは今夜の結果次第かな」

文稀が答える。

「福沢に帽子やバンダナをむしりとられずに済んだら、マスクもありってことにしよう。いままでのふたりとは違って、福沢はそれなりに手ごわいだろうからね。こいつを無事やれたら、ぼくらもちょっとは自信を持っていいはずだ」

「マジか、はは」

つい頬をゆるめた櫂に、「なに?」と文稀が怪訝な顔をした。

「なにがおかしいの」

「え? なにがって――」

思わぬ反応に櫂は詰まった。一拍間をおいて、苦笑する。

「べつに高橋を笑ったわけじゃねえよ。ただおまえがめずらしく、『自信持っていい』なんて甘いこと言うからさ。へーそっか、って思っただけだ」

「ふうん」

わかったようなわからないような、という顔つきで文稀は応じ、

「――緒方くんて、面白いね」

と言った。

「なんだそれ、誉めてるつもりか？」

「どうだろう。でもけなしてはいないよ」

「……おまえってやつは、ほんと会話のキャッチボールができねえな。あのな高橋、そこはお世辞でも――」

「しっ」と文稀が唇に指をあてた。

「やつらが、出てきたみたいだ」

燿は声を呑んだ。窓に顔を近づける。

アミューズメント施設の正面口から、五、六人の少年が出てくるところだった。いかにも田舎ヤンキーといった風体《ふうてい》だが、体格は中学生らしく華奢だ。しかし先頭を行く少年だけは背が高く、肩幅もがっちりと張っている。

燿は声をひそめた。

「真ん中の、でかいやつだよな？　金髪でボンタンみてぇなジャージの」

「そう。そいつが福沢」

「ふてぶてしいツラしてんな。あれで二年かよ」

福沢は小学時代のアルバム写真より、さらに凶悪な面《つら》つきに成長していた。

金に脱色した髪を後ろに撫でつけて固め、三白眼であたりを睨《ね》めまわしている。黒地に金ライン入りのジャージに、安っぽいクロックスもどきをつっかけていた。

「緒方くん、今日はあんまり緊張してないね」

ニット帽をかぶりながら文稀が言う。櫂はうなずいた。

「三回目だから慣れてきたんじゃねえか。それに、さっき笑ったせいもあるかもな。あれでよけいな気負いが吹っ飛んだ」

「じゃあ、ぼくのおかげか」

「ああ」

櫂は真顔で応え、「やつらは帰るらしい。追うぞ」と親指で外をさした。

2

一時間後、福沢竜登を拉致したステップワゴンは山の中腹に停まっていた。

月光のほかは明かりひとつない闇だ。いかにも田舎らしく、寺があるでもない一角に古い墓石が建ち並んでいる。青鷺《あおさぎ》がときおり悲鳴のような鳴き声を響かせる。

舞台装置は満点だな、と櫂は思った。

さっきまで暴れていた福沢も、「殺して埋められるのでは」と疑ったか、いまは奇妙なほどおとなしい。

福沢の拉致には、いつもより念を入れた。

文稀の調査では、決まって福沢は二丁目の四つ角で仲間たちと別れていた。調べどおりに自動販売機の前で手を振り、ひとりになった彼をステップワゴンで追った。

福沢が街灯の途切れた路地にさしかかるのを、櫂と文稀は待った。先まわりしての挟み撃ちを狙った。

まず前に立ちはだかり、注意を引いたのは文稀だった。

福沢が条件反射のように「あぁ？　なんだてめえ」と威嚇《いかく》にかかる。隙だらけになった背中を、待ちかまえていた櫂が特殊警棒で殴りつけた。

福沢はさすがにタフで、一撃で倒れはしなかった。しかし体勢は大きく崩れた。首すじに文稀がスタンガンを当てる。福沢は大きく跳ね、その場に膝をついた。

用心深く、文稀はさらにスタンガンの二撃目を浴びせた。この図体《ずうたい》の男に暴れられては厄介である。リスクを避けるのは鉄則だった。

つづく手順は、栄谷のときと同様だ。

車へ運びこむ。梱包用結束バンドで両手足を縛り、ガムテープで口をふさぐ。三度目にして、彼らはようやく手順に慣れつつあった。

スタンガンの効果が薄れる十分後、福沢は予想どおり暴れだした。だが海老ぞりに体をのたうたせ、車内のあちこちに頭突きや蹴りを繰り出す程度の反抗だった。

栄谷とは違い、櫂たちは福沢を後ろ手に縛っておいた。前回の獲物とは、攻撃力が段違いだ。対処は万全でなくてはならなかった。文稀はスタンガンを使い、いま一度福沢をおとなしくさせた。

ステップワゴンが目的地に着いた。

櫂と文稀は、動けない福沢を引きずりおろした。

ナイロンザイルを使い、ふたりがかりで立ち木へと縛りつける。重労働だった。たった数分で、息があがった。

福沢がふたたびもがきだした。だが今回は枝に吊るしたのではなく、幹へ縛った。さすがに折れる恐れはないが、木全体が激しく揺れて葉が舞い散った。

「うるせえよ」

言いざま、櫂は福沢の脛《すね》を思いきり蹴った。

雷に打たれたかのように、福沢の体が一瞬、棒のように硬直した。

脛はいわゆる『弁慶の泣きどころ』だ。待機中に車内でさんざん文稀と復唱した、人体の急所のひとつであった。

耀は肩越しに文稀を振りかえり、「いいか?」と目で尋ねた。文稀がかすかにうなずく。実質上のGOサインであった。

耀は福沢を殴った。むろん拳だ。手加減せずぶん殴った。

経験上、耀は知っている。己の力を過信しているやつにもっとも有効なのは、まず最初にがつんと喰らわしてやることだ。有無を言わせず、それ以上の力でねじ伏せることだ。

この法則はスポーツだろうと勉強だろうと、直接的な暴力だろうと変わらない。おそらく動物界でも同じなはずだ。

雄と雄のマウントの取り合いは、結局もっともシンプルな「実力での制圧」で決まる。そのためには、早々に相手の戦意を奪うことが不可欠であった。

耀は殴った。一発。もう一発。さらにもう一発。

感触で、福沢の奥歯が早くも折れているとわかった。

血で窒息しないよう、耀は手を伸ばし、口のガムテープをなかばまで剝がしてやった。

福沢は呻き、血の混じった唾液を吐き散らしながら、

「ひ、ひきょう、だぞ」と喚いた。

耀はまた殴った。

「おま、誰……」

殴った。福沢がなにか言いかけるたび殴った。彼が完全に黙ってしまうまで、無言で殴りつづけた。

福沢はやがて首を垂れ、ぐったりと木にもたれかかった。

櫂はカッターと鋏を手に取った。福沢の衣服を、上から順に切り裂いていく。

大井田真依のときにも用いた手だった。女相手のほうがより効果的だろうが、男であっても一定のダメージと屈辱を与えられることはわかっていた。

それに裸にしておけば、獲物は解放後もすぐに動けない。こちらの逃走時間を、ある程度は確実に稼げる。

櫂は福沢のTシャツを切り、ジャージを裂き、下着も切って取りはらった。クロックスもどきを脱がせ、向こうの藪へ思いきり放り投げた。櫂は深い外野守備からでもバックホームできる強肩だ。見えずとも、かなり遠くまで飛んだはずだった。

裸にされた福沢は、もがきながら悪態をつきはじめた。

何本か歯が砕けた不明瞭な発音で、

「てめ、覚えてろ、よ。ぜってぇ、ヤってやる。仲間と、ぜってぇヤってやっかんな。どこ中《ちゅう》の、どいつか、すぐわか……」

櫂はみぞおちを蹴った。

福沢はぐうっと呻き、一拍おいて激しく嘔吐《おうと》した。

櫂は急いで後ろに飛びすさった。福沢が咳きこみながら、二度、三度と吐く。吐物《とぶつ》のいやな臭いが、ぷんと漂った。

「素っ裸でゲロまみれのくせして、なにイキがってんだ。クソが」

冷ややかに櫂は言う。声を聞かれてもいいと思った。栄谷襲撃の成功が、彼に自信をもたらしていた。

揶揄《やゆ》に、福沢の顔が赤黒く膨れあがる。怒りか羞恥か、どっちだろうと櫂はいぶかった。だが見きわめる前に、背後から声がした。

「ごめん。今日はぼくも参加していいかな」

文稀だ。

振りかえってみると、高橋文稀はしゃがみこんで、ライターらしき銀いろの小箱をいじっていた。両手にゴム手袋を着けている。

「なんだそれ」

櫂は尋ねた。

「電子ライターを改造して、放電するとこに線を繋いだだけ。単純な仕掛けだけど、電球で試してみたら一応点いたから、うまくいくと思うんだ」

言いながら文稀は立ちあがった。

耀は脇へどき、彼のために場所をあけてやった。

福沢が激しく暴れている。血と唾を吐きちらしながら、「ほどけ」、「ぶっ殺す」と喚いている。だがその全身は、冷や汗でぐっしょりと濡れていた。

福沢の汗まみれの腕に、文稀はためらいなく銅線の先端をあてた。

「ぎいっ」という奇声とともに、福沢の体が跳ねあがった。およそ聞いたことのない種類の声だ。耀は目をまるくした。

「おい、大丈夫なのか」

文稀は笑い、

「電子ライターの電圧なんて、たいしたことないよ。ただ痛いことは痛いだろうね」

「ごめん、これ持ってて。そう、こいつに見えるように」

と耀にタブレットを手渡した。

液晶の中では、観たことのない動画が再生されている。

「それ『ブルーベルベット』とか『マラソンマン』とかの映画を編集したやつ。暴力シーンと拷問シーンだけ繋いでみたんだ。ちょっとしたお遊びだよ。『時計じかけのオレンジ』でやってた暴力抑制の人体実験、いっぺんやってみたかったんだよね」

文稀が目を笑みで細め、銅線をかるく振る。

「て、てめ、こんな」

ようやく衝撃から覚めたらしい福沢が、震えながら唸る。が、その体がまた跳ねあがった。濡れた腕に、銅線を再度押しつけられたのだ。

「こんな、真似して、た、ただで、済むと」

跳ねる。

「や、やめ」

また跳ねる。

八回目の〝通電〟で、ようやく福沢は黙った。その後は何度銅線をあてても、短い悲鳴をあげるほかは一言も口をきかなかった。

「タブレット、おろしていいよ」

櫂を振りかえり、文稀は言った。

「やっぱり映画は映画だな。ただの単純な痛みのほうが効果があるみたいだ。人間って、即物的でつまんないね」

言い終えると同時に、文稀は福沢の睾丸《こうがん》を蹴りあげた。

がっ、と声にならぬ悲鳴をあげ、福沢は立ち木に縛りつけられたまま身を強張らせた。

次いで、胃液を吐いた。さっきの嘔吐で胃は空なのだろう。黄いろい胃液を吐きちらしたあと、福沢ははじめて泣きだした。

しゃくりあげるたび、肩が跳ね、喉が引き攣る。とめどなく涙が流れ、薄汚れた頬に何本も白いすじをつくった。

だが文稀はやめなかった。二度、三度と睾丸を蹴った。

「やめろ」

燿は割って入った。

福沢はすでに白目を剝き、痙攣《けいれん》していた。素裸で、血と泥と吐物にまみれている。こみあげる不快感と嫌悪に、燿は顔をしかめた。

「……見てるこっちが痛《いて》ぇよ。よくおまえ、そこまでできるな」

「きみの従妹だって、例のやつらにここを何度も攻撃されたんじゃないの」

文稀が言う。

燿は思わず身を固くした。表情のない声で、文稀はつづけた。

「復讐するんだろ。同じことを、やつらにやり返してやるんだろう？　だったら、いまのうち慣れておいたほうがいい。すべてはそのための予行演習じゃないか」

燿はごくりとつばを飲みこみ、

「——ああ。そうだな」

とうなずいた。

同意するほかなかった。

「こいつら、被害者の母親を輪姦するって脅したんだろ」

文稀が、失神してしまった福沢を顎で指す。

「少年法というのはもともと、親を失って町へあふれた戦災孤児に対する情状酌量措置として制定されたそうだ。でも、女を強姦できるようなやつはほんとうに〝少年〟かな。女を犯すことは、情状酌量の余地ある犯罪なのかな。はたして強姦は、少年法で守られるべき罪状と言えるのかな?」

耀は口を閉ざしていた。だがその問いに対する答えは、己の中でとうに出ていた。

冷えた風が、足もとを吹きぬけていった。

3

耀の希望を容《い》れ、ステップワゴンは国道沿いのコンビニで停まった。

だだっ広い駐車場には輸送用のダンプカーや大型トラックがずらりと並び、ドライバーたちの深夜の休憩所となっているのが一目でわかる。

コンビニ店舗は、夜闇を切りとったように白く皓々《こうこう》と浮かびあがっていた。外から店内がよく見える。深夜近いというのに混んでいるようだ。雑誌コーナーにも弁当コーナーにも、客が数人群がっている。

ウインドウ越しに、櫂は外を見つめたまま訊いた。

「……高橋、おまえ、小遣いもらうの何日？」

いらえはなかった。振りむくと、怪訝な顔の文稀が目に入った。

言葉足らずだったか、と櫂は顎を掻《か》いて、

「あーほら、家によって、小遣いもらう日って違うだろ。ちなみにおれん家は二十一日。親父の給料日の翌日な」

と付けくわえた。もらって十日以上過ぎたし、そろそろ財布の中身が乏しくなってきたんだ――と自嘲する櫂に、文稀が短く言った。

「もらってない」

「え？」

櫂が訊きかえす。

文稀はかぶりを振って、

「緒方くん家みたいに、親から毎月決まった額をもらう習慣はないんだ。ぼくが自由にできるのは、祖父から口座に振り込んでもらうお金だけ」

「……へえ」

気の抜けた声を櫂は発した。それしか返事のしようがなかった。変わったやつは家庭まで変わってんだな、と内心でつぶやいて、シートから腰を浮かせる。

「ま、いいや。おれ腹減った。弁当かなんか買ってくるわ」

「どうぞ、ぼくは車で待ってる」

文稀の声を背に、櫂は車をおりた。

店内に入ると、見慣れた深夜の光景がそこにあった。

上下スウェットにサンダル履きで、熱心に『実話ナックルズ』を立ち読みする男。菓子だのダイエットコーラだので買い物籠を山盛りにしている男。水商売らしき女のふたり連れ。煙草を番号でなく、銘柄で指定して店員をまごつかせる中年男。夜食なのか、ケース内のホットスナックを吟味する高校生。

櫂はまっすぐ弁当コーナーへ向かった。

焼肉弁当、中華丼、カレー、牛丼、海苔弁当。並んだ商品を見た途端、激しい空腹を感じた。あれもうまそう、これもうまそうとつぶやきながら、ふっと頭の片隅で考える。

——でもさっきまでおれ、人をぶん殴ってゲロ吐かせてたんだよな。なんでこんな、普通に「腹減った」とか思ってんだろ。なんで当たりまえに、肉うまそうなんて思えるんだろ。

——肉。

なまなましい感触が、じわりと拳によみがえった。

櫂はきびすを返した。飲料用の冷蔵ケースから缶コーヒーを二本抜き、惣菜パンのコーナーからコロッケバーガーとクリームパンを摑みとった。

会計を済ませ、車へ駆け戻った。缶コーヒーの一本を運転席の文稀に押しつける。

「なに？」

「おまえのぶん。おごり」

「いいよ」

受けとろうとしない文稀の胸もとに、あらためてぐいと押しつけた。

「いいよじゃねえ。おまえに買ってきたんだ、飲め」

「じゃ払うよ。いくら？」

折れる気はないらしい。櫂は諦めて、文稀に丸めたレシートを投げつけた。

気を悪くした様子もなく一円単位まできっちり寄越す文稀に、あらためてため息が湧く。

しかたなく受けとって、櫂は聞こえよがしに舌打ちした。

そういえば以前もこうだった。公園で缶コーヒーをおごってやったら、翌日にちょうどの額を返してきやがったっけ。よく言えば金にきれいなんだろうが、このあからさまな他人行儀さはどうにもむかつく。

ステップワゴンが発車した。

国道を走るうち、車窓越しの眺めが見覚えのある景色に変わっていく。

ああ、市内に入ったんだな、と櫂は思った。ということは、あと二十分ほどで自宅へ着くはずだ。

クリームパンの最後のかけらを飲みこんで、さすがに疲れた、と体から力を抜いた。手足が重い。早く自室のベッドで眠りたい。

ステップワゴンが赤信号で停まった。

外を眺めていた櫂が、同時にはっと顔をあげる。ウインドウを開け、外へ首を突きだした。

目の前に、二十四時間営業のガストがあった。かつて馴染《なじ》んだ顔ぶれが窓際の席に座っている。かつてのチームメイトたちが、大きく口をあけて笑いあい、小突きあってはまた笑う。

——部員みんなで五十嵐の誕生祝いやろうって話になってんだ。おまえも来るだろ？

——気が向いたら来てくれよ。来月の四日、夕方六時にガストだから。

ああそうか、今日は七月四日か。耀は思った。

おまえら、いくら土曜だからってこんな時間にまだいるのか。明日の朝練はいいのか。五十嵐はどうした。あの子は女子なんだから、ちゃんと早く帰してやったんだろうな。

言いたい言葉が泡のように浮かんできては、脳内で弾けて消える。拳を二、三度、意味もなく握ってはひらく。

文稀が振りかえった。

「どうかした？」

「いや、べつに」

耀はウインドウを閉め、首を振った。

「ちょっと、知ってるやつかと思ったんだ。……人違いだった」

梅雨明けはまだ発表されない。

朝からの雨はやんだようだが、どす黒く厚い雲はくまなく空を覆いつづけていた。遠雷が、ごろごろといやな音を響かせている。

休み時間に、櫂はいつものように机へ突っ伏していた。彼の育ちすぎた図体は中学生用の机と椅子には不釣りあいで、長い手足が大幅にはみ出してしまう。

「緒方、足うざい。どけて」

「んー」

「やだもう。こっちに向けないでってば。足どけて、じゃなくて曲げて」

「んー」

クラスメイトたちの声を、顔はあげずにやり過ごす。しかし頭上から降ってきた、

「カイ」

という声には、さすがに首をもたげざるを得なかった。

眼前に、佐野亮介が立っていた。

思わず櫂の眉が曇る。その表情の変化を読みとってか、亮介は苦笑した。そして、さりげなさを装った口調で言った。

「──一昨日《おととい》さ、五十嵐の誕生祝いだったんだ」

「ああ、ごめん」

櫂は首を振った。

「忘れてた」

半分真実で、半分嘘だった。五十嵐春菜の誕生日を忘れていたのはほんとうだ。でもいまはじめて思いだしたのではない。あの夜、ガストの前をステップワゴンで通りかかったときに「ああ、そういえば」と気づいたのだ。だが亮介に、すべてを打ちあけるわけにはいかなかった。

「ごめん」

重ねて櫂は言った。

「マジでごめん、亮介」

目の前の元チームメイトが、ぐっと黙る。

真顔で何度も謝る相手を、なおも責めることなどできない性格の男であった。それを櫂は知っていた。知っていて、謝った。

「……謝るなよ」

低く亮介が言った。

「おまえはいろいろ忙しいんだもんな。こっちこそ悪かった。ただ……もしかしたらって期待したんだ。来てくれるかもって期待した。おれの勝手な希望なのにな」

「いや」

櫂はもう一度「ごめん」と繰りかえした。

同じ発音の同じ台詞だ。だが、いま発したのは本心だった。亮介の性格をわかった上で謝ったことも、五十嵐の誕生祝いに行けなかったことも、全部ひっくるめての謝罪であった。

声の響きが伝わったのか、亮介が表情を緩《ゆる》ませる。

「だからもう、いいっての。……ああ、そういえばさ」

空気を切り替えるように、亮介はたわいない話をはじめた。昨日観たテレビのお笑い番組のこと。コンビニの新商品のこと。姉に彼氏ができたこと。薬局でもらったプロテインの試供品がめちゃくちゃまずかったこと、等々。

櫂はそのすべてに、あたりさわりのない相槌《あいづち》を打った。

唐突に、亮介がふっと視線をそらす。

無意識に櫂は目線の先を追った。

「どうした」

「いや——あいつがいま、こっち見てたから」

亮介の目線の先に座っていたのは、高橋文稀だった。

「あいつ、えーと、高橋だっけか」

「ああ」

　櫂はうなずいた。亮介が唇を曲げる。

「なんっか気味悪いやつだよな。そういや岩村《いわむら》が言ってたわ。一年のとき同じクラスだったけど、いっぺんも口きいたことなかった唯一の相手だって。わかる気するよ。あいつ全然しゃべんねえし、人間ってか宇宙人ぽいし。正直おれも、あいつにあの眼でじーっと見られっと、さすがに鳥肌立つっていうか……」

「やめろ」

　櫂は低くさえぎった。

「やめろよ亮介。陰口とか、おまえらしくねえぞ」

「あ、……え、いや」

　面食らったように、亮介が目を白黒させる。

　櫂は追い打ちをかけた。

「おまえが腹立ててんのは、おれにだろ。ならおれに怒れよ。ほかの関係ないやつに、八つ当たりすんな」

　声が尖るのが自分でもわかった。亮介が息を呑む。だが櫂は彼を睨みつづけた。引くべき場面だとわかっていたが、そうしたくなかった。

　亮介は口の中でもごもご弁解らしき台詞をこねまわし、「じゃあ」と気まずそうに教室を出ていった。

　燿は机に勢いよく顔を伏せた。

　なぜか苛立ちがおさまらなかった。たったいま亮介が言いはなった言葉が、鼓膜の奥で反響していた。

　――なんっか気味悪いやつだよな。

　――人間ってか宇宙人ぽいし。

　――あいつにあの眼でじーっと見られっと、さすがに鳥肌立つっていうか。

　わかってない。

　そう考えてから、口の中で舌打ちした。

　いや違う。べつにおれだって、高橋を理解してるわけじゃない。うんざりすることだって多い。仲がいいわけでもなけりゃ、あいつの事情にくわしいわけでもない。それどころか、やつのことなんかなにひとつ知らないと言っていい。でも。

　――でも？

　浮かんだ自問に対し、瞬時に出た答えに燿は驚いた。

　彼はこう思ったのだ。

　――すくなくともおれは、あいつと世界を共有している。

4

だが燿と文稀は、四人目の予行演習でつまずいた。

ただし襲撃に失敗したのではなかった。

目星をつけてから、いつものように文稀が身元を調べにかかったものの、氏名と学校名以外の情報がいつまで経っても入手できなかったのだ。

「いまどき、仲間込みでＳＮＳもなにもやってないやつがいるとはね」

呆れたように文稀は言った。

確かに、たとえ本人がツイッターやインスタグラムをやっていなくとも、たいていは友人やクラスメイトがなにかしらネット上に情報を落としているものだ。

素行に似合わず、意外にネットリテラシーの発達したやつらだったのか、それとも徹底的に人の輪から疎外されてきたやつなのか――。

「けど、おまえだってＳＮＳやってないじゃんか」

燿が指摘すると、

「緒方くんこそ」

と文稀はそっけなく答えた。

「それでも緒方くんの情報なら、ぼくはいくらでも集められるよ。まず野球部専用のアカウントがあるし、部員に何人かインスタをやってる子がいるから、画像だって拾える。そういえばこの前、マネージャーの子のお誕生会だったみたいだね。その画像もアップされてたの見たよ。緒方くんは、写ってなかったようだけど」

「そりゃそうだ。行かなかったからな」

燿は鼻を鳴らした。

「ていうか、おれの情報なんか集めてどうすんだ」

「べつに集める気はないよ。ただ〝収集しようと思えば、いつでも可能だ〟と言いたかっただけ」

つまらなそうに言い、文稀はノートパソコンのモニタに向きなおった。

このつまずきを受け、彼らは次の標的を「ネット越しでなくとも情報収集できるように」と県内の生徒に絞った。

だがまた失敗した。目をつけた獲物が決行当夜、張っていた場所に来なかったのだ。

「まあいいさ、たいしたやつじゃなかったし」

と文稀はあっさり諦め、

「次いこう。時間は有限なんだ。本番以外は、駄目なら駄目でさっさと見切っていい」

とステップワゴンをUターンさせた。

あらたな〝四人目〟の候補について櫂が知らされたのは、翌週の水曜であった。名は浜《はま》岡《おか》怜《れ》生《お》。

いままでと同じく中学生のいじめ事件だが、文稀がプリントアウトした概要によると、肉体的な暴力でなく性的ないやがらせばかりが羅列されていた。

「プールの授業をさぼらせて、女子の下着を盗んでこいと命令」だの、「裸にして女子トイレに放りこむ」だの、「自習時間に教壇へ立たせ、クラスメイトたちの前でズボンをおろして自慰行為を強要した」だのと、ことごとく下劣だ。

「エロガキが」

顔を歪め、櫂は舌打ちした。

ただし浜岡の個人情報は、常より何倍もやすやすと収集することができた。

本人が一年半ほど前に出会い系のスパムメールを踏み、晒《さら》し系ウイルスに感染して、個人情報を流出させてしまったせいだった。

一度ネットに流出した情報はなかなか消えない。おまけに当人の住所氏名だけでなく、親のクレジットカード番号や、ネットバンキングのパスワードに至るまで晒してしまったというから、家族はさぞ後始末に追われたことだろう。

資料をめくりながら、燿は眉をひそめた。

「よりによって、熟女専の出会い系スパムかよ。中坊のくせして、爛《ただ》れすぎじゃねえの。普通にエロサイト漁《あさ》る程度で我慢しとけよなぁ」

「緒方くんも、その手のサイトにアクセスするときは注意したほうがいいよ」と文稀。

「まだ計画ははじまったばかりだからね。無駄に目立ちたくない」

「わかってるよ」

渋い顔で燿は答えた。文稀が顔をあげずに問う。

「ちゃんとスマホにセキュリティソフト入れてる？」

「さあ。デフォルトのまんまだけど、変なアプリ落としたことねえから大丈夫じゃないかな。ウイルスどうこうの警告が出たこともないし」

「呑気だな、緒方くんは――」

言いかける文稀を、燿はさえぎった。

「カイでいい」

「え？」

眼鏡の奥で、文稀が目をまるくする。

燿はぶっきらぼうに、

「いちいち『緒方くん』なんて長ったらしくて面倒だろ。カイって呼べよ。仲間はみんな、そう呼ぶし」

そう言いはなって、文稀をちらと見おろした。

「おまえのことも、これからフミキって呼ぶぞ」

「……いいよ」

文稀はうなずいた。

「ぼくはべつに、どうだっていい」


先輩の後藤から燿に電話があったのは、その夜のことだった。

「おう、元気だったか」

「おひさしぶりです」

自室のベッドにあぐらをかいた姿勢ながら、見えてはいないだろう相手に燿は深く頭をさげた。

開けはなした窓から、湿気をはらんだぬるい夜風が吹きこんでくる。

電話口で、後藤はなにを言うべきかためらっているようだった。十分ほどたわいない世間話をしたのち、彼は声を押しだすようにして言った。

「あのな、おれ……おまえにあの店で、篠田の話をしただろう」

「はい」

短く櫂は答えた。

後藤が言葉を探すように逡巡《しゅんじゅん》しながら、低く言う。

「なんていうか、あの、噂で聞いたんだ」

ごくりとつばを飲みこむ気配がする。

「おれも人づてに聞いただけだから、さだかじゃないんだけどな。じつはその、あれからしばらくして、篠田を失明させやがったやつが――」

語尾が消えた。

沈黙が落ちる。

櫂はなにも言わなかった。受話口から後藤の規則正しい息づかいが聞こえる。無言で櫂はただ待った。やがて受話器の向こうから、

「――いや、なんでもない」

と静かな声がした。

「悪かったな、いきなり電話して」

後藤の声音は、常と同じトーンに戻っていた。

櫂は「いえ」と応え、

「そういえば、聞きましたか。うちの五十嵐の誕生祝い、ガストでやったらしいんすけど」と話題を変えた。

「ああ、聞いた」

はっきりと後藤が安堵するのがわかる。皮膚に、ひりつくほど伝わってくる。さらに五分ほど贔屓《ひいき》のプロ球団やテレビの話をつづけたのち、

「あ、もう九時か。そろそろ風呂入んねえと怒られるから、切るわ」後藤が言った。

その刹那《せつな》、われ知らず櫂は口をひらいていた。

「先輩」

「ん？」

「篠田さんて人の関係で、なにがあったか、おれには全然わかりませんけど」

自分の足の爪を見つめながら、櫂は声を落とした。

「それってたぶん、天罰じゃないんすか」

後藤が息を呑むのがわかった。

「――だな」

長い静寂のあと、後藤は低く言った。

「ああ。……きっとそうだ」

5

学習机にノートパソコンをひらき、文稀はゆるゆると右手を動かしていた。

モニタでは、淫らに足をひろげた女の裸が大映しになっている。右手に握った性器は芯を持っているものの、硬いと言えるほどの状態ではない。

やっぱり夢精でないと駄目かな。ぼんやりと彼は思う。

意識のあるとき、文稀が射精までたどりつけることは滅多にない。その事実は、彼の男としてのプライドをいつも傷つけた。

——きっとぼくは雑念が多いんだ。

だってこうして女の裸を眺めていても、意識がばらけて、ついほかのことばかり考えてしまう。ママのこと、祖父のこと、そしてこれから先のこと。

いつしか集中は途切れ、右手も止まり、気づけば性器は力なくだらりと萎えている。そんな繰りかえしだった。

諦めて、彼は下着ごとずりさげていたスウェットをあげた。

除菌タイプのウェットティッシュで、指の股まで一本一本拭く。三枚使って、丁寧にぬぐった。ぬぐったティッシュはコンビニのビニール袋に放りこみ、厳重に口を縛った。

文稀は隠し抽斗に手をかけた。

ＵＳＢメモリを取りだし、ノートパソコンに挿す。データをひらいて、しばし見入った。

かなり以前に書いた文章であった。

＊　＊

ぼくがちいさい頃の話をしよう。

当時のぼくは父と、お母さんとの三人で暮らしていた。

お母さんの記憶は鮮明だ。

彼女は小柄だった。もちろんぼくはもっとちいさかったけれど、近所のおばさんたちと比べても、彼女はずいぶん背が低かった。髪を耳のすぐ下あたりで切り揃えて、小鳥のような声で話した。

床を掃いたり、洗濯物を干したりしながらお母さんはよく歌っていた。口笛と、ごく単純なメロディが多かったように思う。

お母さんは春になれば『さくらさくら』を歌い、秋になれば『ちいさい秋みつけた』を歌い、雨の日には『雨降りお月さん』を、雨があがれば『オーバー・ザ・レインボウ』を口ずさんでいた。

お母さんが死ぬと、この家から歌声は絶えた。

お母さんの代わりにママが来てからも、やはり歌は復活しなかった。ママは歌う代わりに金切り声をあげ、怒鳴り、唸り、食器やグラスをやかましく割った。

お母さんがもし生きていたら、ママがこの家に住むことは絶対になかっただろう。家の中は清潔に保たれ、いつもいい匂いがして、風呂場が黴《かび》だらけになることも、電灯の紐にびっしり小蠅がたかるようなこともなかったはずだ。

たられればの話をしたら、きりがないことはわかっている。でも現実問題として、ママが来てからうちの冷蔵庫はいつも空っぽだ。床は綿ぼこりだらけで、便器には水垢の黒ずんだ輪ができている。

父の肩を持ちたくはない。

だが、彼がうちに帰ってきたくないと思う気持ちは理解できる。

ママはきっと、たまに外で会って楽しむにはちょうどいい女性だったのだろう。

だったらそのままにしておけばよかったのだ。父はママを、わが家に入れるべきではなかった。

ママがうちにはじめて来たときのことを、ぼくはおぼろげに覚えている。

ママは化粧の匂いをぷんぷんさせ、お兄ちゃんの手をひいて、玄関からけたたましく入ってきた。

値踏みするように家中をくまなく見てまわり、すべてのドアを開けて部屋を検分し、クロゼットや抽斗はもちろん、床下収納の中まで確認してから、ぼくに向かってぐいとお兄ちゃんを突き出した。

「あんたの兄弟よ。今日から家族になるんだから、よろしくね」

彼女はこうも言った。

「前の女のことは、なんて呼んでたの？　お母さん？　ああそう。なら、そのままでいいわ。――わたしのことは『ママ』と呼びなさい」

以来、ぼくは彼女をママと呼びつづけている。

＊　　＊

「なあ」

Mのマークがついたシェイクの容器を片手に、櫂がストローを噛みつぶしながら言った。

「おまえさ、なんであのとき自殺しようとしてたんだ」

「いまさらな質問だね」

文稀は食べ終えたアップルパイの包みを丸め、トレイの上へと転がした。

「だよな。おれもそう思う」

あっさり櫂は首肯した。

「ちょっと前までどうでもよかったんだよ。でもいまは興味が湧いたから、訊いとこうと思ってさ。おまえが答えたくないってんなら、適当に流してくれていい」

「べつにいやじゃないよ。隠すほどのことじゃないし」

文稀は首をすくめた。

放課後のふたりは、学校から徒歩七分のマクドナルドに立ち寄っていた。窓際の席で向かい合っている。誘ったのは櫂のほうだった。

「夏限定メニューはじまったからさ。おれ毎年行ってんだけど、今年は野球部のやつら誘えねえし」

だから行こうぜ、と言われ、文稀はとくに異論もなくうなずいた。

耀はレジカウンターで夏限定のハバネロトマト味のバーガーとポテト、同じく期間限定のシェイクを注文した。文稀はレギュラーメニューのアップルパイと、アイスコーヒーを頼んだ。

「限定のにしねえのかよ」

と耀は訊いたが「これが好きなんだ」と文稀は言葉すくなにかわした。

――普段と変わったものを食べるのは苦手だ。

他人と一緒にファストフード店に入るのもはじめてだった。だから、なるべくぼろは出したくなかった。

二日前、彼らは四件目の闇討ちを果たしたばかりだった。

熟女系サイトにひっかかって個人情報をたれ流した間抜けな浜岡某は、大井田真依と同じく縛られ、体毛を刈りあげられ、裸のまま放置された。

彼自身が通う中学の校門前に放りだしておこうかとも思ったが、さすがに学校が絡むと大ごとになるのでやめた。代わりに、浜岡の仲間たちがたまり場にしている空き家に転がしておいた。

十代の少年にとって、仲間の前で恥をかかされることは死に等しい。数日後にSNSをチェックしてみると、目論見《もくろみ》どおり浜岡某の権威は地に落ちていた。

裸で転がされていたさまを写メられたらしく、体の一部の画像が自称〝親友〟のインスタグラムに上げられていた。さすがの文稀ですら、失笑してしまう眺めだった。

文稀はシロップ抜きのアイスコーヒーを飲みほし、窓の外に目線をやった。

梅雨の重苦しい雲が空をふさいでいる。朝から降りつづいた雨は、だいぶ小降りになってきたようだ。信号待ちをしている女のストッキングに、撥ねた泥が点々と水玉模様をつくっている。

顔を正面に戻す。

櫂と目が合った。言いにくそうに、彼が言う。

「おまえってさ」

「ん？」

「――なんか自殺したい理由、あるのか」

文稀はかぶりを振った。

「あると言えばある。ないと言えばない」

「どういう意味だよ」

「ぼくはずっと、十五になったら死ぬつもりだった。いまだってそうだ。いつ死んだっていいと思ってる。なんていうか、生きてる意味があると思えないんだ」

櫂は相槌を打たなかった。わけがわからない、と言いたげな顔で相棒を見ている。

まあいいさ、と文稀は思った。

ある程度までは話したっていい。それで彼が理解しようがしまいが、どうだっていい。どのみち彼は誰にも洩らすまい。すくなくとも、ぼくと彼が一蓮托生でいるうちは。

文稀は訥々《とつとつ》と、半生の「話せる部分」を選んで語った。

七歳のとき母が死んだこと。母の死後一年と経たず父が再婚し、後妻が連れ子の兄とともにやって来たこと。

母の生前から、父はよそにもうひとつ家庭を持っていたこと。後妻は長年の愛人であったこと。

ちいさな建築会社を営む父は、いまや滅多に帰宅しないこと。彼の会社はお世辞にも景気がいいとは言えず、他県住まいの祖父——死んだ母の実父——の援助でなんとか成り立っている状態であること。

資産家である祖父は文稀を可愛がってくれているが、もうずいぶん会っておらず、電話でしか話していないこと。文稀は継母とばかり、顔を突きあわせて暮らす日々であること、等々——。

手持ち無沙汰に、文稀はトレイに敷かれた紙を指でいじった。

「さっきも言ったように、ぼくは生きている意味がない。だから十五歳で死ぬつもりだった。でもいまはどうせなら、緒方くん——いや、カイの復讐を、最後まで見届けてからにしようと思っているよ」

「そうか」

櫂がうなずいた。

その淡白な答えに、思わず文稀は苦笑する。

「人からこれだけ訊きだしておいて、『そうか』って。それだけ?」

しかし櫂はにこりともしなかった。

「だって、おれがおまえの人生にどうのこうの言う意味はねえだろ。『生きてりゃいいことあるさ』なんて、説教くせえこと言うつもりもねえよ。おまえの命は、おまえの好きにすりゃあいい」

店内は電車待ちの学生たちや、休憩中のサラリーマンで混みあっている。隣の席では四人掛けの席を陣取った女子高生が、スマホでお互いを撮りあってはこの写りがいい、こっちはひどいと高い声で笑っている。

文稀はふたたび視線を窓の外へ流した。

いつの間にか雨はやんでいた。

雲間から斜めに、細い光が射しこんでいる。頬杖をついて、文稀はその光を眺めた。ほんのり黄みがかった、神々《こうごう》しいほどの陽光だ。いわゆる〝ジェイコブの梯子〟である。

「それ、なんの歌だ？」

ふと燿が言った。

「え」

文稀は声を呑んだ。

「歌？　ぼく、歌ってた？」

「ああ」

「なんだろう。雨あがりだから……たぶん『オーバー・ザ・レインボウ』じゃないかな」

「は？　なんだそれ。おまえ、天気によってテーマソングがあんのかよ」

くっ、と喉を鳴らして燿が笑いだす。目が細まり、顔がくしゃっとなる独特の笑みだ。

笑うと彼は急に幼く見える。

「でも意外。――おまえ、歌うまいんじゃん」

そう言うと燿は、「食い終わったし、帰ろうぜ」と立ちあがった。

自分のトレイと文稀のトレイとを重ね、ダストボックスにふたりぶんの紙くずを捨てる。

一連の動作を、ぼんやりと文稀は棒立ちで見守った。

燿が振りかえる。

「なんだよ。なに見てんだ」

「いや、だって、それはぼくの――」

口ごもる文稀に、燿は怪訝な顔をする。

「捨てかたにこだわりでもあんのか？　だったら悪かったよ。でも店員にすりゃ、おれが片付けようが、おまえが片付けようが一緒だろ。同じテーブルで食ってたんだから、向こうは席が空《あ》きゃそれでいいんだよ」

「それは、まあ、そうだけど」

文稀は目もとを歪め、言いよどんだ。

ぽつんと声が落ちる。

「――ぼくのぶんまで、ごめん」

予期しない台詞だったらしい。燿は目をまるくし、まじまじと文稀を見つめた。

やがて彼は口の中で舌打ちして、

「……べつにこんぐらい、普通にするだろ。友達なんだし、なんも特別なことじゃねぇよ」

顔をそむけ、肩掛けのスクールバッグを荒く揺すった。

ぼくの世界に『カイ』があらわれて久しい。

お兄ちゃんは彼が気に入らないようで、なにかにつけ「あいつに深くかかわらせるな」と言う。「あいつを信用しすぎるな」とも言う。

そのたびぼくは「大丈夫だよ」と答える。

お兄ちゃんは心配性なのだ。とはいえ芯からぼくを思っての心配なのか、単に居場所を失いたくないからなのかはわからない。

仮に後者だとしても、しかたのないことだろう。もしぼくを失ったら、お兄ちゃんは終わりだ。

＊　＊

ぼくはカイを連れて、はじめての襲撃を成功させた。

手はじめだから、まずは弱い雌からだ。初回から失敗したのでは目もあてられない。まずは慣れること、そして自信をつけることだ。

ひとりめの獲物はO・Mだった。以下Mとする。

ぼくはあらかじめ、Mの行動範囲や交友関係を下調べしておいた。この曜日この時間、ここに来るに違いないと断定できた場所に、網を張って待っていた。

拉致に使った車はママのステップワゴン。変装に使った服は父のものだ。ぼくの死後、この手記が発見されたときのことを想定してはっきり書いておく。車はママのもの、服は父のものを使用した。

Mは予想どおりあらわれた。ぼくはMを車内へ引きずりこみ、カイの手を借りて手足を梱包具で縛りにかかった。

当然のことながらMは抵抗した。

Mの爪がぼくの腕の皮膚をえぐった。冷静でいたつもりだが、さすがにかっとなった。Mを殴った。何発か殴った。Mはおとなしくなった。Mをうつぶせにさせるようカイに命じ、両手首を梱包具で縛った。足首も縛った。

Mは鼻と口から血を出していた。ぼくはその口をガムテープでふさいだ。芋虫のように転がってもがくMを乗せ、車を山まで走らせた。

山道で車を停め、ぼくはMのいる後部座席に移った。

Mはいかにも安物の薄っぺらい服を着ていた。ぼくはそれを鋏で切り裂いた。スカートはうまく切れなかったので、しかたなく脱がせた。

Mの体は痩せてみすぼらしかった。だが、ぼくは興奮した。家に帰ってからも、興奮がおさまらず何度も自慰をしたくらいだ。

対するカイは、あまり昂ぶっていないようだった。緊張していたのかもしれない。カイは体は大きいが、どうも豪胆さに欠けるところがある。

裸にするだけではおさまらなかった。ぼくはMの髪に鋏をあてた。根もとから、じゃきじゃきと音をたてて切っていった。

じきにMは、小学生の男の子のような頭になった。さらにバリカンをあてた。Mは丸坊主になった。次いで、眉も睫毛も切った。

裸で丸坊主の女は、捕らえられた宇宙人みたいに無様で、馬鹿げて見えた。

Mは泣いていた。口のガムテープを剥ぐと、「殺さないで」と哀願した。ぼくは終始、勃起していた。痛いくらいだった。

ぼくはMの縛《いまし》めをとき、車から蹴り落とした。置き去りだ。

それからMがどうしたかは知らない。自力で山をおりたのか、それとも誰かに助けてもらったのか、ぼくの知ったことじゃない。

ただひとつ言えるのは、Mのようなろくでもない雌犬がちょっとくらい痛い目にあったって、世間はそれほど気にしやしないってことだ。親も学校も、とっくにMには愛想をつかしている。心配する人もいない。

日本には現在、「居所不明児童」というやつが何百人といるのだそうだ。厳格な戸籍制度をとり、小学校にあがる際には国から就学通知書が届く現代日本においてである。しかもこの数には「判明しているだけで」という但し書きがつく。

本来なら真っ先に捜索対象となるだろう幼い子供たちでさえ、この有様だ。自力で家出できる、しかももともと素行のよくない娘が二、三日留守にしようが、すこしばかり姿が変わって帰ってこようが、世間様は気にかけたりしない。

そういえば十年以上前、十二歳の少女が両手に手錠をかけられ、高速道路で倒れているところを発見され、のちに死亡するという事件があったそうだ。

少女は日常的に親に虐待され、小学五年の頃から体を売って金を得ていたという。売春相手の中に実父もいた、という噂さえあった。

だが死体となって発見されるまで、少女が救済されることはなかった。ちなみに彼女を出会い系で拾い、手錠をはめた男は現役の中学教師だったそうだ。つまり、世の中というのはそんなものなのだ。

ぼくはMを罰した。でも石にはしなかった。

必要なかったからだ。彼女は、もとから石ころだった。

＊　　＊

6

中学最後の夏休みが目前にせまりつつあった。

シンクの前で里芋を剝いている母親の背に、櫂は「あのさ」と声をかけた。

「あのさ、休みに入ったら、キャンプに行ってきてもいいかな。泊まりがけで、三日か四日くらいの予定なんだけど」

「あら誰と。野球部のみんな？」

さりげなく答えた母の声に、安堵の気配を櫂は感じとる。

祥太と涼奈のことがあって以来、緒方家の空気はずっと張りつめていた。両親、とくに母親は櫂の一挙手一投足に目をくばり、食卓で出す話題ひとつにも気をつかった。

すこしでもこの子の気がまぎれるなら、キャンプだろうが旅行だろうがかまわない――そう母が思っているのが、ひりひりと伝わってくる。

「ええと、クラスの友達と行くんだ。そいつの親が引率してくれるって言うから」

「あらあら。それじゃあ親御さんに早めにご挨拶しておかなきゃね。その子のおうちはどこなの？　電話番号は？」

母が包丁を置いて振りかえる。慌てて櫂は首を振った。

「そんな大げさなの、いいよ」

「いいわけないでしょう。泊まりでキャンプだなんて、ご迷惑かけちゃうのに」

「いいって。あいつん家、そんな堅苦しい家じゃないんだ」

「あのねえ、櫂」

母が大きくため息をついた。

「子供はそう思うかもしれないけど、大人同士はそうはいかないの。あんたはまだ中学生なんですからね、向こうの親御さんになにかしていただくなら、それはもう家と家とのお付き合いも同然なの。お母さんを『あらそうですか、いってらっしゃい』で知らんふりするような、無責任な親にさせないでちょうだい」

櫂は反論に詰まった。母の言うことはきっと正しい。

せっかくの休みだし、泊まりがけで遠征しようと文稀に持ちかけたのは櫂だった。普段はせいぜい往復二時間の圏内でしか動けない。どうせなら、長期休みでしかできないことをやってみたかったのだ。

櫂はすこし迷ってから、

「……あいつん家の電話番号、訊いとく」と言った。

「訊いとくって、あんた知らないの?」

母が首をかしげる。背後のコンロで、鍋の蓋がかたかたと音をたてている。

擢はわざと顔をしかめて見せた。

「そんな、おれがおかしいみたいに言うなよな。いまどき家電《いえでん》の番号なんか用ねえじゃん。お互いLINEのIDさえ知ってりゃいいわけだし——。おかんが学生だった石器時代と一緒にすんなって」

「あら、言ってくれるわね」

母が笑った。その笑顔に思わずほっとし、

「キャンプに行かせてくれるなら、メシの支度手伝うよ。なにすりゃいいか教えて」

と擢は腰を浮かせた。

だが結局、夕飯の開始はすこし遅めになった。父が「残業が長びきそうだ。先に食っててくれ」と送ってきたメールを、母が確認しそびれていたのだ。

いつもより三十分遅れの、母子ふたりきりの食卓だった。

今日のランチョンマットは煉瓦いろに近い赤だ。青や緑いろは食欲を減退させるのだと言って、母はキッチンまわりの小物はすべて暖色系で統一している。

鯖《さば》の味噌煮を箸でほぐしながら、擢はテレビに目を向けた。

ＮＨＫのドキュメンタリー番組だ。〝体が不自由ながらも強く生きる人びと〟が、エピソード付きで画面に次つぎ映しだされていく。

番組もなかばを過ぎた頃、十代後半の少年が紹介された。いわれのないリンチに遭い、後天的に身体障害者となった少年であった。

ナレーターによると、彼は高校に通いながら新聞配達のアルバイトをしていたという。しかしある日、朝帰りの不良どもに因縁をつけられた彼は、なんの理由もなく数時間にわたるリンチを受けた。一命はとりとめたが、右半身の麻痺と記憶障害が残った。高校は中退せざるを得ず、いまはリハビリに励む日々だという。

パン工場での単純作業に雇ってもらえそうだと、試用期間中の映像が流される。ベルトコンベアの前で流れ作業に従事する少年に、

「よかった。一人前にやれるね、よかった」

と老いてやつれた母親が涙している。

「わたしたち親は、いずれ死にますから。あの子がひとりでもやっていけるよう、いまのうち道しるべを付けておかなきゃいけないでしょう。それさえできればね。もう、いまはもう、それだけで――」

そう言ったきり、母親は泣きくずれた。

少年をリンチした加害者たちはいずれも十代で、主犯が約一年、従犯が三箇月ほど少年院に入っただけだった。すでに退院しており、詫びの手紙一通寄越さないという。

最後に被害者少年は麻痺した側の顔を指さし、

「こっちはもう、自然にまばたきできなくて」

と、ひらきっぱなしの目からだらだらと涙を流しながら、カメラに引き攣れた笑顔を向けていた。

「——なんだよ、これ」

チャンネルのリモコンに手を伸ばしながら、気分悪《わ》りい、と櫂は吐き捨てた。

「障害を抱えて明るく生きる少年はすばらしい、がんばれ、みたいな……これって、こんな内容にする話じゃねえだろ。テレビ局のやつ、頭おかしいんじゃねえの」

チャンネルを民放に変える。途端に画面が目に痛いほど明るくなる。アイドルの笑顔とともに、陽気なＣＭソングが流れだす。

「あの親も、なんだよ。工場で働けるようになったからって、泣いて喜んでる場合じゃねえじゃんか。なんでもっと子供のために闘わねえんだよ。自分の子供をあんなにされて……たとえ何億もらったって、許せねえだろ。もっと怒れよ」

「やめなさい」

母がさえぎった。

櫂はリモコンをテーブルに叩きつけた。

「だって」

「親はねえ、もう、しょうがないのよ」

白和《しらあ》えの小鉢に目を落としたまま、母は硬い声音で言った。

「怒ったって、裁判でいくら賠償してもらったって、あの子が治るわけじゃない。ああなってしまったら、目の前のわが子を見守るのが最優先なのよ。ほかのことは、全部二の次になっちゃうの。もちろんあんたの言うことはわかるし、お母さんだって観ていて腹が立つわよ。でもね——」

後半はひとりごとのような口調だった。

母が静かに箸を置く。

「——親ならね、ほかにもう、どうしようもないの」


「親御さんに、この番号にかけてもらって」

そう言って文稀が差しだしたメモ帳には、電話番号らしき十一桁の数字が記してあった。

仄暗く人気《ひとけ》のない校舎裏で、櫂は目をすがめる。

「誰の番号だ、これ」

「祖父のだよ。夏休みに友達と旅行したいって打ちあけたら、協力してもらえることになったんだ」

「祖父って――おい、余計なことしゃべってねえだろうな」

「まさか。言うわけないだろ」

燿の不安を文稀は一笑に付し、

「うちの祖父はいらない詮索をする人じゃないから、大丈夫。カイん家《ち》のお母さんにも、きっとうまく言ってくれるさ」

こともなげに言ってきびすを返した。

果たして文稀の言葉は正しかった。メモを渡した次の日、燿が帰宅するなり、

「おかえり。高橋くんのお父さんと話したわよ。キャンプなんて言うから若いのかと思ったら、ずいぶん年配の落ちついた方だったわ」

と母は屈託ない笑顔を向けてきた。

燿は内心の安堵を押し隠し、平静をよそおって言った。

「あいつ、親が歳いってから生まれた子らしいから」

「あら、じゃあさぞ可愛がられたでしょうねえ」

「そんな感じだよ」

耀は短く答え、顔をそむけて自室への階段をのぼった。

退屈な終業式を終え、良くも悪くもない通知表を受けとる。

机に入れっぱなしだった教科書や雑具をいったん自宅に引きあげ、クリーニングに出すだろう制服を母に預け、通知表を両親に精査されて、ようやく緒方耀の十五歳の夏休みははじまった。ゆうに五年ぶりの、部活のない長期休みであった。

「フミキ、出発いつにする」

「早いほうがいいんじゃない。ぼくはいつでもいいよ」

このところ、文稀とは毎日ＬＩＮＥしていた。

はじめは必要事項だけのメッセージ交換だったが、ぽつぽつと雑談が交じるようになった。

文稀のアイコンはデフォルトのままだ。スタンプが押されることも、画像が送られてくることもない。それでも違う、と感じる。最初の頃とはあきらかに違う。親密とはいかないまでも、多くを語らずとも通じあうなにかが生まれはじめていた。

「じゃあ、来週の水曜からでどうだ。その日は親父が出張でいないらしいし、たぶん出かけやすいと思う」

「わかった。じゃあ水曜で」

そっけない返事のあと、「おやすみ」と付けくわえて文稀は通信を切った。

7

気象台が梅雨明けを発表したと報じたのは、火曜の夕方のニュースだった。まるでふたりの出発に合わせたかのようだ。アナウンサーによると、去年より十五日も遅い梅雨明けだという。

朝目覚めてすぐ、櫂は部屋のカーテンを開けた。長雨に洗い流されたような空が、どこまでもコバルトブルーに澄みわたっていた。

「さすがに昼間の運転はむずかしいよ。子供だとばれる可能性が高い」

との文稀の主張により、移動は基本的に折りたたみ自転車、そしてバスや電車といった公共交通機関に決まった。

いささか締まらないが、しかたない。なんのかの言ってもしょせんは中学生なのだ。昼夜問わず動ける長期休みがあるというだけで、御の字だと思わねばならなかった。

櫂の大きなリュックには、ふたり分の夏用寝袋とマット、拉致用の常備道具が詰めこまれた。折りたたみ自転車も、日中は櫂が二台抱えて移動することになった。とくに不満はなかった。ただの役割分担、適材適所というやつだ。体力に余裕があるほうが持てばいい、それだけであった。

一日目の宿泊はユースホステルだった。要するに、中学生同士でも宿泊できる施設だ。ユースホステルにありがちな「和気あいあいとしたミーティング」だの、「旅行者同士のふれあい」だのと謳い文句を掲げる宿は避けた。余計なオプションはいっさい付けず、素泊まりを選択した。

フロントの女性従業員は愛想よかったが、とくに詮索はしてこなかった。廊下ですれ違う従業員や、話し好きな宿泊客との応答はすべて櫂がこなした。料金は食事なし風呂つきで、一泊二千三百円である。

「めんどくせえから、訊かれたら従兄弟だって答えることにしたよ」

櫂はリュックを部屋の畳に投げだして言った。

六畳一間に、卓袱台《ちゃぶだい》とテレビが一台あるだけの和室だ。お世辞にも広いとは言えないが、窓が大きいので閉塞感はなかった。すぐ外は山で、鳥のさえずりが聞こえてくる。

「いいんじゃない」

自分のリュックを探りながら文稀が言う。

「従兄弟なら苗字が違ってても不自然じゃないし、似てなくてもべつにおかしくないよ。現に祥太くんとだって、苗字は違うだろ」

「ああ、うん」不意にその名を出されて、櫂は返事に詰まった。

「母方の従兄弟だもんね」

己の言葉にうなずいてから、文稀はノートパソコンを取り出し、ふっと顔をあげて櫂を見た。

「べつに、カイが申しわけなく思うことないよ」

曇りのない声だった。

「祥太くんを置いて自分だけ旅行なんて、不謹慎だろうかっていま思っただろ。――違うよ。すべては彼に帰するんだ。ぼくらの旅はあくまで予行演習のためで、本番は祥太くんの復讐だ。ここで尻ごみしてやめるほうが、よっぽど祥太くんへの裏切りだ」

「……べつに、尻ごみなんてしてねえよ」

低く櫂は反駁した。

「そう」

ならいいけど、と文稀は肩をすくめて、

「明日には目的地に着くよ。いまのうち、情報のおさらいをしておこう」

とノートパソコンをひらいた。

今回の標的である〝柳田健助《やなぎだけんすけ》〟は、文稀がピックアップした三人から櫂が選んだ男だった。中高生ではなく、初の社会人だ。

ただしまだ十九歳であり、身分はまだ少年である。少年院を出てすぐ就職した、という意味での社会人だ。

現在は町のちいさな中古車販売店で、整備工として勤めているらしい。

柳田健助が少年院に送られたのは、通りすがりの少年への集団での暴行――つまりリンチがもとであった。

柳田は当時、十六歳だった。事件当夜、彼を含む同い年の少年三人は、知人の親が営む居酒屋でビールやチューハイを数杯飲み、「後輩のあいつが生意気だ」という話題で盛りあがった。

喰らい酔った彼らはくだんの後輩を「シメてやろう」と言いだした。そしてうろ覚えの住所をもとに、夜の町をさまよった。

だが三人が捕まえたのは、背格好だけが似たまるきりの別人であった。

被害者の少年はサッカー部の中学二年生。次期レギュラーだけが受ける居残り練習の帰りだった。柳田ら三人は人気《ひとけ》のない河原へ少年を引きずりこみ、夜の八時から十一時にかけて、約三時間の暴行に及んだ。

「途中で人違いだと気づいたが、いまさらやめられなかった」

「中途半端なところで帰したらチクられると思い、つづけるしかなかった」

と柳田は審判で証言している。

少年はこの暴行により脳障害を負い、平衡感覚と片耳の聴覚を失った。重度の言語障害も残ったという。もちろんサッカーは二度とできない体となった。

柳田ら三人は家裁で少年院送致が決まり、約一年後に退院。

被害者が一生残る障害を負ったのに対し、わずか十一箇月間の〝おつとめ〟であった。

以上が当時週刊誌で報道され、『少年犯罪糾弾サイト』に実名入りでさらされた、リンチ事件の顚末《てんまつ》である。

退院後の柳田は、保護司の紹介で就職を果たした。「少年院帰りの子を広く受けいれる」と評判の建築会社だった。しかし半年で退職した。

さらに一年後、彼は出会い系で女と知り合ったのをきっかけに、女の親が経営する中古車販売店に雇われることになる。

そんな柳田の名がネット上に再度あらわれたのは、二箇月前のことだ。

ストリートビューがとらえた画像を、匿名掲示板にアップされたのである。柳田が会社の裏口で煙草を吸っている姿であった。

キャプションは「年少帰りの婿さん（予定）、さぼり中」。おそらくは、彼の存在をころよく思わない社員の仕業《しわざ》だろう。幸か不幸かネット上ではとくに話題にならず、翌日には個人情報ごと削除されてしまった。

だが文稀の張っていたアンテナには引っかかった。

画像の柳田はネーム入りの作業着を着ていた。事件概要と照らしあわせて検索すると、ただちに『少年犯罪糾弾サイト』でフルネームが判明した。かつ前職の建築会社で「ニューフェイス」としてサイト上で紹介された際のキャッシュが残っており、顔と氏名が「人違いリンチ事件の主犯A」と完全に一致した。

文稀は柳田を、次回以降の標的リストに加えた。

リストを見た櫂はためらいなく、

「次はこいつがいい」と柳田を指さした。

脳裏にはテレビで観た、新聞配達帰りに襲われた少年の顔が浮かんでいた。

――こっちはもう、自然にまばたきできなくて。

――わたしたち親は、いずれ死にますから。道しるべを付けておかなきゃいけないでしょう。いまはもう、それだけで。

閉じられない目からだらだら涙を流し、麻痺した頬を歪めて微笑んでいた少年。カメラの前で泣きくずれた母親。あの光景が、頭から離れなかった。

「いいよ。じゃあ次はこいつだ」

恬淡《てんたん》と文稀はうなずいた。

柳田の現住所は、ふたりの住む町から県境をふたつほど越えた地にあった。

「泊まりがけで行くにも、ちょうどいい距離じゃない？　カイ、親御さんに許可もらっといてよ。ぼくのほうはいつでもかまわない」

それが夏休み前の会話だ。

そうしていま、彼らはユースホステルにいる。

文稀はしきりにノートパソコンで検索を繰りかえしていた。櫂は寝転がって、テレビで夕方のローカル番組を眺めた。時計が午後六時をまわった頃、櫂はうーんと伸びをして、立ちあがった。

「腹へったな。メシ買いに行こうぜ」

「来る途中に、確かスーパーの看板が出てたよ」

安宿ではあるが、海も山も近いだけあって展望は美しい。潮の香りが混じった風が、窓からひんやりと吹きこんでくる。

「まだ先があることだし、経費はなるべく節約しておきたい。この旅ではなるべく、コンビニでなくスーパーで買い物しよう。道中の飲み物も、水かお茶を空きのペットボトルに汲んでいけばいい」

部屋に備えつけられた魔法瓶を、文稀が指し示す。中身は無料サービスの冷たい麦茶だ。おそらく冬になれば、熱い番茶か焙じ茶に替わるのだろう。

「わかった」

櫂はうなずいてから、

「ほら、おまえも立てよ」と文稀をうながした。

スーパーで買った夕飯は、半額シール付きの巻き寿司とカツ丼だった。まずくはなかった。麦茶で流しこむように食べ、歯をみがいてから浴場で汗を流した。

風呂からあがった途端、櫂はどっと疲労が押しよせるのを感じた。

無意識のうちに、緊張や気疲れが蓄積されていたらしい。セルフで敷いた布団へ、顔からダイブするように倒れこむ。

清潔なカバーのかかった布団は、懐かしい樟脳《しょうのう》の匂いがした。

ノートパソコンをいじっている文稀の背中を眺めながら、櫂はそのまま意識をすっと手ばなした。

泥のような眠りは、八時きっかりにスマートフォンのアラームで断ち切られた。

朝食もむろんセルフだ。文稀は無糖の缶コーヒーのみだったが、櫂はバナナと牛乳と菓子パンというカロリー重視の朝飯を詰めこんだ。一時間後、ふたりは折りたたみ自転車を抱えてバスに飛び乗った。

向かった先は、柳田が勤務する中古車販売店である。

今日は偵察のみの予定だった。バスと電車を乗り継ぎ、駅からは自転車を使って、会社前に着いたときには正午近かった。

「うわ、ストリートビューで見たのとおんなじ景色だな」櫂が言うと、

「そりゃそうさ」

と文稀は愛想のない答えを返してきた。

ふたりは昼食がてら、中古車販売店から通りを一本挟んだビルのサブウェイに入った。サブウェイはテナントとして三階に入っていた。窓際の席に座ると、くだんの販売店がなめ上から遮蔽物《しゃへいぶつ》なしに見おろせる。

櫂はローストチキンのフットロングにコーラ、文稀はツナのレギュラーにアイスコーヒ

ーを頼んだ。昨夜節約しようと誓ったばかりだが、偵察という目的上しかたがない。必要経費だと自分に言い聞かせながら、櫂は巨大なサンドイッチに噛みついた。

「あ、来た」

窓の下を見て文稀が言う。

彼の指さす方向に、櫂も目線を向けた。

中古車販売店の裏口らしき石段に、作業着姿の若い男が腰をおろしていた。

胸ポケットから潰れた煙草の箱を取りだし、いじましい仕草で一本抜く。匿名掲示板に貼られていたのと、そっくり同じ姿だった。間違いない、柳田健助だ。

「あそこでさぼるのが日課なんだね」

「思ったよかチビだな。あれなら車なしでもなんとかなりそうだ」

「カイから見たら、たいていの男がチビだよ」

ふたりは中古車販売店の終業時間までサブウェイでねばり、柳田が退勤するのを見届けた。

いつ免許をとったのか、柳田は黒のスカイライン２００ＧＴに乗って帰っていった。マフラーは改造済みで、アスファルトに腹を擦りそうなほど車高が低い。

「よくあんなの乗れる金あんな」

の？」
「どうせ中古さ。彼女のコネで勤めてるらしいし、社割で安くしてもらったんじゃない

ユースホステルは二泊の予約だった。予定どおり、翌朝に引きはらった。

ふたりは無料の麦茶をペットボトルに四本汲み、リュックと自転車以外の荷物を駅のコインロッカーに預けた。そして、中古車販売店近くの公園に向かった。

公園には人ひとり寝そべることのできる木製ベンチが三つあり、そのまわりを四本の石柱が囲んでいた。

ふたりはベンチで十二分に昼寝をした。石柱の天蓋《てんがい》には、春に藤棚と化すのだろう蔓《つる》が鬱蒼《うっそう》とはびこり、絡みながらよじれて、やさしい日陰をつくりだしていた。

夕方になり、櫂と文稀は動きだした。

柳田の退勤時刻を確認し、昨日と一致する行動パターンとしないパターンをチェックするため、櫂が自転車でスカイラインを追った。文稀は公園へ帰った。

彼らの住む田舎町と違って、通りは自転車のほうが焦れるほどの渋滞ぶりであった。

櫂が公園に戻ると、時刻は午後八時を過ぎていた。

いつの間に集まったのか、噴水のまわりで高校生らしき男女がはしゃぎまわっている。酒でも入っているのか、笑い声がやけにかん高い。

文稀は昼間と同じくベンチにいた。

片膝を立てて座っている彼に、櫂は片手を挙げた。

「よう」

「おかえり」目線だけをあげて文稀が言う。

「騒がしいな」

「うん。あいつら、さっきまで花火してたんだ。でも終わったみたいだし、そろそろ帰ると思う」

「あんまりうるさくされると、警察が見まわりに来そうだよな」

「十分くらい前に来たよ」

「マジか、大丈夫だったか」

「向こうの団体に気をとられて、こっちまで来なかった。でもまた来たら、隠れなきゃいけないかも」

「いいさ。充分昼寝したし、どっちみち今夜は寝ないつもりだった」

ベンチの陰から二十分ほど眺める。たむろしていた高校生たちが、ようやく重い腰をあげはじめた。花火の残骸を拾い、空き缶やペットボトルをコンビニのレジ袋にまとめる。酔いが覚めたような、白茶けた顔で公園を出ていく。

「フミキ、ちょい待ってろ」

耀が立ちあがった。文稀が怪訝な顔をする。

「え、どこ行くの」

「すぐ戻る」

十分後に戻ってきた耀は、家庭用の花火セットを片手にぶらさげていた。

「向こうの通りにドンキがあっただろ。きっと花火売ってるだろうな、と通りすがりに思ってたんだ」

「無駄づかいしないって決めたんじゃなかったっけ」

文稀がため息をついて、財布に手をかける。

「いくらだった？」

「いいって。こんくらいはおれが出す」耀はかぶりを振った。

旅行中の経費は、ほぼ全額が文稀持ちだ。耀が花火代の二千円弱を出したところで、宿泊費、食費、交通費すべてを出している彼とは比べものにならない。

ふたりは高校生たちが去った噴水まわりに陣取った。

蠟燭《ろうそく》の蠟を、わずかに石畳に垂らす。熱い蠟涙《ろうるい》を接着剤代わりに蠟燭を立て、花火セットの袋を開ける。

無言で蠟燭の火を見つめていた文稀が、ためらいがちに言った。

「……じつはぼく、花火ってやったことないんだ」

「マジか」

燿が目をまるくする。

「打ち上げ花火なら何度か見たことあるけど、自分で持ってするやつははじめて」

「なんだよ、おまえんち――」

過保護かよ、といいかけて燿は言葉を呑んだ。

文稀の家庭の事情に関しては、先日聞かされたばかりである。不用意なことは言えなかった。燿は声のトーンをわざとあげて、

「じゃ、ライトセイバーごっこもしたことねえのか」

と言った。目に見えて文稀が鼻白む。

「ライトセイバーくらい知ってるよ。『スターウォーズ』だろ」

「ただのライトセイバーじゃねえよ。ライトセイバーごっこだ。てかおまえ、『スターウォーズ』なんて観るんだな」

「なんでそんな意外そうに言うのさ。日本人の大半が観てる映画シリーズだろ。うちにだってDVDボックスがある」

「そうかそうか、なら話は早《はえ》ーや。ほら花火を剣にして、こうやって」

　櫂は火のついた花火を振りまわした。

「うわっ、危なっ」

　声をあげ、文稀が大げさに飛びすさる。めずらしい彼のオーバーアクションに、櫂は声をあげて笑った。

「こんなんでビビるってことは、氷柱《つらら》でチャンバラやったこともねえな、もやしっ子」

「もやしは否定しないけど、カイはおかしいよ。けだものだって火を怖がるのに、本能が狂ってるんじゃないの」

「誰がけだもの以下だ」

　櫂は文稀めがけて土を蹴り、

「おまえな、調子のってんなよ。この休み中に〝スターバックスに放りこんで、ひとりで注文させるの刑〟に処すからな。かわいい女子店員の前で大恥かかせてやる」

「はあ？　やめてよ」

　本気でいやそうな顔をする文稀に、櫂はまた笑った。

「ほら。ごちゃごちゃ言ってないでおまえもやれ」

　彼の手に『手持ちすすき』と書かれた花火を押しつける。蠟燭で先端に火をつける。ピンクがかったシャンパンゴールドの火花が「ばしゅうっ」と音をたてて噴きだし、夜闇にあざやかな軌跡を描く。

「『二段変色極太スパーク』だってよ。面白そうだから、おまえ次これやれ」

「なんか、いちいちネーミングのセンスが悪いよね」

「言えてる。おっ、『ナイアガラの滝スペシャル』ってのもあるぞ」

グリーン、ピンク、プラチナと色とりどりの火花が、噴水を背景にほとばしっては消える。パラシュート花火に糸吊りの回転花火に、手筒花火とつづく。

最後の最後に線香花火が、金糸銀糸の花をひかえめに咲かせた。

花火は橙《だいだい》の玉を石畳に落とすと、かすかに煙の匂いを残して消えた。

8

柳田への襲撃は、翌晩に決行された。

彼の出退勤路には、やたら信号待ちの長い三叉路《さんさろ》がある。また柳田が運転中に、ドアロックをかける癖がないことは確認済みであった。

先んじて三叉路で待ちぶせていた櫂は、苛々と信号が変わるのを待つ柳田の横顔を目視してから、おもむろに助手席のドアを開けた。

咄嗟のことで、声もあげられない柳田の横へすべりこむ。

左手でドアを閉めると同時に、燿は右手のスタンガンを突きだした。スタンガンは何度か使ってきたが、失神したやつはひとりもいなかった。ただし最低でも一分強は、確実に体の自由を奪えた。

燿は淡々と柳田の口にぼろ布を押しこみ、両手首を後ろにまとめて結束バンドで縛った。われながら「慣れたもんだ」と感心する手際であった。初回の緊張が、遠い昔のことのようだ。

柳田を押しのけ、運転席に座ってハンドルを握った。AT車なので、燿でも短距離を動かすくらいならできる。

信号が変わった。ほんの数メートル走ってハザードランプを出し、路肩へ停めた。

後ろから車が来ないことを確認し、柳田にいま一度スタンガンをあてた。硬直した体にブルーシートをかぶせて簀《す》巻《ま》きにし、荷物のように後部座席へ押しやる。獲物がチビで助かった、と口の端で笑った。

ドアを開け、燿も素早く後部座席へ移動する。

代わりに運転席には、徒歩で追ってきた文稀が乗りこんだ。

スカイラインが発進した。

土地勘がないながらもナビを頼りに走り、文稀は郊外の廃墟へとスカイラインを進入させた。

もとは総合病院だったらしいが、いまや窓は割れ、壁にも床にも苔が生え、経年劣化したブロックが崩れ落ちて、いかにも廃墟然としている。

出入り口はロープが張られているだけで、簡単に入ることができた。

何十人ぶんかの泥だらけの足跡が、リノリウムの床をべっとり汚している。待合室だったとおぼしきフロアに並ぶ錆《さび》だらけのベンチは、ホームレスたちが寝泊まりした形をありありと残していた。

「わ――悪かった」

柳田健助は、柱に縛りつけられていた。

殴打で腫れつつあるまぶたから目線だけをあげ、櫂に哀願する。唇の端からは、唾液まじりの粘っこい血が糸を引いて垂れていた。

はじめのうち柳田は、自分がなぜ襲われたのかわからない、といったふうだった。ひたすら戸惑い、身をもがいて抵抗していた。

しかし文稀が耳もとで被害者の名をささやくと、途端にがくりと首を落とした。

その一瞬に、彼は己の命運を悟ったらしい。抗《あらが》うのをやめ、ガムテープを剝がされた口から、ひたすら「すまなかった」、「許してくれ」と謝罪を洩らした。

「違うんだ」

柳田はあえいだ。

「あの頃は、ほんとガキで……なにもおれは、わかってなかったんだ」

両目から涙が流れていた。

「そんなつもりじゃなかった。あんな大ごとになるなんて、思わなかった。あの頃のおれは、あれだけ殴ったら相手がどうなるか、自分の人生がどれだけ変わるか――なにも、わかっちゃいなかったんだ」

「だからなんだ」

櫂は柳田の頭髪を摑んだ。

息を吞んだらしく、ひゅっと柳田の喉が鳴る。双眸に、やめてくれ、という懇願が浮いた。両の足を内股にして、無様に身をよじる。もうやめてくれ、痛いことはしないでくれ、と全身で訴えていた。

櫂の胸にこみあげたのは、怒りよりむしろ悲しみだった。

――なんで、こんなやつに。

なんでこんなくだらないやつに、被害者の少年は捕まり、リンチされねばならなかったのか。

少年はサッカー部で、次期レギュラーの座が約束されていたという。小学時代から部活ひとすじだった櫂には、その重みがよくわかる。野球とサッカーの違いはあれど、懸ける思いと注ぎこむ情熱は同じだ。

「おまえは二度とサッカーができない。もとの暮らしにはもう戻れない。一生残る障害を負わされたんだ。不運にも加害者たちに出くわしたという、それだけの理由でだ」

――病院で意識を取りもどしたとき、そう宣告された少年は、いったいどれほどの絶望を味わっただろう。

柳田の髪を摑んだまま、櫂はゆっくりと顔を寄せた。

「なあ。おまえがガキだったから、なんだよ」

ささやくような声が洩れた。

「おまえがガキで馬鹿だったからって、それがいったい、被害者になんの関係があるってんだ」

柳田は目を見ひらいていた。唇が色を失っている。膝から下が大きく震えている。

「言えよ」

やさしいとも言える口調で、櫂は言った。

「言ってみろ、え？　おまえがガキだったことが、被害者とその家族に、なんの関係があったって言うんだ――？」

柳田の顔が、くしゃりと歪んだ。

「ふう、ぐっ」

嗚咽が洩れ、肩が何度も上下する。失禁したらしく、聞くに堪えない音とともに、足もとへ黄いろい水たまりができていく。

顔をしかめ、櫂は数歩後ずさった。

代わりに進み出たのは文稀だった。手にハンマーを握っていた。

彼は静かに言った。

「やったら、やりかえされる――。なあ、おまえみたいなやつらには、一番わかりやすいセオリーなんじゃないか？　〝やりかえされる〟ときが、ついにおまえにやってきたんだよ」

右手が一閃した。ハンマーはまっすぐ柳田の口に打ちおろされた。

悲鳴があがる。唇が裂け、前歯の砕ける音がした。

鮮血が、ぼたぼたと薄緑いろのタイルを染めていった。

コインロッカーに預けておいた荷物を取りに、櫂と文稀は駅へ戻った。駐輪場から回収した自転車に乗り、一番近くの無料キャンプ場へと走る。事前にネットで調べ、「常駐管理人がいない」ことを優先に選んだキャンプ場だ。

無料で管理もろくにされていないだけあって、設備はひどいものだった。

水道は茶色い水がわずかに出る蛇口がふたつきり。便所にいたっては、若い女なら「無理、入れない」と逃げだすだろう汚さである。どこでも立ってできる男でよかった、と感謝しつつ、櫂はリュックからマットと寝袋を取りだした。

「旅も後半にして、やっと寝袋の出番か」

「無駄にならなくてよかったじゃない」

寝袋で並んで横たわる。

頭上は、満天の星であった。あたり一帯、ネオンサインや看板の灯りはおろか街灯すら見あたらない。純粋に星と月あかりだけが、彼らふたりを照らしだしていた。

「……これって、天の川か」

すぐ横で、文稀が吐息まじりに言う。

耀は苦笑した。

「なに驚いてんだよ。天の川ってべつに、七月七日の一日きりしか見れないもんじゃないぜ」

「うん。それは、わかってたけど」

なかば呆然、といった口調であった。

「頭ではわかってたけど、こんなに暗いところで、こんなふうに見あげたことなかったから――。ああ、すごいな。ほんとうに川みたいだ。星の氾濫だ。……『My God, it's full of stars』だ」

「聞いたことあんな」耀は言った。

「なんだっけか、それ」

「キューブリックの『2010年』だよ。HALに殺されなかったデイヴィッド・ボーマン船長が、失踪前に残した言葉だ」

それきり文稀は黙った。

耀も、無言で夜空を見あげた。

夏の大三角が見える。あのS字を描く星々は、たぶんさそり座だろう。子供の頃に星座図鑑と首っぴきで覚えたはずなのに、気づけば大半を忘れてしまった。

「――あのさ」

文稀の声がした。

耀は寝袋をすこし開け、首を曲げて相棒を見た。文稀はいつの間にか、トレードマークの眼鏡をはずしていた。

「カイに、ぼくの秘密を打ちあけたいんだけど」

ひそやかな声音だった。

「うん」耀はうなずいた。

文稀が言う。

「ぼくの片目は、生まれつき邪眼なんだ」

「ジャガンてなんだ」

「ぼくの左目に睨まれたやつは、不幸になる。……みんな、石になるんだ。だから普段は、眼鏡をかけて隠している」

「そうか」

低く答え、耀は目を星空へ戻した。

「驚かないの」

「阿呆か。いまさら、おまえのなにに驚けっていうんだよ」

りいりいりい、とガラスの鈴を振るような虫の音が響く。すこし遠くの水辺では、蛙が大合唱している。

日中にあれほどやかましかった蟬《せみ》はなりをひそめ、代わりに五位鷺《ごいさぎ》が鋭い声で夜気を震わせる。

降るような星の光のもと、ふたりはいつしか深い眠りに落ちていた。

第四章

1

＊　＊

ぼくはスタンガンを、Sの首すじに当てた。

闇に火花が散った。Sが体を震わせ、アスファルトに両膝をつく。

Sは失神しなかった。痙攣してはいるものの、意識は失わないらしい。だが体の自由がきかないなら充分だ。カイとぼくとで、車へと引きずりこんだ。

（中略）

山中に運びこまれたSは、終始不安そうだった。

ぼくはSを、登山用のカラビナで木の枝に吊るした。Sは首を吊らされるとでも思ったのか、歯をかちかち鳴らしていた。

Sは泣いて許しを乞うた。

「金なら親が、いくらでも出します。なんでもします」哀れっぽくすがってきた。人間としての尊厳もなにもかも、かなぐり捨てた姿だ。ぼくはやつの耳もとで、

「駄目だ」とささやいてやった。

Sが絶望するのがわかった。やつは体からだらりと力を抜き、その場で小便を洩らした。ジーンズの股間が濡れて、みるみる変色していった。

ぼくはやつを殴った。我慢ならなかった。やつはあまりに往生際が悪かった。無様《ぶざま》すぎた。虫にも劣るやつだ。軽蔑しか湧かなかった。

(中略)

ぼくはさらにSを殴った。クソのようなやつだった。

こんなやつ、生かしておいたってなんの益もない。こいつが寿命をまっとうするまでに使うだろう資源、食料、酸素、すべてが無駄だ。ドブ川で溺れ死ぬのがお似合いだ。

殴りつづけた。一発。二発。三発、四発。五発。

こみあげる嫌悪感をこらえられなかった。脇腹を蹴った。腎臓を狙いすましての蹴りだ

った。

Sの悲鳴があがった。

＊　＊

「縁日で食うやきそばって、全然うまくないんだけど、うまいよなあ」

「日本語おかしいよ、カイ」

文稀がいつもの平たい声音《こわね》で応じる。

だが櫂は聞き流した。文稀の物言いに慣れてしまった、とも言える。口調ほどには彼が冷たくも愛想なしでもないと、わかってしまったせいだとも言える。ともかく彼の憎まれ口に、さしたる意味がないことは確かであった。

旅の最後の夕飯は、通りすがりに行きあった夏祭りの屋台で済ませることになった。

「無駄づかいしないって約束だっただろ」

と文稀は反対したが、説きふせた。

仮に櫂の人生が八十年で終わるとしたなら、夏はあと六十五回しか訪れないのだ。夏祭りで心おきなくはしゃげる回数というなら、せいぜい五、六回がいいところだろう。

そうして文稀の夏は、彼が意志を遂行するならば二度と来ない。

「旅行して、花火して、星を見て、縁日で遊んだのが最後の夏なら、悪くねえだろ。いい冥途《めいど》の土産《みやげ》になるとでも思っとけ」

「……まあね。なにもないよりは、いいかもね」

文稀はこくりと首を縦にした。

櫂たちが住む町の祭りは、子供の頃とだいぶ様変わりした。自治体が暴力団排除条例を受けて的屋《てきや》を追いだして以来、祭りの規模は年々縮小する一方なのだ。おそらくは日本各地で、同じような現象が起こっているはずだった。

市町村によっては、代わりに地元商店街が立ちあがって祭りを活性化させているとも聞く。だが大半の商店街はコンビニやチェーン店に食われ、シャッター通りと化している。金銭的にも体力的にも、祭りを盛りあげる力など望むべくもなかった。

そんな櫂たちの目に、

――タイムスリップしたのか。

と一瞬錯覚するほど、その境内《けいだい》には昔ながらの美しい縁日がひらけていた。

塗りの剝げた神社の鳥居をくぐる。

道の両脇へずらりと連なった露店が目に入る。

浴衣《ゆかた》姿の幼女が、大きな水ヨーヨーを掌で弾いている。特撮ヒーローのお面を首にひっかけた男児が、薄荷《はっか》パイプをくわえたまま人波を縫って走りまわっている。親子連れ、学生カップル、夫婦らしき二人、誰もが笑顔だった。どこかで笛と太鼓が鳴っている。裸電球と提灯で境内が明るいせいだろうか、夜空に浮かんだ月がぼんやりと精彩を欠いて映る。

「なに食う? 言っとくけど安かねえから、あれもこれもなんて買わないほうがいいぞ」

櫂が言うと、文稀はむっつり応じた。

「的屋がぼったくることくらい、知ってるよ」

「ネットか本で読んだから知ってるってだけだろ」

「いちいちうるさいな」

櫂は真っ先にソースやきそばを買った。文稀はさんざん迷った挙句、アメリカンドッグとコーラを選んだ。櫂はさらにお好み焼きと、大串のシシケバブを腹に詰めこんだ。フライドポテトは、ふたりで分けながら食べた。

アセチレンランプに照らされた人びとの影が、境内の通路に落ちている。幻燈のようにあえかに揺れている。

「締めに、かき氷でも食うか」

「ぼく、かき氷もはじめてだ」

文稀は言った。

「こんなふうに、目の前で氷を削ってつくるかき氷ははじめてって意味ね。コンビニで売ってるかき氷ふうのアイスなら食べたことある」

「おれん家は、自宅でつくれるかき氷マシンがあったぞ。でも何年も押し入れにしまいっぱなしだから、もう動かねえかもな」

耀は笑った。

「懐かしいな。小学生んときは、自分の家でつくれるかき氷とかプリンとか、すげえ好きだった。既製品のほうがうまいのにな。プリンが固まるのが待てなくて、何度も冷蔵庫開けて、おかんに後頭部ひっぱたかれたっけ」

「ああ。ぼくもそういうの、あった気がする」

文稀がつぶやくように言った。

「たぶん、お母さん——実母の記憶なんだろうな。キッチンでなにかつくっていた母の、エプロンの裾あたりにじゃれついてた覚えがあるよ。なにをつくってもらったかは思いだせない。かき氷じゃないことは確かだ」

「だから、いま食っとけよ」

耀は露店に顎をしゃくった。

「言ったろ。冥途の土産だ。死ぬ前になんでもやっとけ」

「なんでも、はさすがに無理だろうけど……」

文稀は耀を見あげ、かき氷屋台の品書きを指さした。

「ブルーハワイってなに？　なんの味？」

「さあな。あれってなんの味なんだろう。とりあえず、青い」

「色は聞いてないよ」

「わかってる。でも青いとしか言えない」

結局、耀はレモンを、文稀はメロンを注文した。文稀は「思ったより甘い」と、緑に染まった舌を突きだして苦笑した。

＊　　＊

スタンガンをあてたFを、ナイロンザイルで手近な木へと縛りつけた。

やがてFはもがきはじめた。スタンガンの効力が切れたらしい。ぼくは思いきり、Fの脛を蹴りつけた。

覿面《てきめん》にFはおとなしくなった。脛は人体の急所のうちのひとつだ。この日のために、何度も急所の位置をおさらいしたのだ。

うなだれたFを、ぼくは殴った。

衝撃吸収パッドをあて、バンデージで巻いて手袋型サポーターをはめた拳だ。遠慮なく、顔面めがけて叩きつけた。

殴った。何度も何度も殴った。Fが自分の血で窒息しないよう、ぼくは口のガムテープをすこし剝がしてあげた。

「卑怯だぞ」

Fが口から血を撒きちらして怒鳴った。

なんのことかわからなかった。なので、また殴った。

(中略)

Fはいまや裸で、自分のゲロまみれだった。

みじめな有様だ。だが彼はまだ虚勢を張っていた。「仲間と一緒に、絶対に捜しだしてやる。捜しだして同じことをやり返してやる」とゲロを噴きだしながら喚いていた。

強がっていないと死ぬ生きものなのかと思うくらい、Fは肩をいからせ、ぼくを睨みつけていた。ただしその瞳は、涙で潤んでいた。

ぼくはみぞおちを蹴ってやった。

Ｆはまたゲロを吐いた。汚らしかった。蛆虫だ、とぼくは思った。なんでこんなやつが生きているんだろう。害虫そのもの。いや、虫以下だ。

ぼくは用意していたゴム手袋をはめた。Ｆの目の前に、改造した電子ライターをかざしてやる。Ｆはぽかんとしていた。馬鹿の顔だ。愚鈍そのものだった。

（中略）

車をまわして戻ってきたカイに、ぼくはタブレットを渡した。

「ごめん、これ持ってて。そう、こいつに見えるように」

好きな映画から厳選した、拷問や暴行シーンだけを繋ぎあわせた自作の動画だった。

「ちょっとしたお遊びだよ。『時計じかけのオレンジ』で観た暴力抑制の人体実験、いっぺんやってみたかったんだ」

電子ライターから繋いだ銅線を、Ｆにあてた。Ｆは全身汗まみれだった。濡れた肌に、銅線から勢いよく電流が走った。

（中略）

Ｆの反応はつまらなかった。なにをさせても無能な、つまらないやつだった。

苛立ちが走った。ぼくはＦの股座《またぐら》を蹴った。

Fは泣き声をあげた。犬のようにきゃんと鳴き、またもゲロを吐いた。こいつは人間じゃない。ただのゲロ袋だ。くだらない。無価値だ。死ねばいい。

ぼくは二度、三度とFの股間を蹴りあげた。

*　　*

帰りは高速バスだった。

シート用消毒薬と軽油の臭いが入りまじった、バス特有の臭気が鼻をつく。酔いそうだな、と櫂は思った。しかし実際は座って頭を倒した瞬間、睡魔にさらわれていた。深い眠りではなかった。寝ては起き、寝ては起きをうつらうつらと繰りかえす。

窓ガラスの向こうにひらける景色は、幾度目覚めても変わりばえしなかった。青あおとした田圃《たんぼ》が、風に稲をなびかせている。いちめん緑の波だ。

ふと横を見ると、文稀が寝息をたてていた。ネックピローとアイマスクを着けた、完全装備の姿だ。櫂は笑いを噛みころし、ふたたび目を閉じた。

文稀とは駅前で別れた。

彼を見送ってから電車に乗る。見慣れた光景が眼前に広がっていた。

「黄いろい線の内側までおさがりください」と繰りかえすアナウンス。立ち食い蕎麦《そば》の出汁の香り。自動改札でもたつく老人に、早足で駆けつける駅員。

ああ戻ってきたんだな、と実感する。日常に帰ってきたのだ。

夏休みはまだはじまったばかりだというのに、早くも一区切りついた気がした。緩いカーブを描きながらつづく線路が、夏の陽光を弾いて油っぽく光っている。

「ただいまあ」

自宅の玄関戸を開け、奥まで聞こえるよう声を張りあげた。

三和土に父の革靴と、母のサンダルが並んでいる。あれ、と思った。時刻はまだ午後五時前だ。父が帰ってくるには早すぎる。

上がり框にリュックを置いて、

「ただいま。なあ、なんで父さんが――」

いるの、と言いかけた問いは、リヴィングから飛びだしてきた母の声にかき消された。

「カイ！　あんた、なにしてたの。何度も何度も電話したのよ」

「え、なにって――」

摑みかからんばかりに詰め寄られ、櫂は思わず後ずさった。

同時に頭の隅で、しまった、と思う。偵察に邪魔で、スマートフォンの電源を切りっぱなしにしていた。

「なんだよ。キャンプ行くって言ってあっただろ。まわりに迷惑だから電源切ってたんだよ。そのくらいで、そんなぎゃんぎゃん言うことないじゃんか」

「ぎゃんぎゃんって、あんたねえ……」

母が声を詰まらせる。

ようやく權は、間近に見える母の眼が真っ赤だと気づいた。まぶたも目の下も赤く腫れている。頬はむくみ、まるっきり〝泣きあかした人の顔〟だ。

「え、まさか」

顔から一気に血がひくのがわかった。

――まさか、祥太が。

まさかそんな。おれのいない間に。まさか。

――もしそんなことになったら、おれは。

視界が揺れた。

胃がでんぐりがえり、吐き気がこみあげる。酸っぱい胃液を喉もとに感じた。駄目だ、そんなのは耐えられない。この場で嘔吐《もど》してしまいそうだ。

思わず口を押さえたとき、母の背後に父が立つのが見えた。

「カイ、あのな」

しわがれた声で父は言った。

「いいか、落ちついて聞け。――祥太くんの意識が、一昨日《おととい》の夜に戻ったんだ」

2

祥太が目覚めて、早《はや》や一箇月が経った。

昏睡状態だった祥太を、はじめてＩＣＵの窓越しに見たときの衝撃――。あのときの感情を、櫂はいまも忘れることができない。幼い頃から親しく遊んできた従弟は、全身の穴をわけのわからない管に繋がれていた。スパゲティの化けものさながらだった。顔は泥をこねあげたような、人体とは思えない土気いろだった。

だがいま祥太の体に繋がっているのは経鼻カテーテルと、股間から収尿袋に繋がった細いチューブだけだ。

たまに人工呼吸器のお世話にはなるものの、その頻度も日に日に減りつづけている。腎破裂ならびに腎茎部損傷で片方の腎臓は摘出せざるを得なかったが、さいわい合併症も起こらず、予後は順調であった。

ただ、脳障害による後遺症はどうしようもなかった。

利き手利き足があるほうの右半身に、麻痺が残ったのだ。手足だけでなく、むろん神経の多い顔面もだ。

両頬にえくぼの浮かぶ人なつこい童顔は、別人と見まごうほどに歪んでしまった。


「よう」

櫂は病室の扉を開けた。

「おはよう、カイ」

わずかに首をもたげて、ベッドの祥太が微笑む。

泣き笑いのような顔だ。なぜか正常な側のほうが、より引き攣れて見えるのが不思議だった。

「学校、いいの」

うまく呂律《ろれつ》がまわっていない。あらぬところから息が洩れるような、独特の発声である。

櫂はTシャツにジャージという己の格好を指さしてみせた。

「今日は土曜だから、学校はなし。さすがにおれも、こんなんじゃ登校しねえよ」

「あ、ああ」

どうりで、と言いたげに祥太が笑う。

「かあさん、とは」

「さっき廊下で会ったよ。リハビリの相手を交代した。おれは叔母さんと違って、スパルタだから覚悟しろよな」

あれから結局、夏休みは病院通いで終わった。山のような宿題だけが残った。

事情を知る教師が十日の猶予はくれたものの、さすがに宿題免除とはいかず、文稀の手を借りてひいひい言いながら終えた。

先週から櫂は、祥太のリハビリを手伝うようになっていた。

長い昏睡で、祥太の体にはいくつか軽度の褥瘡《じょくそう》ができていた。病院側も家族も十二分にケアしているとはいえ、褥瘡を百パーセント避けられるわけではない。

完全にもとの体には戻ることはない。すぐ歩けるようにもならない。だからこそ自分で体圧を分散させ、寝がえりを打てる程度まで回復する必要があった。本人のためにも、介護者のためにもだ。

「いいか、行くぞー」

「うん」

祥太は四肢を投げだすように仰向けになっている。櫂はまず右足の小指をつまんだ。

付け根を持って、ゆっくりと左右に揺らす。

「感覚、あるか」

返事はない。もうすこし大きく揺すってみた。

「どうだ。感覚あるか」

「ああ、うん。た、たぶん」

曖昧に祥太が答える。

「もうちょい、強めにやってみてもいいのかな」

櫂は小声でつぶやいた。

理学療法士の先生の話では、全身に振動が伝わることが大切なのだそうだ。「たぶん」程度ではいけないのだろう。

しかしいまの祥太は、壊れものさながらだ。すこしでも不用意に扱ったなら、取りかえしのつかないことになりそうで怖かった。足指ひとつ摑むだけで神経がすり減った。

「今度は、引っぱるぞ」

つまんだ足指を、今度は手前に数回かるく引く。

声をかけて確認しながら、薬指、中指と、親指まで順に同じ動作を繰りかえす。最後に両足首を摑んで、ゆらゆらと左右に揺らした。

「感覚あるか」

「うん、ちゃんと、ゆ、揺れてる」

「頭のてっぺんまで、伝わるか」

「うん、わ、わかる」

「よし、ひと休みしよう」

手を離して、櫂はベッドの横へまわり、パイプ椅子を引き寄せて座った。

仰向けで揺らされていただけなのに、祥太はふうふうと肩で息をしていた。額に汗の玉がいくつも浮かんでいる。

ティッシュで汗を吸いとってやると、祥太は目を細めた。

「カイちゃん」

「あ？」櫂は顔をあげた。

カイちゃん、と呼ばれるのはひさしぶりだ。幼い頃はそう呼ばれていたが、彼が小学校高学年になる頃には呼び捨てにされていた。確か「男同士でちゃん付けは、かっこ悪いよ」と祥太から言いだしたのだ。

祥太は麻痺していないほうの左手をあげ、ゆるく櫂の手首を握った。

「ちょっと、こうしてて、いい？」

息があがっている。

耀は首肯した。「いいよ」

「触覚は、ちゃんと、あるんだ。す、すごい、だろ」

祥太が得意げな声音で言う。

不明瞭な発音だ。なのに、意図がニュアンスで伝わってくる。

「体の自由がきかない、だけだ。匂いも、わかる。耳も、聞こえる。目は、だいぶ、視力が、お、落ちちゃった、けど」

唇が歪んだ。麻痺した右側から、よだれがひとすじ垂れた。

「手も、そうだ。……さわると、ちゃんとカイちゃんだって、わ、わかる」

「そうか」

うなずいて、耀はよだれを拭きとってやった。

「すげえな」

「うん。すごい、だろ」

従弟の笑顔に、不覚にも鼻の奥がつんとした。

息が詰まる。胸のあたりから熱い気泡がせりあがってきて、せつなく喉をふさいでしまう。

――でも、駄目だ。

祥太の前でおれが泣くわけにはいかない。泣いていいのは、おれじゃない。

あれきり文稀とは、ふたりで会えていない。もちろん学校では顔を合わせるが、以前と変わらぬ距離を保って過ごしている。

ただし、LINEのやりとりは毎晩つづけていた。

「祥太をやったやつの名前は、長谷部《はせべ》だ。祥太に喧嘩をふっかけたクラスメイトが長谷部准哉《じゅんや》。リンチや恐喝を主導したやつがその兄貴で、こっちは俊馬《しゅんま》って名前だ」

と文稀にメッセージを送ったのは昨夜のことだ。

最近知った情報ではない。「自分がチクったとは言わないでくれ」と訴えに来た祥太の同級生から、長谷部兄弟の名はとうに聞いていた。しかし文稀に伝えるのは昨夜がはじめてだった。

文稀を信用できなかったからではない。あやふやな情報を渡すのがいやだったのだ。

しかし意識が戻った祥太本人の口から、長谷部兄弟の名を聞けた。となれば文稀に隠しておく理由はもうなかった。

「その弟は、なんで祥太くんにつっかかってきたの」

文稀がレスポンスしてくる。

祥太が暴行されるに至った、そもそもの理由がそこであった。櫂は返信した。

「球技大会で、恥をかかされたと思ったらしい。祥太がパスを出したら、よそ見してた長谷部准哉の頭にボールが当たっちまったんだとさ。ギャラリーからどっと笑いが起こって、准哉は自分が馬鹿にされたと思った」

「くだらないね」

「ああ、くだらない」

試合が終わってすぐ、准哉は祥太に「わざとやっただろう」と摑みかかった。祥太は否定したが、准哉は聞かなかった。クラスメイトたちに仲裁され、その場ではおさまったものの、准哉は心中で怒りをくすぶらせていた。

そして准哉が兄の俊馬に、

「クラスのやつに、ナメた真似された」

と訴えたことからすべてははじまった。

あれよあれよという間に事態は悪化していった。祥太は俊馬に毎日呼びだされ、殴られるようになった。じきに「金を持ってこい」と脅されるようにもなった。

俊馬とその仲間たちは、祥太から奪いとった金で毎晩札びらを切って遊び歩いていたという。やがて被害は、妹の涼奈にまで及んだ。暴力はさらにエスカレートした。決定的な事件が起こるまで、教師も保護者もまわりの生徒たちも、誰ひとりとして止めることができなかった。

「祥太くんの世話で、カイはしばらく動けないんだろ。その間、長谷部兄弟とその周辺の情報はこっちで集めとくよ」

「悪いな」

耀は返信した。本心だった。

「いいよ。じゃあおやすみ」

「おやすみ」

付けくわえることはなかった。耀は通信を切った。

3

「右手をひらいて、閉じて……」

ベッドに仰臥《ぎょうが》した祥太に、耀はゆったりしたリズムを心がけて声をかける。

今日は平日なので、祥太の母親は仕事だ。

フルタイムで正社員として働く彼女が病院に顔を出せるのは、毎晩七時か八時過ぎである。残業で面会時間を過ぎてしまい、会えずじまいという日もざらだった。

しかたがなかった。土橋家唯一の稼ぎ手である叔母が、いま職を失うわけにはいかない。燿の両親が多少援助するにせよ、祥太の医療費や涼奈の学費に、今後どれだけかかるかわからない。

「いいか、すぐできなくたっていいんだからな。意識を集中して、ひらくつもりになるだけでいいんだ。大丈夫、誰でもすぐできるわけじゃないから。じゃあ次は右足の指をひらいて、閉じて」

療法士の先生の口調を真似て、刻みこむように言う。

「よし。次は目を動かして、右手を見て。うんそう。どこにあるか、わかるよな？　次は右足。そうそう、うまいぞ。自分の爪さきを見る感じで……」

祥太のリハビリはつづいていた。

お世辞にも回復が早いとは言えない。だが祥太は根気強かった。一度も「つらい、やめたい」とは言わず、弱音も吐かなかった。

「左側も込みで、ランダムでいくぞ。さん、はい。右手をひらいて、閉じて。そうそう。左足の指をひらいて、閉じて……」

祥太に声かけを繰りかえしながら、燿はぼんやりと思う。

──おれが殴ったやつらも、当たりどころが悪かったら、こうなっちまったかもしれないんだな。

祥太が目覚めてからというもの、ずっと気持ちが揺れていた。

従弟が昏睡状態の間、心はむしろ平静だった。復讐心は芯に熱を抱いたまま凝り固まり、胸に石のように居座って動かなかった。

──でも、いまは。

絶えず櫂は自問自答していた。授業中でも、ベッドの中でも、いまこうして祥太の相手をしている間でもだ。

おれはなにをすべきなんだろう。

なにをすることが、一番、祥太のためになるんだろう。

心が揺れる。気持ちの揺れ幅が大きい。長谷部兄弟に対する怒りと、祥太への憐れみ。身の内側を掻きむしりたくなるような焦燥と、溶岩のように煮溶けて渦を巻く殺意。だが結局は、目の前にいる祥太への思いがいつもまさった。

さりげなさを装い、櫂はそっと口をひらいた。

「──そういや、涼奈はどうしてる？」

「ああ、お、おばあちゃん家に、いるよ」

祥太が答えた。

「転校するって、聞いたけど」

「うん。でも転校しても、通えるかどうか、わか、わかんないって」

「そうか」

耀は短く答えた。

訊きたいことはもっとあった。だが、どう口に出していいかわからなかった。汗ばんだ前髪をかきあげ、祥太に笑顔を向ける。

「じゃ、そろそろひと休みするか。おれ、売店でジュース買ってくるわ。おまえは？」

「おれは、い、いいよ」

「わかった。じゃあ十分休憩な」

手を振って、病室を出た。

売店は三階下の二階にある。エスカレータではなく、人気《ひとけ》のない階段を選んで駆けおりた。途中の踊り場で足を止め、しばし深呼吸して気を落ちつけた。

二階は東側の半分が外来病棟である。人の行き来が多い。耀は売店に向かいかけ、思いなおして自動販売機に向かった。缶ではなく、紙パックのコーヒー牛乳やジュースの販売機だ。

硬貨を入れ、ボタンを押す。取り出し口にかがむ。

出てきたカフェオレのパックを手に、櫂は脇のベンチへ腰をおろした。

カフェオレは甘ったるかった。櫂は胸中で、今日何度目かになる問いをつぶやいた。

——おれはいったい、どうすればいいんだろう。

あいつらは、長谷部兄弟はクソだ。許せない。その気持ちはほんのすこしも変わらない。

でもいまは、あいつらをぶち殺すよりもっと大事なことがあるんじゃないか。そんな思いがどうしても拭えない。

目の前にいる祥太に手を貸すことと、自分の怒りをやつらにぶつけること。おれは、どちらを優先させるべきなんだろう。

鼓膜の奥で、いつか聞いた母のつぶやきがよみがえる。

——親ならね、ほかにもう、どうしようもないの。

おれは祥太の親じゃない。でもあのときの言葉の意味が、おぼろげながらわかった気がする。

誰しも思いは同じなはずだ。やり返したい。わが子をこんな目に遭わせたやつらに、十分の一、百分の一でいいから同じ苦しみを味わわせてやりたい。

——でもわたしが逮捕されてしまったら、残されたこの子はどうなるのだ?

なにをしても、怒りが、悲しみが消えるわけではない。一私人にできることは限られている。ならば復讐心を嚙みころして、いまはわが子のそばについているほかはない。むろん苦渋の選択だ。心臓から血が滲むほどに悔しい。苦悶で胸が焼け焦げる。だがそうするよりほかに、どうしようもない。

――なぜってこの子は、まだ生きているのだから。

カフェオレのストローから口を離し、櫂はうつむいた。

心臓が痛い。息が苦しい。胸の底がざわついて、顔があげられなかった。

「うわのそらだね」

文稀の声に、櫂ははっとして「あ、いや」と呻いた。

その夜、ふたりはLINEでなく電話で話していた。文稀はあいかわらず携帯機器を持たないため、固定電話の子機を使っているらしい。

「悪い。最近よく眠れなくて、頭がぼうっとするんだ。考えなきゃいけないことも、いろいろあるし」

「考える？　迷ってる、の間違いじゃない」

文稀の言葉には棘《とげ》があった。櫂は息を吞み、急いで言葉を継いだ。

「あの――あのさ、おまえ、誤解すんなよ」

言い聞かすように、声を大きくして告げた。

「復讐したいって気持ちが、消えてなくなったわけじゃない。そうじゃなくて」

文稀のいらえはない。

ごくりとつばを飲みこんで、櫂はつづけた。

「ただそれより、いまはあいつのリハビリを手伝いたいんだ。なんていうか――そう、優先順位の問題なんだよ」

「うん」

小声で文稀が答えるのが聞こえた。

「優先順位、ね。わかった」

「ごめん」反射的に櫂は謝った。

「いや、いいよ」

無感情な声で文稀が応じる。

「前も言ったけど、長谷部兄弟についてはこっちで調べておく。そっちはそっち、こっちはこっちっていうことで、よろしく」

「ああ」

耀はうなずいた。

「じゃあな、おやすみ」と早口で付けくわえる。だが、すでに通話は切れたあとだった。

闇に白い火花が閃《ひらめ》いた。

あれはなんだ、と耀は目をこらす。

夏休みにやった花火だろうか。しかし、すぐに違うとわかった。あれは——そう、スタンガンの火花だ。

粘りつくような濃い闇の中、耀は立ちつくしていた。

拳を見る。拳頭がぱっくりと裂け、赤い肉が覗いている。骨まで見えるほどに、深い傷だった。

ああ、殴ったな、と耀は思う。殴りすぎた。やりすぎたんだ。だからおれの拳まで、こんなに傷ついてしまった。

——でも、誰を？

耀は目をすがめた。

暗闇にぼんやりと白いものが見える。桃いろがかった白だ。ぶよぶよとした白い塊が、ごろりと転がっている。

肉塊だった。精肉工場で鉤《かぎ》から吊るされているような、皮を剝がれた肉の塊だ。表面に血のすじが走っている。表面のねっとりした黄いろの膜は、脂肪だろうか。

人間か？　と櫂は思う。

何度も人を殴ってきた。他人を殴ることに、痛めつけることに、鈍麻しつつあった。ただの肉塊を殴るような感覚だった。罪悪感はなかった。

だってあいつらは、殴られて当然だ。

あんなやつらは、ヒトじゃない。人権はない。人間に、あんなひどいことが――祥太にしたようなことが――できるはずがない。

でも実際は、どうだった？

おれが殴ったのは〝なに〟だった？　裸にして放りだしたのは〝誰〟だった？　おれはなにをしてきた？　あいつらがしたことと、おれがしたことと、どちらも同じ暴力だ。いったい違いはどこにある？

いや違う。全然違う。

あいつらは罪もない祥太や被害者たちを、自分の楽しみのためだけにいたぶった。おれは「罪もない」やつは殴らない。やったらやりかえされる。罪には罰が与えられる。それが世のことわりだ。

――覚悟の問題です。人を殺す権利を手にするってことは、自分が殺されても文句を言わない義務も同時に背負うってことでしょう。殺されてもかまわないってやつだけが、殺せるんだ。問題は、その覚悟があるかどうかです。

覚悟は、あった。

あったつもりでいた。だがいまのおれは「殺されてもかまわない」とは言いきれない。だっておれが死んだら、祥太はどうなる。涼奈が戻ってきたとき、いったい誰が守ってやれる。

でも、と誰かが言う。

見えない誰かだ。生ぬるい吐息を耳に吹きかけてくる。

――でも忘れるな。おまえは〝あっち側〟にまわったんだ。

いつか、やりかえされるかもしれない側に。

やったらやりかえされる。その法則は、おまえだってまぬがれないんだ。おまえがやったぶんを、いつ誰がやりかえしてくるかわからないんだ――と。

そうだ、わかってる。よくわかっている。

そうしてそのときが来たら、狙われるのは必ずしもおれ自身とは限らない。両親かもしれない。祥太や涼奈かもしれない。まだ見ぬ、未来の妻子かもしれない。

立ちすくむ櫂の眼前で、白い肉塊がひくひくと蠢《うごめ》く。

おそらくは手足を落とされたトルソーだ。男か女か、若いか年寄りかもわからない。

肉塊の表面には、大きな裂け目が走っていた。櫂の拳頭と同じく、鋭利な刃物で切り裂いたような断面だ。その傷が、痙攣しながらゆっくりと歪んだ。

歪んで、笑みのように引き攣れた。

櫂は悲鳴をあげた。

そして、己のその声で飛び起きた。


翌日、病室を訪れた櫂は目をまるくした。

祥太の左頬に、三本のみみず腫れが痛いたしく浮きあがっていたからだ。呆然とする櫂に祥太は苦笑し、

「ああ、これ、な、なんでもない、んだ」と言った。

「ね、ね、寝てるとき、無意識、に、ひっかいちゃったみたいで。せ、先生は、思うように、動けない、ストレスから、だろうって。べ、べつに、めずらしく、ないんだってさ。だから、そんな顔することない、よ」

よくあることなんだって——と祥太が繰りかえす。

「ああ、そうか」

乾いた声で、櫂は答えた。

祥太がそう言うなら、おれはうなずかなきゃいけない。こいつが平気な顔をするなら、おれはもっと平然としていなくちゃならない。

「よし。そんじゃ、リハビリのつづきをやるぞ。ほら祥太、大の字になれ」

「また、き、金魚、運動？」

「だな」

「おれ、ダイエット、の必要、な、ないんだけど、な」

息の洩れたような声で、祥太が笑う。

櫂も彼に合わせ、笑顔らしき表情をつくってみせた。

「どうせ、退院したらすぐデブるさ。おまえいつも病院食は飽きたとか、ラーメン食いたいとかマック食いたいとか言ってるじゃんか」

「ああ、うん。カ、カップヌードル、食いたい。カレーのやつ。カイちゃん家《ち》の、近くの、だ、大翔軒《だいしょうけん》の、チャーシューメンも」

「だろ。だからそのぶん、いまのうちにダイエットしとけ」

櫂は腕まくりをし、祥太の足首を摑んだ。いつ摑んでもぎょっとするほど細い。肉の落ちたふくらはぎから、皺《しわ》ばんでたるんだ皮膚が垂れさがっている。まるで老人の脚だ。

「あのさ、祥太」

彼の足首をほぐすように揉みながら、櫂は呼びかけた。

「あのさ、もしおれが――」

――もしおれが長谷部たちをぶち殺したら、おまえ、嬉しいか？

問いは口に出せず、ただ宙に浮いた。

途中で言いやめてしまった櫂に、「なに」と祥太が問いかえす。

「なに。な、なんか言った、カイ」

「いや」

櫂はかぶりを振った。

「――なんでもない」

4

＊　　　＊

以下を、覚え書きとしてここに記す。

長谷部俊馬。土橋祥太リンチ事件の主犯。

二〇××年五月生まれ。父・長谷部亨一《きょういち》と母・奈々子《ななこ》との間に、第一子として生まれる。

上神沼市立東崎第一中学校を卒業後、現在は無職。

土橋祥太リンチ事件において、家庭裁判所の審判で保護観察処分となった。

事件の残虐さに対し処分が軽い理由が、弁護士の腕によるものか、裁判官のモットーによるものかは不明。ただし過去の判例を確認したところ、概して少年に甘い裁判官ではあるようだ。

父の亨一は地元でガラス加工会社を経営している。離婚歴があり、前妻との間に一子あり。暴行で二度逮捕されているが、いずれも不起訴。短気で粗暴な性格。

母の奈々子は専業主婦。十八歳で亨一と結婚し、十九で俊馬を、二十一で准哉を産んだ。ときおり顔に青痣をつくっているという近隣の証言あり。彼女が気まぐれにはじめては放置したSNS（「一応」を「いちよう」、「延々と」を「永遠と」と書くなど、全体に誤字が多い）のアカウントが、現在もネット上に複数存在する。

以下に記す俊馬と准哉の性格、気質等は、奈々子のSNSにおける育児日記をもとにしたものである。

子供時代の俊馬——奈々子いわく「お父さんそっくりの気の強さ」——は、ごく幼い頃から大柄で、力が強かったようだ。幼稚園時代から問題を起こしはじめたらしく、奈々子は幾度もSNSで愚痴っている。

「向こうの親が園を通して苦情入れてきた。しつこい！」

「園長が俊馬を〝弱いものいじめ常習犯〞と決めつけて話す。うんざり」

「なんでうちの子ばっかり悪者にするの。あんまりひどいから、パパ（亨一のこと）が怒って、相手の親のうちに文句を言いに行った。そしたら警察を呼ばれて、さんざん。子供のけんかに親が出て、警察まで呼ぶって、あの人たち絶対頭おかしい」

ちなみに小学校にあがる頃には、ややトーンが変わっている。奈々子は長男の気質について諦め半分となったようで、

「弱いよりまし。男の子なんだから、ヘタレのほうがみっともない」

「こっちに苦情言う前に、自分の子を強くしたらーって思う。きゃんきゃん言ってるひまがあれば、やられないよう鍛えればいいじゃん」

とひらきなおった内容が主となった。

なお俊馬はけして強いものに向かっていくタイプではないようで、被害者に対し奈々子は「ヘタレ」、「泣き虫」とばっさり切り捨てている。

小学生になった俊馬は、早々に同級生とトラブルを起こす。

奈々子の文章はあまりに感情的で、正確さに欠ける。しかし情報を繋ぎあわせるに、どうやら俊馬は障害を持つ同級生相手に（知的障害か、身体障害か、発達障害かは不明）、しつこくちょっかいを出したようだ。

ちょっかいの内容について、奈々子は「かるくイジっただけ」としか書いていない。だが校長や教頭まで出張る騒ぎになったところをみると、イジったどころではない暴力をふるったと推測される。奈々子はこの時期ＳＮＳで、被害児童を「ブス」、「ガイジ」と苛烈に罵《ののし》っている。

校長、教頭、担任、被害児童の両親を相手どった話しあいの結果がどうなったか、明確には書かれていない。しかし、

「最低！　ばっかじゃない。意味わかんない」

「みんな死ね。そうやってうちを悪者にしてればいい。世の中腐ってる」

と奈々子が書きのこしていることからして、おそらく相手の主張が全面的に通ったのだろう。

同時期「斉田《さいた》先生」という弁護士が記事に何度も登場しているため、民事裁判になった可能性もある。なおこの「斉田先生」の名は、俊馬と准哉が成長してのちにも、何度か奈々子の文章に登場する。長谷部家の顧問弁護士のような存在なのだろうか。だとしたら俊馬の保護観察処分を勝ちとったのも、「斉田先生」かもしれない。

その後も、俊馬の問題行動はやまなかった。

ことは暴力事件のみにおさまらない。俊馬は小学六年生のとき、弟の准哉とともに、近所の女の子に性的ないたずらをはたらいた。奈々子はこのときのことを、

「パンツくらいいいじゃん、減るもんじゃなし」

「あんなちっちゃい子だし、生理も来てないはず。子供ができるわけでもないのに、大げさ」

と書いている。SNSの文章は、年を追うごとにぞんざいになっている。

またこの時期、亨一が得意先に不渡り手形を摑まされたことから、ガラス加工会社の資金繰りがあやしくなったようだ。金のことで夫婦喧嘩が増え、

「今日もやりあった」

「パパ、出てったっきり帰ってこない」

「むかつく。ガキのメシなんか作ってらんない。腹へった？　知るか。勝手に食えよ。図

体ばっかでっかくなって、うちに迷惑ばっかかけて、ほんとガキってなにさま?」

「あいつらさえデキなきゃ、こんなクソ男と結婚なんてしなかった」

「人生失敗したー。堕ろしときゃよかった」

という記事が連続する。

そんな奈々子に当たりちらされたことで、俊馬たちの素行はさらに悪化したらしい。

「家ん中めちゃくちゃ」

「もうこれ、誰か死人でも出なきゃ、おさまんねんじゃねーの」

という状況にまで陥る。しかし亨一が奔走の果てに銀行から融資を受け、倒産の危機をのりこえた途端、すべてはうやむやになってしまったようだ。

当時、奈々子は息子ふたりを放置して数日間家出していた。連れ戻されたのか、自主的に帰ったのかは不明だ。どちらにしろ彼女は、家に戻ってすぐSNSを更新している。

「ラブラブ家族でーす」

「生まれ変わってもパパと絶対結婚する!」

「自慢の息子たち。イケメンでしょ?」

と落書き機能で書きこんだプリクラ画像を、いまもネット上で確認できる。この日のSNSのコメント欄には、奈々子の友人たちから「おかえりー」、「シュンくんかっこいー」

と、おもねるようなコメントがいくつか残されていた。

そして中学生になった俊馬は、さらに凶暴性を増す。（註・奈々子がSNSをやめてしまったため、ここから先は同級生や、市内の他校生のSNSがメイン情報となる）

俊馬が中一の夏、市内のスーパーマーケットで起きた集団窃盗事件の犯人に、彼の名があがる。この窃盗事件は犯人たちの手によって動画がネット上にアップされたものの、半日ほどで削除されている。

同年冬、東崎第一中学校において、一年生用の女子更衣室に猫の死骸が投げこまれる事件が起きる。

中二の夏、俊馬が飲酒で補導される。翌月に飲酒および喫煙で補導。

同年秋、担任教師（二十七歳・女）を校外で殴って警察沙汰になった。噂によれば「校外」とは担任教師のアパート前であり、以前から尾《つ》けまわしていたという。

中三の秋、弟の准哉から「クラスのやつに、ナメた真似された」と訴えを受ける。

以後の流れは、土橋祥太リンチ事件概要のとおりである。

＊　＊

長谷部准哉。土橋祥太リンチ事件の教唆犯。

二〇××年三月生まれ。父・長谷部亨一と母・奈々子との間に、第二子として生まれる。上神沼市立東崎第一中学校に二年生として在籍中。ただし現在、登校はしていない。

土橋祥太リンチ事件において、家庭裁判所にて保護観察処分とされる。以後は担当保護司がついて、面接、指導などを約一年間受けるという。

幼少期の准哉は、奈々子いわく「パパでなく、うちのお父さん（奈々子の実父。准哉にとっては母方祖父）に似てる」。

兄の俊馬とは違って小柄な体格。鼻炎持ちで、風邪ばかりひいている虚弱な子だった。市販の点鼻薬スプレーをつねに持ち歩いており、忘れるとパニックを起こす癖がある。

小学五年の修学旅行のとき、スプレーを旅館に置き忘れ、

「いますぐバスを止めて、宿に戻るか薬局に向かえ」

と泣いて暴れたエピソードを持つ。なおこの逸話は母の奈々子のＳＮＳに書かれていたもので、奈々子自身は、

「子供が困ってるんだから、戻ってくれるくらいいいじゃない」

「なんでいつもうちばっか悪いことにされるんだろ。うちの子の個性じゃん。個性を伸ばす教育とか言ってるくせに、むかつく」

と不満を記している。

ただし准哉は幼稚園から小学校にかけて、大きな問題は起こしていない。准哉に対する教師の評価は、

「落ちつきがない。私語が多い」

「ひとつのことに長い時間集中できない。隣の席の子に『これやって』と面倒なことを押しつける傾向がある」

「協調性、積極性に欠ける」

「頑固で、時おり不満に対し爆発する。普段はおとなしく、目立たない」

優等生にはほど遠いにしろ、兄の俊馬に比べれば手のかからない子供であったようだ。奈々子は准哉を「うちのいい子ちゃん」と呼び、可愛がっていた。

その評価がくつがえるのは、俊馬が小六、准哉が小四のとき起こした事件以降である。近隣の女児に、ふたりで性的ないたずらをはたらいたのだ。

以来、奈々子の准哉に対する書きこみは一気に冷ややかになる。「鼻グズ」だの「鼻ガイジ」などといった単語が、SNSに登場するのもこの頃からである。

亨一の会社があわや倒産、となった時期には、

「うちには腹へらしたブタが二匹、今日もブヒブヒ喚いてまーす。ふたりまとめて、いま

からでも産科の下水に流しちゃいたい」

「妊娠とか二度としたくない！　なんでセックスすると女だけ妊娠すんの？　マジうんこうんこうんこ。ありえねー」

「うちん中《なか》、池沼とガイジしかいねーんだけど。あたしって何のために生まれてきたのかな？？？」

「家出したーい！　絶賛神募集中。ふたり産んじゃってるけどいい？　いいって人、このメアドにお願い。若くないけど、そのぶん泡姫でもしてくれないことやってあげる！」

と、見るに堪えない記事ばかりがつづく。

このSNSを、俊馬と准哉が目にしていたかどうかは不明だ。だが書きこみでこの様子なら、家の中がどんな有様だったかはおおよそ想像がつく。

前述のとおり、倒産の危機を脱してから夫婦仲は戻ったようだ。しかし親子の間に入った亀裂は修復されなかった。俊馬と准哉は前にも増して「問題児」、「素行不良生徒」となっていく。

同級生らのSNSによると、長谷部准哉の渾名《あだな》は「スネ夫」である。

「スネ夫マジうざい」、「チクリ屋」、「ジャイアン（おそらく俊馬のこと）さえいなきゃ、あんなやつボッコボコ」等と、さんざんな言われようだ。

対する土橋祥太には同情的な意見ばかりだった。長谷部兄弟の祥太へのいじめを、SNSに克明に記しているクラスメイトさえいた。

とはいえ、土橋祥太を積極的に助けようと尽力した様子は、校内の誰にもみられなかった。

＊　＊

土橋涼奈への暴行に関する、長谷部兄弟がらみのSNS記事はいまだ発見できていない。

某有名動画サイトへアップされた形跡はあったが、削除済みであると確認。

検索の結果、国外サーバのアダルトサイト二箇所に拡散された動画を発見。削除依頼はすでに提出済み。削除されるまで、引きつづき要請する予定。

さらに拡散された場合も、できる限りこちらで対応する。ただし当方の十五歳の誕生日まで。その後は責任を持たないし、持てない。

個人用としてすでにファイル保存されてしまった場合も、残念ながら、同様に責任は持てない。

＊　＊

5

秋口に入って、ふたたび長雨の季節がやって来た。

だが梅雨に特有の、蒸らしたように熱っぽい雨期とは違う。土の匂いも濃くはない。粒子のこまかい霧雨が肌にしつこくまとわりつき、体の芯まで冷えさせる。

文稀はキイボードを叩く手を止め、椅子の上で大きく伸びをした。

カーテンを引き開ける。庭のカーポートが見おろせた。三台駐車できるカーポートには、今日もステップワゴンが駐まっているきりである。

――おそらく今夜も、父は帰ってこないだろう。

彼が最後に帰ってきたのはいつだっただろう。天井を見あげて文稀は考えた。思いだせない。ということは、先週や先々週の話ではないということだ。

父の建築会社の業績が、右肩下がりで落ちているという噂はネットで目にしていた。またよそに女ができたという噂もあるようだ。

だがいまのところはっきりした情報は、会社のサイトの更新が半年近く止まっていること。十二人いたはずの従業員がたてつづけに三人減ったこと。経理事務の女がＳＮＳで父への愚痴ばかり書いていること。それだけであった。

愚痴の中にはごくまれにだが、ママに関する話題もあった。

「奥さん、今日も来た。社長を出せって言うけど、いないもんはいないんだし、こっちに言われても困る」

「なんとか追いだして鍵を閉めた。窓から覗いたら、会社のまわりをぐるぐる歩きまわってる。監視しているらしい。マジきもい。業務妨害じゃないの？　鍵を閉めてる間は書留も宅配も受けとれないし、ほんと迷惑」

「今日も奥さん、妄想爆発。五分おきに電話してきて、社長はどこ社長はどこって、自分でスマホにかけて訊けばいいじゃん。早く入院してくれないかな」

「こんな会社もう辞めたい。こっちがおかしくなりそう」

どうりで最近よく出かけると思った、と文稀は納得する。遊び歩いているのではなく、会社に粘着していたらしい。追えば追うほど父は逃げるだろうに、なぜそれがわからないのだろう。まったく愚かしい女だ。

深ぶかと文稀はため息をついた。立ちあがり、部屋を出て父のクロゼットに向かう。

フード付きの、丈の長いウインドブレーカーを羽織った。色はネイビーで目立つマークは付いていない。体型が隠れる上、陽が落ちてしまえば夜闇に溶ける。

足音を殺して、階段をおりた。

奥のリヴィングからはやかましいテレビの音と、ママのヒステリックなしゃべり声が響いている。泥酔したママは、今日もお兄ちゃんを相手にくだをまいているらしい。

文稀はお兄ちゃんに内心で「ごめん」と掌を合わせた。そしてすばやく靴を履くと、玄関戸からすべり出た。

＊　　　＊

長谷部兄弟の家は、父親が営む会社のすぐ裏手に建っている。

ぼくの家から自転車で四十分。カイの家からは三十分。土橋祥太の家からは、十二分の距離にある。

長谷部兄弟の祖父が建てた家らしく、築四十年近い。ブロック塀は摩耗し、表札の文字は薄れかけ、全体に古ぼけてくすんでいる。

祖父が建てた云々《うんぬん》は、奈々子のＳＮＳから得た情報だ。せめて外壁をきれいにしたい、可愛いベビーピンクに塗りかえたいなどという、馬鹿げたぼやきとともに書いてあったのだ。

部屋数はおそらく全部で六つ。一階に居間、仏間、座敷があり、二階にそれぞれ子供たちの部屋と、夫婦の寝室といった間取りのようだ。

ＳＮＳによれば兄の俊馬の部屋は東向きで、弟の准哉の部屋は西南向き。ちなみに外の通りから監視するのに俊馬の部屋はうってつけである。

俊馬が帰宅したのは七月六日の月曜だ。

その晩、長谷部家は「長男の出所祝いパーティ」をひらいた。パーティの様子は再開された奈々子のＳＮＳで確認できる。またリンチ事件発覚とともにアカウントを消していた俊馬も、ちゃっかり新アカウントをつくりなおしたようだ。

判で押したように、この手のやつらの自己顕示欲と承認欲求は底なしだ。どこの誰ともわからない「世間」に対し、自分は幸福だ、いい家族がいる、仲間が多い、と絶えずアピールしたがっている。他人に認めてもらえないと死ぬのかもしれない。

死ぬといえば――ここでひとつ残念な情報がある。

どうやらカイはもう、使いものにならないようだ。

まさか本番を前にして離脱されるとは予想しなかったが、しかたがない。

彼はそれなりにいい相棒だった。これまで役に立ってくれた。ぼくとしては、彼にねぎらいの言葉をかけたいくらいだ。

なのに、お兄ちゃんは意地悪く言う。ほらな、あんなやつを信用するからだ。最初からこうなることはわかっていた。おまえに付き合いきれるやつなんて、しょせんこの世にはいやしないんだ——と。

お兄ちゃんはいつも正しい。ほんとうなら、お兄ちゃんがぼくの相棒になるべきだった。でも彼はなにもしない。つねに安全圏にいる。そういう人なのだ。いつだって笑顔で、高みの見物だ。

ぼくはときどき、お兄ちゃんが愛すべき人物なのかそうでないのか、よくわからなくなる。

けして嫌いではない——。でも好きかどうかと問われると、よくわからない。お兄ちゃんのことを考えると、時おりぼくは混乱して、激しい頭痛がして痛

（中略）

二箇月前は、出所パーティで盛りあがった長谷部家だった。だが現在は家族ばらばらの生活に戻ったようだ。

俊馬は夜どおし遊び歩いている。准哉は学校へも行かず、ネットカフェのダーツスペースに入りびたっている。

ふたりとも、定期的に保護司と会う義務が課せられているはずだ。しかし面接している

様子はない。もしかしたら奈々子が門前払いしているのかもしれない。奈々子は保護司も家裁調査官も民生委員も、ひとしく敵視している。

とはいえ彼らが出歩いてくれるのはありがたかった。家に閉じこもられたのでは、こちらの付け入る隙がない。

カイがいないのは痛手だ。だがさいわい、彼の協力のおかげでぼくも暴力沙汰に慣れた。一番大事なのはそこだ。なにごとも慣れなのだ。

あとのことさえ考えなければ、なんとかなるはずだ。

どうせ「あと」はない。

＊　　＊

覚え書き。

長谷部俊馬は金髪角刈り。左目の下に一センチほどの傷がある。身長は思ったほど高くなく、カイより約十センチ低い。ぼくよりも低い。

非常に太っている。しかし贅肉《ぜいにく》でぶよついているのではなく、筋肉を脂肪で押し固めたような体格だ。そのため、実際より大きく見えるようだ。

一方、長谷部准哉は茶髪で、ヘアカタログで見るような流行《はや》りの髪形をしている。色気づいていると言うべきか。虚弱児だっただけあって、小柄で細い。

ひっきりなしにスマートフォンをいじっている。点鼻薬スプレーが精神安定剤代わりなのはあいかわらずで、しょっちゅうバッグを覗く。全体に落ち着きがない。

他人の目を必要以上に気にするタイプ。同級生ほぼ全員のSNSをフォローしている。ネットストーカーの気味あり。

*　　*

「……悪かった、ほんとうに悪かったと思っています。すみません」

柱に縛りつけられたYは、口からだらだらと血を垂れ流して哀願した。

口腔が真っ赤だ。歯も歯茎も見分けがつかない。舌の上は、折れた歯のかけらでじゃりじゃりしているだろう。

「許してください、すみません――すみません」

謝罪の言葉を集めた音声データのように、Yはすみません、悪かったですと繰りかえす。

まったく芸がない。くだらない。もっと気のきいたことが言えないのか。どうしてこう、どいつもこいつも無能なんだ。

ぼくは、やつの耳に口を寄せて被害者の名をささやいた。

Yは絶望そのものの顔をした。なぜ自分がやられる羽目になったのか、ようやく理解したらしい。いちいち言われなければわからないのだ。なんて愚図《ぐず》だ。

「違うんです」

Yは泣き声をあげた。豚のような声だった。

「あの頃は、ほんとガキでした。わかってなかったんです。あんな大ごとになるなんて、思わなかった。あの頃のおれは自分の人生がどうなるか、どれだけ取りかえしのつかないことになるか、わかっちゃいなかったんです」

だからなんだ。ぼくはYの頭髪を摑む。

Yは怯えていた。自分がやられる側になったらこれだ。こんな態度だ。自分のやったことのつけは自分が払うしかないという、小学生でもわかる理屈をこいつらは理解しない。しまいには、教えてくれなかった社会が悪いなんて言いだしやがる。

クソだ。生かしておく価値がない。

「おまえがガキだったから、なんだ。おまえがガキで馬鹿だったからって、ぼくになんの関係がある」

Yは洩《も》らしそうなほど震えていた。嫌悪が増した。

なんてみっともなくて、薄汚い生き物なんだ。こんなやつに好き勝手させていた世の中も間違ってる。どいつもこいつも、死ねばいい。

ぼくは怒りと嫌悪のありったけをYにぶつけた。

やったら、やりかえされる。簡単なセオリーじゃないか。法律を説かれるより、おまえらみたいなやつには何百倍もわかりやすい掟《おきて》だろうに、なぜいまさら驚いていやがるんだ。なぜ青天の霹靂《へきれき》みたいなツラをしやがるんだ。

それともそれは演技か。わからないふりをしてるのか。ふざけやがって。

Yはほんとうに小便を洩らした。つくづく最悪なやつだった。じょぼぼぼ、と汚らしい音がして、汚らしい水たまりができた。尿臭が立ちのぼった。

Yは泣いていた。

ぼくはハンマーを手にし、Yの口めがけて振りおろした。

悲鳴が湧いた。残っていた前歯が砕けるのが感触でわかった。

Yは血反吐を吐いた。全身が、瘧《おこり》のように痙攣していた。おそらく外傷性ショックでも起こ

＊　＊

そこまで書いたところで、ＬＩＮＥの着信音が鳴った。

誰からかは確認するまでもない。文稀が登録している相手は、緒方櫂しかいない。テキストエディタを最小化し、ＬＩＮＥのトークルームを前面に表示させた。

「具合悪いのか、風邪か」

挨拶もせず、櫂がそう打ちこんでくる。

昨日と今日、文稀は学校を休んだ。べつだん病気ではない。授業どころではないだけだ。いま学校へ通って、勉強する意味も見出せなかった。

既読が付いたあとも文稀が返事せずにいると、

「おまえさ、まだ自殺するつもりか」

つづけざまに櫂がメッセージを送ってきた。文稀は諦めのため息をついた。しかたなくレスポンスする。

「〝まだ〟ってなんだよ」

すぐに既読が付く。櫂のメッセージがつづく。

「だって、長谷部たちとのあれにカタをつけてから、って約束だっただろ。でもこのままだと、おまえの誕生日を過ぎちまいそうだし」

「誕生日まで、あと二箇月あるよ」

文稀は反論した。

「それに『まだ』なんて、ぼくが気の迷いで言ってるみたいじゃないか。忘れてるかもしれないけど、こっちにとっちゃカイの手伝いをするほうがイレギュラーなんだ。本来の目的を見失うような、本末転倒な真似はしないさ」

既読が付く。今度は櫂のほうが、なかなか返事をしなかった。

文稀は待った。

やがて、ぽつんと櫂のメッセージが表示された。

「延期してほしいって言っても、駄目か」

「なにが？」

「おまえの自殺」

文稀は眉根を寄せ、画面をスクロールさせた。

連続で櫂のメッセージが表示されていく。

「できれば自殺は、長谷部たちをやってからにしてほしい」

「それまで待ってくれないか」

「ここまで来たんだ、最後まで二人でやりとげようぜ。いまは祥太が優先だけど、必ず活動も再開するから」

燿はこのまま、ずるずると引き延ばさせるつもりだ――。文稀は確信した。

従弟の回復を見て、燿は命が惜しくなった。従弟たち家族を置いて、自殺も自首もできないと思ってしまった。そしてその延長で、文稀の命をも惜しんでいる。

従弟と自分の命が大事であるのと同じくらい、文稀の命まで尊いものだと錯覚しはじめている。

――でも、彼は間違っている。

命はけっして平等ではないのだ。尊い人命もある。そうでない人命もある。「貴賤《きせん》はない。命の価値はみな同じ」だなんて言うやつがいるが、嘘だ。

文稀が生きていても、社会になんの益もない。そして長谷部兄弟は生かしておいても、社会に害しかもたらさない。〝死んでもいいやつ〟と、〝死んだほうがいいやつ〟は厳然と存在する。残念ながら、それが世の真実だ。

「長谷部たちをやってからにしてほしい」

と訴える燿のメッセージを、文稀はいま一度じっと見つめた。

――燿には、もう闇討ちはできないだろう。

彼は役目を失った。いまの櫂に、躊躇《ちゅうちょ》なく他人の顔面を殴ることはできない。

「フミキ？」

焦れたように櫂が「どうした？」のスタンプを連打してくる。

「考えとく」

文稀は短くメッセージを打ちこんだ。

「即答はできない。考えておく、としかいまは言えない」

長い間《ま》があった。

「わかった」

あきらかにわかってはいないだろう、気まずい返答であった。

そろそろ切りあげよう。文稀は思った。夜は長いが、やることはたくさんある。いまの自分にとって、時間は一分一秒でも貴重だ。

「おやすみ。祥太くんによろしく」

「なんだそれ」苦笑顔のスタンプが付いた。

「社交辞令やめろよ。似合わねえし、気持ちわりい」

「じゃあ、ただのおやすみ」

通信を切った。

あらためて長い息を吐く。タスクバーをクリックして、最小化していたテキストエディタのつづきに取りかかる。

——ええと、どこまでいったっけ。

ああそうだ、Yを痛めつける描写の途中だった。

クソだ、豚だと、なるべく扇情的な言葉を選ぶ。これを誰が読むかはわからない。わからないからこそ、やや大仰に書いておく必要がある。

これを書いたとき文稀は怒っていた、昂ぶっていたのだと読み手に思わせたい。Yを罵倒し、辱《はずかし》め、いたぶる場面を執拗《しつよう》に書きつづけるのは、そのためだ。

文章が一段落したところで、上書き保存した。日付に注意しながら、非公開設定にしたままのブログへコピー&ペーストする。

かなりの長文だ。かなり下へスクロールさせないと全文は見られない。LINEやインスタに慣れた層には、さぞ読みづらいだろう。

だがどうせ、インフルエンサーを目指しているわけではなかった。ランキング入りしてちやほやされるだの、人気者になりたくて書いたのではない。

文稀は表示されたカレンダーをクリックし、開設当時の記事から順に確認した。

＊　＊

十五歳でぼくは死ぬ。

そう決めたのは五年前のことだ。ついにあと半年で、ぼくは十五歳になる。いよいよ死が、目前に近づいている。

＊　＊

もしぼくがこの力を誰かれかまわず使っていたなら、ぼくのまわりには、とうに石の王国が築かれているだろう。

けれど、ぼくはそうしない。あたりに広がるのは、索漠たる砂漠のごとき町並みだけだ。

＊　＊

お兄ちゃんは、食事の間もにこやかだ。そうでなくてもお兄ちゃんは、いつだって笑顔を絶やさない。

石になってしまっても、お兄ちゃんは変わらずこの家のムードメイカーだ。つねに彼が、場の空気を支配する。彼の笑みは天使の笑みだ。

＊　＊

ママは昔からぼくを嫌っている。ママはまるで竜王石だ。ウイスキーを水のように飲み、火を噴く代わりに毒を吐きちらす。ぼくを嫌い、父を嫌い、世界のすべてを嫌っている——。

＊　＊

「なにしてんの、夕飯よ。さっさとおりてきなさい」

階下から、ママの金切り声がした。

ノートパソコンを閉じ、文稀は緩慢に立ちあがる。食欲はないが、詰めこまなければいけない。まだこの体にカロリー摂取は必要だ。

テーブルにはすでに、ママとお兄ちゃんがいた。いつもと同じだ。見慣れた光景だ。

「早く食べちゃってよ、片付かないじゃない」

ママがそっぽを向いたまま、吐き捨てるように言う。

言われるがままに文稀は座った。

ママの前にはウイスキーのグラスが、お兄ちゃんの前には夕飯のトレイが置かれている。トレイにはいたって行儀よく、白身魚のマリネ、卯の花、煮豆、鶏ささみと茸《きのこ》の和《あ》えものが並んでいた。

食べなくとも味はおおよそわかる。ほとんど塩気がなく、ぱさついていて、温めた形跡すらないはずだ。なぜっていつもそうだからだ。

お兄ちゃんの前に一定時間置かれたトレイが、文稀の前へ押しだされてくる。

文稀は機械的に夕餉へ箸をつける。口に入れ、噛んで、飲みこむ。また口に入れ、噛んで、飲みこむ。

まずい。巷《ちまた》では「糖尿病患者用の宅配弁当は美味《うま》くなっている」なんて言われているが、この業者の弁当はちっとも味が向上しない。

それでもお兄ちゃんは、せっせと食べていたものだ。なぜって彼は1型糖尿病患者だった。俗に小児糖尿病とも呼ばれるあれだ。先天的に、体内でインスリンをつくりだせない体質だったのだ。

文稀は上顎で粘る煮豆を嚙みくだきながら、お兄ちゃんをちらと見やる。

黒枠におさまった、彼の笑顔。

永遠に歳をとることのない異母兄。

お兄ちゃんがあの写真になってしまってから、文稀の食事が用意されることはなくなった。父は帰ってこない。ママはほとんど固形物を食べない。

文稀が口にできるのは、彼の生前と変わらず配達されつづける宅配弁当――小児糖尿病だった異母兄の、陰膳《かげぜん》の払いさげだ。

向かいの席からママがじっと彼を見ている。

最後の一口を押しこみ、水で飲みくだしながら文稀は思う。

あと二箇月。

第五章

1

文稀は女名前のメールで、長谷部兄弟を〝釣る〟手に出た。

その手口を思いつかせてくれたのは、彼らの四人目の獲物だ。晒し系ウイルスで個人情報をたれ流し、櫂が「エロガキ」と呼んだ浜岡某である。

文稀はあらゆるフリーメールのアドレスを使い、適当な女名前で「今度遊ぼう」、「いま時間ある？」と准哉のアドレスへ送りつけた。

無視されること、丸二日。もうすこし工夫するかと、差出人を『佐伯《さえき》みづき』、もしくは『塚本《つかもと》さえな』と表示される設定に変えた。

東一中に通う女子生徒と女性教師については、とうに調査済みだ。『佐伯美月《みづき》』は学校一の美少女の名、『塚本冴那《さえな》』は着任したばかりの若い女性教師であった。

果たして准哉は、文稀のメールにまんまと釣りあげられた。

返事があったのは、『佐伯みづき』名義の四通目のメールに対してだった。件名は「相談のってもらえる？」。

「なあ、佐伯ってさー、もしかしてC組の佐伯ちゃん？　なんでおれのメアド知ってんの？　誰から訊いたん？」

誰に訊いたもなにも、准哉自身がSNSのプロフィールで公開しているアドレスだ。

文稀は呆れつつ返事を打った。

「えー誰から訊いたとかなに？　メールしちゃやばかった？　怒ってる？　だったらごめんね。そんなつもりなかったの」

ハートや汗の顔文字を多用して送信する。すぐに着信音が鳴った。

「怒ってねえよ。こっちこそごめん」

鼻の下を伸ばしているさまが、目に浮かぶようだ。

やりとりはつづいた。しかし東一中二年C組の佐伯美月本人かという問いには、文稀はのらりくらりとはぐらかして答えなかった。一時間ほどで「ごめん、お風呂入らないと」と送って切りあげる。

准哉の返事は予想どおり、「またメールしようぜ」と名残《なご》り惜しそうだった。ご丁寧にも、電話番号やサブアドレスを列挙した署名つきのメールだ。

文稀はノートパソコンを閉じた。

——意外と時間かかっちゃったな。

ふう、と息を吐く。

二日もロスしてしまった。とはいえ無事に准哉を釣りあげられたのだから、文句は言うまい。

兄の俊馬のほうはといえば、かつての仲間と完全に決裂したようだ。

主な理由は、土橋祥太から巻きあげた金品の行方である。

家裁送りとなった数人のうち、観護措置となったのは主犯の俊馬のみだった。恐喝等の賠償に関しては民事で争われると決まっているものの、いまだ裁判の準備は整っていない。被告は長谷部兄弟、ならびに監督責任をおこたった両親である。つまり、従犯の少年たちは逃げきったかたちだった。

そうして俊馬が鑑別所に入っている間、『仲間』たちは残りの金を、彼抜きでこっそり分配してしまったらしい。警察にも親にも「遣いきった」と証言した金だが、実際はいくらか隠匿していたようだ。

俊馬は鑑別所で、今後の身の振りかたについて考えていた。その人生設計には、恐喝で得た金の残りが当てこまれていた。しかし四週間のおつとめを終えて出てきたとき、頼みの金は一銭残らずなくなっていた。

俊馬は怒り狂った。だがどうにもならなかった。

そもそも「遣ってしまって、ないはずの金」なのである。ないはずのものを返せとは、誰に訴えられるはずもない。泣き寝入りするほかなかった。

俊馬は荒れた。荒れて暴れ、誰かれかまわず八つ当たりした。そんな彼を相手にするのは、もはや家族くらいのものだった。

しかし両親の仲は悪くなる一方だ。父親は資金繰りに忙しく、子供の相手どころではない。母親はヒステリーを起こして喚くばかりだ。

自然と俊馬は、弟の准哉とばかりつるむようになっていた。

——そしてその准哉を、ぼくが釣りあげた。

文稀はほくそ笑んだ。

針の先に直接食いついたのは准哉だ。だが長谷部兄弟の現状からいって、ふたりを釣りあげたも同然だ。

現在、俊馬には金がない。仲間もない。となれば当然女はおらず、知りあえる手立てすらない。そんな中、弟に女ができそうだと知ったなら、彼はどんな行動に出るだろうか。

答えは決まっていた。

「おれにもおいしい思いをさせろ」だ。

共有するか、それとも横取りするか。可能性は後者のほうが高かった。俊馬は他人と利権を分けあえるタイプではない。たとえそれが実弟相手であろうとも、だ。

何度目かのやりとりで、文稀は自分が同校の佐伯美月ではないとばらした。明かしたところで、准哉は離れていかないだろう確信があった。

「えー、その子と同姓同名なんだね、ぐうぜーん。でも、うちも佐伯みづきだよ。よくある名前なんかな？」

そう送ると、准哉は予想どおり、

「そっか、おれの知ってるみづきじゃなかったんか。でも仲良くなれたんだし、かんけーないわな。みづき、いい名前じゃん」

と落胆の様子もなく返信してきた。

「ねーねーみづき、写メ送ってや」

「これでいい？」

文稀は、ネットで拾った適当な自撮り画像を添付して送った。十代前半の少女が、カメラに顔を近づけて上目づかいしている画像だ。

「うっそ、かわいいやん。タメだっけ？」

「いま中二」

「やっぱタメだ。みづき、胸でかい？　おっぱい撮って送ってみて」

「あんまおっきくないー。てゆーか、そっちも送ってくれるならいいよ」

「え、なに？　おれのおっぱい見たいの？」

「じゃなくてー」

「わかってるって。みづき、エッチやなー」

知性と品性のかけらもないやりとりののち、吐き気のするような画像が准哉から送られてきた。

「いま送った。見れた？」

嬉々《きき》として准哉が尋ねてくる。丸出しの下半身画像だ。中学生らしいまばらな体毛が、卑猥というより滑稽だった。

晒しネタの提供ご苦労さん――。文稀は冷ややかに考えながら、

「やだ、やらしー。でもおっきいね」と、彼が望んでいるだろう言葉を返してやった。

＊　＊

自分への覚え書き。

エアガンの改造方法についてネットで調べること。動画であれば一番望ましい。要火薬。BB弾の代わりになる弾丸。高圧コンプレッサー。エアでなくガスガン？　暴発の危険は恐れず、威力向上のみに徹すること。できれば改造済みをネットオークションで落札したい。クロスボウも要検討。

以下は、書籍からの引用。

通り魔による殺傷事件に関する記述。

「（被害者）の医療費を、国は一銭も負担していない。二人を殺傷した（加害者）は、通行人に取り押さえられたとき、ちょっとした怪我をした。その治療費は全額、国が負担している。

この年、日本全体で加害者には総計約四六億円の国選弁護報酬と、食料費＋医療費＋被服費に三〇〇億円も国が支出した。対照的に、被害者には遺族給付金と障害給付金を合計しても五億七〇〇〇万円しか払われていない」

以下も引用。別の書籍。

「少年の犯罪というのは、まず本人が何をやっているのか分からないことが多いのです。したがって周りにも分かりません。何を感じているのか分からない。何がほしいのか分からない。自分が何者であるかを確認するような犯罪です」

おそらくこの筆者は、長谷部兄弟のようなやつらを想定して書いている。だがこの一文はむしろ、ぼくにこそ当てはまる。

加害者に甘い国。

自分が何者であるかを、確認したい犯罪。

＊　＊

2

平日昼間のフードコートは空《す》いていた。

週末ともなれば家族連れでごったがえすだろうテーブルは、五分の一ほどしか埋まっていない。

営業の途中だろうか、スーツ姿の男が競馬新聞片手にラーメンを啜っている。買い物帰りの主婦が、子供とサーティワンアイスクリームの新作を分けあっている。

大学生らしき男はスマートフォンを睨みながらビッグマックに嚙みつき、ななめ前のテーブルでは中年女がクレープにかぶりついていた。

文稀は観葉植物の陰になる端の席で、ノートパソコンをひろげていた。手もとには、ほとんど手つかずのアイスコーヒーが置かれている。

視線は、同じくフードコートの席についた長谷部准哉に向けられていた。

准哉はメロンソーダとチリドッグをたいらげ、いまはポテトをつまみながらスマートフォンを操作している。遠目にも、頰が緩んでいるのがわかった。やにさがっている。

なぜ彼がにやついているのか、文稀には理解できた。

准哉はいまメールの返信を打っているのだ。相手はもちろん『佐伯みづき』だ。

文稀のメーラーが反応した。

准哉からの着信だ。ひらいて、文稀は思わず冷笑した。あいもかわらず、くだらない文章の羅列だ。

早く会おうぜ。いつならいい？　できれば夜がいいな。みづきの親、うるさくないんだろ？　エッチなこと、興味あるよな？　わかってるよ。女の子って、じつはみんなそうなんだよな——。

文稀はアイスコーヒーをひとくち飲んだ。すっかり氷が溶けた、水っぽいコーヒーだ。ストローで混ぜて、もうひとくち吸う。

すぐに返信する気はなかった。

ある程度、焦らすのが肝心だ。だからLINEは拒否し、かたくなにメールでのやりとりで通してきた。

ここまで来れば、多少強く出てもかまわない。学校へ行くのをやめた准哉は、他人とのやりとりに飢えている。相手が女ならなおさらだ。いまや選ぶ権利のない彼は、『佐伯みづき』にしがみつくほかないのだ。

このフードコートに居合わせたのも、けして偶然ではない。文稀は過去のやりとりで、「みづきは学校帰りに、よくこのフードコートに立ち寄る」と何度も送っていた。つまり餌を撒《ま》いておいたのだ。

准哉が顔をあげた。文稀の位置からは、彼の横顔しかうかがえない。だが、驚きに目を見ひらいているのは見てとれる。

准哉は顔をしかめ、立ちあがった。

小走りに向かっていった先には、太ったいかつい男がいた。

実兄の俊馬だ。

長谷部兄弟が、額を突きあわせるようにして話しはじめる。いや、言い争っている。准哉は席に荷物を置いたままだ。

文稀はノートパソコンを閉じ、バッグにしまった。アイスコーヒーのコップを持って、准哉のテーブルの脇を通る。

すれ違いざま、ごく自然な仕草でテーブル上のポーチを奪った。

准哉の常備ポーチだ。長い間の観察で、中身はあらかたわかっていた。鎮痛剤、ビタミン剤、ステロイド入り軟膏。そして彼の精神安定剤である点鼻薬スプレー。

文稀はダストボックスにポーチとコップを捨てた。フードコートを出て、陳列棚の陰に隠れた。

准哉が俊馬とともに席に戻る。一瞬にして、准哉の顔いろが変わった。

血相を変えている。パニックに陥っている。犯人を捜すように、目を剝いてあたりを見まわしている。

俊馬はそんな弟を見て笑っていた。同情の様子はなかった。

准哉の怒りは持続しなかった。財布を持ち、憤然とエスカレータへ向かった。振りかえりざま、兄に向かって「荷物を見ていろ」と口を動かす。俊馬が肩をすくめた。

どうやら一階の薬局へ向かうらしい。怒りより、常備薬を失った不安がまさるのだ。中毒患者さながらだ。

文稀は残った俊馬を見守った。

俊馬は弟がエスカレータで下りていくのを見届け、准哉のスマートフォンを手にとった。あっさりロックを解除し、メール履歴を確認しはじめる。

やがて俊馬の頬が緩んだ。歪んだ笑みだった。

――よし、かかった。

文稀は拳を握った。

こいつらふたりとも、完全にかかった。

『佐伯みづき』宛てに、俊馬からのメールが届いたのはつい二日前のことだ。准哉のスマートフォンを勝手に覗き、アドレスを入手したらしかった。

文稀は〝好奇心旺盛で、男の子に興味津々なみづき〟の設定を守って俊馬に返信した。准哉と同等か、それ以上に女に飢えているらしい俊馬は、

「准哉とはどこまでいってるんだ」

とやたらに知りたがり、露骨な言葉で探ってきた。

文稀は俊馬をはぐらかし、挑発しつづけた。弟より先にモノにしてやる、と俊馬が勢いこんでいるのは明らかだった。その自己愛と支配欲を利用した。

准哉もじきに、兄の様子がおかしいと気づいたようだ。征服欲満々の兄とは逆に、彼は『みづき』宛てにすがるようなメールを送ってきた。

「なあ、みづき、おれのこと好きだよな？　ほかの男になんか興味ないよな？　もし変な男が粉かけてきても、相手にしないでくれよ。そいつ、絶対ただのヤリモクだから。おれは違うよ。おれはみづきをヤり捨てようなんて、そいつと違って全然思ってないからな――」

架空の女をめぐって、兄弟の対立がはじまりつつあった。

帰宅した文稀は、海外のネットオークションにアクセスした。

確認して、ほっとする。希望商品の大半は落札できたようだ。たとえばフェノバルビタール。この薬は輸入通販サイトか、ネットオークションで購入するのがてっとりばやい。ルートさえ把握できれば、入手方法はさほどむずかしくない。

リストに残る品は、ネットを頼らずとも入手できるものばかりだ。市内のホームセンターや、ドラッグストアをまわれば揃う。

メーラーをひらいた。

俊馬と准哉、両者からメールが届いていた。

弟の准哉が「いつ会える？」と答えをこちらに委《ゆだ》ねてくるのに対し、兄の俊馬は「金曜がいいわ。とーぜん夜な。親の車、出せるし」と強引である。女を口説く対象でなく、あからさまに支配する対象と見なしている。

文稀は嘲笑を浮かべたまま、LINEを立ちあげた。登録している相手はいまもってひとりしかいない。緒方耀だ。

「――俊馬だけでいいか？　准哉もやるか？」

そう送って、待った。

約五分後、返事のメッセージが送られてきた。

「どこまでやった」

シンプルな問いだ。いかにも彼らしい。

文稀は口の端で笑んで、レスポンスを打った。

「まだなにもやってない。カイに一応、確認しとこうと思っただけ」

「これから会えるか？」

返答をずらしてきた。これは長引きそうだ。

文稀は席を立ち、部屋を出て両親の寝室へ向かった。いまは、誰も使っていない寝室である。父は帰ってこないし、ママは飲んだくれて、毎晩リヴィングのソファで寝落ちしてしまう。

寝室に据えつけられた充電器から、文稀は固定電話の子機をはずした。櫂のスマートフォンの番号をゆっくりと押す。ワンコールで櫂は電話に出た。

「なんのために、会うの」

前置きせず文稀は訊いた。電波の向こうで、櫂が息を呑むのがわかった。

ひと呼吸おいて「聞いてくれるか」と櫂は言った。

「聞くってなにを」

「やめてくれって、おれが言ったら、――聞いてくれるか」

「それは、どういう立場からの頼み？」

「友達としてだ」

櫂は即答した。

「そうか」

文稀はうなずき、

「じゃぼくも、友達として頼みがある」と切りだした。

「お金を貸してほしい。祖父に会いに行きたいけど、旅費が足りないんだ」

「祖父――って、県外に住んでるっていう、おまえのじいさんか」

「そう。いろいろ遣いすぎちゃったせいでね、じつは破産寸前なんだ。口座の残高もゼロに近いから、頼れるのはカイしかいない」

「わかった。貸す」

櫂の返事は、やはりためらいがなかった。わずかな逡巡さえない。

文稀は内心で苦笑した。

「やけに簡単にOKするんだな」

「おまえがおれに〝お願い〟するなんて最初で最後だろうからな。そりゃ貸すさ。——いくらあればいい」

「新幹線の距離だから、往復で一万五千円」

「よし。おろしてくる。その代わりおまえ、明日は学校に来いよ。学校で渡す」

櫂の声音に、文稀は試すようなニュアンスを感じた。

ここでぼくが「いやだ」と言ったなら、彼は通話を打ち切る気だ。当然金も貸すまい。

文稀は口をひらいた。

「ありがとう」

それだけを言う。

櫂は数秒、答えなかった。面食らったような沈黙が流れる。おそらく文稀が拒否するか、もしくはゴネると思っていたのだろう。静寂は、思いがけず長くつづいた。

「フミキ」

やがて、耀が低く言った。

「さっきの質問だけどな。……兄貴のほうだけでいい」

ささやくような声だった。

「やめろって言っても、おまえ、どうせ聞かねえんだろ？」

「まあね」

文稀は答えた。

耀が早口になる。

「おまえの気持ちはわかった。なあ、でももうちょっとだけ待っててくれ。しばらくは体があきそうにないんだ。また夜に出歩けるようになったら、おれも一緒に長谷部の兄貴をやる。だから、あとすこしだけ我慢してくれ」

「ああ」

殊勝な声で応えながら、文稀は内心で笑いを嚙みころした。

――彼はまだぼくの相棒のつもりでいる。

でも、残念だな。その時期は終わった。ぼくはひとりだ。ひとりになると、とうに決めた。

「帰ってきたら、また話そう。カイ」

返事は聞かず、文稀は通話を切った。

3

「いいか祥太。次、左いくぞ」

櫂は声をかけてから、マットに仰向けた祥太の右膝を立てるように曲げた。替わって左脚を摑む。

「痛かったら言えよ」

長く寝たきりの生活で、祥太は全身の筋力が衰え、関節が固まってしまっている。根気よくほぐすことから、はじめねばならなかった。

伸ばした左脚を、ゆっくり外側へひらいていく。こうして股関節をひらかせるだけでも、わずかながら筋力はついていくのだという。他人の力を使ってでも、とにかく動かしつづけるのが肝心らしい。

「いーち、にーい、いーち、にーい」

一定のリズムを刻みながら、脚をひらいたり閉じたりさせる。リズムが狂わないよう注意する。リハビリは、けして焦らないのが肝心だ。

摑んだ脚は棒切れのように細かった。皮膚は乾燥し、鱗《うろこ》状にひび割れて粉を吹いていた。

「痛くないか」

「い、いたく、ない」

「そうか。じゃあ次は両脚いっぺんにやるぞ」

祥太に向かって言いながら、櫂はひそかに日中会った文稀を思い起こしていた。彼が呼びだしたとおり登校してきた、相棒の生白い顔を。

高橋文稀は、予想以上にしれっとした顔で席についていた。十日近くも休んでいたとは思えぬ落ちつきぶりだった。

クラスメイトはいつもどおり彼を黙殺した。担任はホームルームのあと、顔を寄せて彼になにごとかささやいていた。おそらく教務室に来るよううながしていたのだろう。文稀はおとなしく聞いていた。しかしうなずくことはしなかった。

担任が教室を去る。

櫂は席を立ち、文稀の机へ歩み寄った。

「これ」

封筒を文稀の眼前に突き出す。一万五千円が入った封筒だ。文稀は「ありがとう」と受けとり、スクールバッグへしまって立ちあがった。

「もう帰るのかよ」

「悪いけど、授業を受ける暇はないんだ。やることが山積みで」

「じいさんの家へは、今日発つのか」

「うん。このまま駅に向かう。平日だから新幹線も空いてると思うしね。最終便で帰ってくるよ」

「日帰りか？　ひさびさに会うなら、泊まってくりゃいいじゃんか」

「忙しいんだ」

文稀は平板な声で言った。とってつけたように「じゃあまた」と肩越しに告げる。足早に教室を出ていく。

高橋文稀の退室に目を向けた級友は、toのほかにひとりもいなかった。

「――カイ？」

下からの声に、toははっとわれに返った。

戸惑い顔で、祥太がこちらを見あげている。toは急いでかぶりを振った。

「悪い。考えごとしてた」

ぎこちない笑みを浮かべた。

「ちょ、ちょっと、休憩、する？」

「いや、いい。祥太も調子が出てきたとこじゃん。このまま――」

スマートフォンがポケットで震えた。

マナーモードにしていたのだが、祥太は気づいたらしい。

「やっぱ、休憩だ。おれも、つ、疲れたよ」

麻痺していない側の頰を吊りあげて、やさしい声で言った。


着信は公衆電話からだった。折りかえすこともできず、携帯機器が使用可能なラウンジで再度のコールを待つ。

ソファに座って無料サービスの番茶を啜っていると、ふたたびスマートフォンが震えた。

權は通話アイコンを押し、耳にあてた。

「もしもし？」

「カイ、ぼくだ」

やはり文稀だった。だが、声音がいつもと違う。緊張しているような、それでいて弛緩していうるような、奇妙なトーンだった。

なかば無意識に、耀はスマートフォンを握りしめた。

「じいさんとこか、着いたか」

「いや、もう帰ってきた」

耀は壁の時計を見あげた。まだ夕方だ。短針はアラビア数字の5を指している。つまり向こうには一時間ほどしか滞在せず、とんぼがえりしたということか。

「早《はえ》ぇな。なにかあったのか」

耀は問うた。

以前文稀から聞いた話では、母方の祖父は文稀を可愛がっているらしい。娘の忘れ形見である文稀のために潤沢な小遣いを振りこみ、元娘婿の会社に援助をつづけているのだと。そんな祖父と孫の、数年ぶりの対面だ。待ちに待った感動の再会であるはずだった。

文稀は静かに答えた。

「――長居する意味が、なかったから」

だが語尾が不安定だった。かすかに声がわななないている。

「おい」

思わず耀は声を高くした。

「おまえ、大丈夫なのか。いまどこだ。公衆電話からってことは駅かよ。それとも病院か、市役所か」

しかし彼の問いを文稀は無視して、

「お祖父《じい》ちゃん家には、昼過ぎに着いたんだ。記憶よりずっと老けて、萎《しぼ》んだみたいにちいさくなってた。ショックだったよ。でも当然だよな。最後に会ったとき、ぼくはまだほんの子供だった。何年も、ずっと会ってなかったんだ——」

独り言のようにしゃべりだした。

「フミキ、おい、聞いてんのか」

「——ぼくは、お母さんの子じゃなかった」

唐突に文稀は言った。

ぎくりと櫂は息を呑んだ。

言葉の内容ではなく、彼の声音に心臓を射抜かれた。

文稀の口調はなめらかで、なんの感情もこもっていなかった。語尾の震えも止まっていた。

「ぼくがお母さんと呼んでいたあの人は、……ただの養母だった。血は、一滴も繋がってないんだそうだ。ぼくは、父と愛人の間にできた子だった。それを、正妻だったお母さんが、わが子として育てたらしい」

「フミキ」

独白めいた声を、櫂はさえぎろうとした。

だが文稀は彼の声など耳に入っていない様子で、淡々とつづけた。

「お母さんは繊細なひとだった。たび重なる夫の浮気で、心が壊れかけていた。決定的にぶち壊したのは、ぼくの存在だ。ぼくが、愛人の腹にやどってしまったからだ」

「フミキ、聞けよ」

「愛人は産みたくないと言った。お母さんは『いらないなら、ちょうだい』と言った。たったそれだけの会話だったんだ。お祖父ちゃんは、嫌悪してた。そのやりとりも、子を捨てた愛人も、ぼくの存在も、なにもかも『くそったれだ』って言ってた。……ぼくも、そう思うよ。ほんと、くそったれだ」

「フミキ！」

櫂は怒鳴った。

まわりから非難の目が集まる。だが、知ったことではなかった。

「待て。待てよ、落ちつけ。いいか、そんなのおかしいだろ。いらないからもらったなんて……たとえそうだとしても、養子にしたなら、そう戸籍に書いてあるはずだ。それにじいさんとは、会えなくても電話でいつもしゃべってたんだろ？　なのになんで、いまになってそんな話をしてくるんだよ」

「嘘だよ」

投げだすように文稀は言った。

「電話をかけあってたなんて嘘だ。お祖父ちゃんとは、お母さんの葬式以来、一度も話していなかった。可愛がってもらったのも、嘘だ。ほんとうなのは、ぼく名義の口座にまとまったお金を振りこんでもらったこと、それだけだ」

機械のような一本調子だった。

「……ぼくは、ずっとひとりだった。家の中でも、学校でも、どんな人混みの中にいてもひとりだった。気がついたら頭の中に、お兄ちゃんとお祖父ちゃんが住みついていた。ぼくと会話してくれるのは、そのふたりだけだったんだ。――彼らがいなきゃ、耐えられなかった。生きていけなかった」

「フミキ、待て」

「ああ、ごめん。しゃべりすぎたな。ほんとごめん、忘れて」

「切るなよ。なあフミキ、待てって」

「駄目だ。もう小銭がない。ごめんカイ。いま言ったこと、全部忘れてくれ」

「待てって!」

切るな、と櫂は叫びかけた。

だがその前に、背後から肩を摑まれた。

振りかえると、体格のいい男性看護師が「お静かに」と眉根を寄せていた。彼の向こうに、苦情を寄せたらしい老人たちのしかめ面が見える。

毒気を抜かれ、櫂はうなずいた。

ふたたびスマートフォンを耳にあてたが、通話はとうに切れていた。

* *

今日ぼくは、祖父に会いに行った。

結果、祖父も石になった。いや違う。ずっと以前から石だったのだ。ぼくが、そうでないと思いこもうとしていただけだ。祖父も石だった。ぼくは馬鹿だ。

祖父から聞かされた話を整理しよう。

ぼくの父は十六年前、愛人を孕《はら》ませた。

離婚歴のある子連れの女だった。家柄もルックスも頭の出来も、本妻である〝お母さん〟の足もとにも及ばない女だ。おまけに父より六つも年上だった。

ただでさえ夫の浮気に心を痛めていたお母さんは、愛人の素性を知ってさらに病んだ。愛人はくだらない女だった。だらしない、愚かな女だ。しかしたったひとつだけ、お母さんに勝てる点があった。

子供を産める体だという点だ。

愛人の女は、ぼくを産むか堕ろすか迷っていたそうだ。迷いすぎて堕胎できる時期をのがしたくせに、「でもやっぱり産みたくない」と、産院で検診すら受けていなかったという。馬鹿すぎて言葉もない。祖父が嫌悪した理由がよくわかる。

お母さんは単身、大きな腹を抱えた愛人に会いに行った。

そして言った。

「いらないなら、その子、わたしにちょうだい」と。

彼女は愛人に自分の保険証を渡し、

「わたしの名で産んで。そして病院から出生証明書と出生届をもらったら、すぐにこちらへ渡して」

と頼んだ。

愛人は臨月ぎりぎりに入院した。出産して、すぐに退院した。お母さんはなにくわぬ顔でぼくの出生届を出した。そして、自分の子として養育した。

これがぼくの誕生秘話だ。

股のだらしない女と、病んだ女と、甘ったれた馬鹿男とで織りなした悲喜劇だ。

ともかくぼくは、お母さんの愛を一身に受け、人形のように可愛がられて育った。いきさつは歪んでいるものの、この頃が人生で唯一幸福だった時期と言える。

だが長くはつづかなかった。

お母さんが死んだからだ。

彼女の病死後、父は愛人を後妻に迎えた。

ぼくのためだったそうだ。戸籍上はお母さんの子でも、実の母親はこの「愛人」だ。親子が一緒に住むのが自然だろう、そう父は思ったらしい。

愛人は前夫との子を連れ、この家にやって来た。ぼくがずっと継母だと思い、憎み、嫌っていた女——つまり「ママ」だ。

しかし父の見通しは甘かった。

ママとぼくは、まるでうまくいかなかった。

ママは「一番可愛い時期を育てられなかった子に、愛情なんて湧くわけない」と言いはなった。ぼくは死んだお母さんを偲《しの》んで、泣いてばかりいた。

父は失望し、腹を立てた。仕事に逃げて家に寄りつかなくなった。

そうして家にはママと、ぼくと、異父兄である「お兄ちゃん」とが残された。

祖父は言った。

「そういうわけだから、おまえにわたしの血は一滴も入っていない。あの送金は、わたしにできる最初で最後の同情の証《あかし》だった」

「おまえを不憫《ふびん》だと思う。戸籍上は実の孫でもある。だが血の繋がらないおまえを、可愛いと思えたことはない。むしろ娘を病ませた元凶だと思っている――」

と。

余命を知った祖父は、遺産をほぼ全額寄付してしまったそうだ。遺言もとっくに書いたそうで、遺留分が発生するにしても雀の涙だという。

このことは、ぼくの父もすでに承知らしかった。ぼくは勘違いしていた。祖父が父の会社に援助したのは、お母さんが生きていた当時の一回きりだった。いまは完全に手を引いているのだそうだ。

まともな銀行が父に金を貸すはずがない、という推量は当たっていた。だが融資元はいわゆる商工ローンだった。最悪だ。祖父から借りていてくれたほうが百倍ましだった。

ちなみに夏休み前、カイに渡してかけさせた番号は、

「引越し、家事をはじめ、なんでも代行いたします」

をネットで謳っていた業者の電話番号だ。たった一本の電話のために五千円もとられたが、惜しくはなかった。——あくまであのときは、だが。

ぼくはみじめさに打ちのめされ、祖父の家を退去した。

祖父に会うのを先延ばしにしていたのは、心のどこかでうっすら感づいていたからだろう。いまになれば、そう認めざるを得ない。

だがそれはどうでもいい。祖父に愛されていなかったことは、それほどショックじゃない。

問題は、自殺する意味だ。

十五歳で死ぬ予定だった。ずっとそのつもりで生きてきた。なのに、死ぬ意味がなくなってしまった。

ぼくは祖父の、唯一の遺産相続人であるはずだった。

祖父は配偶者も兄弟も、娘もとうに亡くしている。だからお母さんの子であるぼくが、代襲相続するのだと思っていた。

未成年のぼくが相続すれば、両親は後見人として金を自由にできる。会社の資金繰りにまわし、心置きなく父は女に、ママは酒に耽溺《たんでき》することができる。だから当然、両親は祖父の遺産を当てこんでいるに違いない。ぼくが死ねば、両親はさぞ失望するだろう――そう考えていた。

相続するはずの金は国にぶんどられ、父の会社はあえなく倒産。無職になった両親はあっという間に干乾しになり、失意にまみれるだろう。それだけを期待していた。

だが、間違いだった。

ぼくが生きていても意味はない。でも死んでも意味がなかった。

ぼくが生きようが死のうが、誰にも関係ない。

誰ひとり、痛くも痒くもないのだ。

お笑いぐさだ。

＊　＊

パソコンのキイボードを叩く手を止め、文稀は組んだ指に額をのせた。

うつむいていては駄目だと、理性ではわかっていた。

いま頭を垂れたら、もう二度とあげられない気がする。わかってはいたが、重い泥のような疲労が体を浸していた。

その姿勢で、文稀は長い間動かなかった。

4

秋の公園は、あざやかな銀杏《いちょう》の黄いろと紅葉の赤に囲まれていた。いろどりの華やかさが、遊具のないうら寂しさを一時期だけでもかき消してくれる。

心なしか公園の利用者が増えたようだ。銀杏の根もとで弁当をひろげる親子連れ。肩を並べて散歩する老夫婦。ベンチで一服を楽しむサラリーマン、等々。

しかしそれも日中だけだ。陽が落ちて色づいた葉が夜闇に飲まれると、ふたたび公園はもとの顔を取りもどす。

さびれて、人気《ひとけ》のない、廃墟のごとくがらんとした土地――。市街地のど真ん中にあいた、音のない空虚な穴。

櫂はランニングのふりをして家を出、まっすぐ泉第二公園へと向かった。

仄白い街灯が、園内をさやかに照らしだしている。

目をすがめた。人影が見える。

迷いなく櫂は歩み寄っていった。

人影は自分と同じくらいの年ごろに見える。背はひょろりと高いが、痩せっぽちだ。腕も脚も、櫂の半分ほどしかなさそうだった。

櫂は口をひらいた。

「――フミキ」

文稀が顔をあげた。

目が合う。視線が絡みあう。

櫂はそらさぬよう努力しながら、

「たぶん、ここだと思って」押しだすように言った。

長い沈黙が落ちる。

先に目をそらしたのは、文稀だった。

「ごめん」

なにが、とは櫂は訊かなかった。

視線をはずしたまま、文稀は低く声を落とした。

「いろいろ嘘ついてて、ごめん」

彼らしくない、と櫂は思った。

こんな声音も、態度も台詞も、まったく文稀らしくない。そう思うかたわら、頭の片隅で「じゃあ彼らしいってなんだ」と櫂は自問する。彼らしいとかららしくないとか、そんなふうに言えるほど、おれはこいつをちゃんと知っていたのか。

「悪いとは思ってる。でも、カイに嘘をついてるつもりはなかったんだ。ぼくにとっては、全部真実だった」

「謝んなよ」

櫂は首を振った。

「謝られるようなことなんて、なにもない。おれだってべつに、おまえに嘘つかれたなんて思ってない」

「でも」

文稀は唇を嚙んでうつむいた。

下を向くと、長く伸ばした前髪が彼の顔をなかばまで隠す。顔の造作自体はけして悪くない。だがこの前髪とぶ厚い眼鏡が、どうしても正体不明の宇宙人めいた印象を与えてしまう。

「でも、もうひとつ、言わなきゃいけないことがあるんだ」

文稀は緩慢に利き手をあげ、己の左目を指でさした。

「ぼくの、この眼」

「いいって」

反射的に櫂はさえぎった。

文稀が戸惑い顔で一歩退がる。

「いいんだフミキ、知ってる」

「知ってるって、なにが」

「途中から、わかってた。おまえの、そっちの眼――」

ひとりでに、言葉が唇からこぼれた。

「――義眼なんだろ？」

文稀の体が強張るのがわかった。

あ、失敗した、と櫂は瞬時に悟った。

ああ、失敗した。しくじった。この言葉はきっと、言うべきじゃなかった。でもいまさら、取りかえしがつかない。時間は巻き戻せない。

「……知ってたなら、なんで言わなかったんだ」

文稀の唇から、しわがれた声が洩れる。

「なんで、って」

櫂は言いよどんだ。

なんと答えるべきかわからなかった。だがごまかしはきかない。それだけはわかる。迷った末、結局ほんとうのところを口にした。

「──おまえが、傷つくと思って」

凍りつくような静寂が流れた。

やがて、ふっと文稀が笑いをこぼす。

櫂は真正面からその白い顔をとらえた。

いままでに見たことがないほど、文稀は奇妙な表情をしていた。

声をあげて笑いだしそうな、反対に泣きだしそうな、怒りと悲しみと自嘲と、諦念《ていねん》と失望と納得とがぐちゃぐちゃに入り混じった、ひどくいびつな顔だった。

言葉を失くす櫂の眼前で、

「なるほどね」

文稀は刻みこむように言った。

「お情けで、ノリで合わせてくれてたってわけか。──なるほど、よくわかったよ」

「フミキ」

櫂はあえいだ。

なにか言わなければ、と思った。なにか、なんでもいいから、彼に言葉をかけてやらなくてはいけない。でも、なにひとつ浮かんでこない。気ばかり焦る。

おれのせいだ。おれは間違った。

さも彼を思いやっているような顔をして、理解者ぶって、彼の心の一番柔らかい部分を無神経に抉《えぐ》ってしまった。

「フミキ」

いま一度呼びかける。

返事はなかった。

文稀はきびすを返し、櫂に一瞥《いちべつ》もくれることなく公園を立ち去った。

＊　＊

馬鹿馬鹿しいファンタジー設定は、今日でやめだ。

逮捕されるまでは、設定を押し通そうと思っていた。このテキストデータは、精神鑑定の材料にされると見込んでいたからだ。現実と虚構の区別がつかない中学生だと見なしてほしかった。でもそれも終わりだ。

ぼくの左目の話をしよう。

この目を奪ったのは、ママだ。

あの日のことはいまでもはっきり覚えている。土曜の朝、ママがいきなりアウトレットのショップに行くと言いだしたのだ。

ぼくはご勝手にと思ったが、お兄ちゃんは「文稀も一緒に行こう」としつこく主張した。あのときお兄ちゃんは、朝食のフルーツグラノーラを口に運んでいた。銀のスプーンが朝の陽を弾いて光っていたことまで、まざまざと思いだせる。

お兄ちゃんとぼくの仲は、けして悪くなかった。向こうが気を遣っていたのだ。

ぼくとママが実の親子であると、彼が知っていたのかどうかは知らない。だがぼくらが馴染めるようにと、ことあるごとに橋渡しをはかっていたのは確かだ。

「連れてってもいいけど、無駄づかいはしないわよ」

ママはぼくに向かって面倒くさそうに言った。

要するに「あんたの服は買わない」と事前に宣言したわけだ。ぼくはそっぽを向いたまま返事をせず、お兄ちゃんはその間に挟まれて困り顔で笑っていた。

アウトレットのショップとやらは、郊外にあった。

ぼくらはママの車で向かった。車はシルヴァーのステップワゴンだ。いつものようにお兄ちゃんが助手席、ぼくは後部座席だった。

買い物を済ませ、ぼくらは近くのファミリーレストランで昼食をとった。

その光景も覚えている。お兄ちゃんは糖尿病患者でも食べられる豆腐ハンバーグと五穀米のセットを食べ、ぼくは一番安いドリアを食べた。

お兄ちゃんはまたも気を遣って、

「ピザ食べたい。一切れだけならいいでしょ。追加していい？」

とママに訊き、「食べきれないから手伝って」とぼくに残りを食べるよううながした。義理の仲だというのに、まったく彼はよくできた兄だったと思う。

その横でママはつまらなそうにグラスワインを飲み、食べもしないサラダをフォークでつつきまわしていた。

ぼくの記憶では、ママはグラスワインを三杯飲んだはずだ。

だがこの点だけはすこし自信がない。なぜならトイレのため、いったん席を立ったからだ。もしその間に追加オーダーしていたとしたら、ママは四杯飲んだことになる。

しかしどうだっていいだろう。飲んだのが三杯だろうが四杯だろうが、結果は同じだ。

帰り道で、ママは運転を誤った。

飲酒による居眠りだ。なんだかスピードが速いし車が蛇行しているようだ、と気づいたときには、もう遅かった。

ステップワゴンは、時速八十キロで電柱と衝突した。

車の鼻面は——おもに左側は、紙細工のようにくしゃくしゃに潰れた。助手席のお兄ちゃんは即死した。後部座席のぼくは内臓の一部を損傷、ならびに左眼球破裂の重傷を負った。

だがママは、エアバッグでの擦過傷のみだった。彼女はためらいなく運転席のドアを開け、ぼくらを置いて、事故現場から走って逃げた。

彼女が警察署に出頭したのは翌朝のことだった。

言うまでもなく、酒気が切れるのを待って出頭したのだ。

「事故で頭を打ったせいで、錯乱してしまったみたい……。気がついたら、知らない道をふらついていたんです」

そう彼女は主張し、

「息子たちはどうなったんですか。無事ですか。お願い、早くあの子たちに会わせて」

と泣き喚いてみせたらしい。

警察は彼女の言いぶんを全面的に信じた。本来なら自動車運転過失致死傷罪にあたるところだが、「悪質とは言えず、本人の反省も著しい」として不起訴処分とされた。

統計によれば、わが国では運転過失致傷罪の九割が不起訴処分となるらしい。たとえ過失致死罪であってもだ。起訴されても、高い確率で執行猶予がつくという。

　他人を殺してさえ、この結果なのだ。

　ならばわが子を殺してしまった母親に対してはどうか。いまさら言うまでもあるまい。日本ほど、子殺しをはたらいた親に甘い国はない。親子心中にも、虐待殺人にも甘い。おしなべて、加害者に甘い。

　なにが「本人の反省も著しい」だ。

　釈放後、あの女はすぐにまた飲みはじめた。

「飲まなきゃやってらんないのよ」

　などという、くだらない定型句まで吐いて己の飲酒を正当化した。そしてお兄ちゃんの遺影を前に、さめざめと泣きやがった。

　あの女は怪物だ。人間のかたちをした、巨大な蛭《ひる》だ。

　あいつと血が繋がっているなんて、いまでも信じたくない。でも、事実は事実だ。受け入れざるを得ない。勢いにまかせて問いつめたら、あの女自身が認めやがったからだ。その瞬間ぼくは、最後の希望の糸が断ち切れる音を聞いた。

　ぼくはお母さんを失った。

　お兄ちゃんを失った。

左の眼球を失った。

なにもかもを諦め、自分の世界に閉じこもった。義眼を嵌《は》め、ぶ厚い眼鏡と長い前髪で心を守る殻をつくった。

父はなんの埋め合わせのつもりか、ぼくにお古のパソコンをくれた。数年の間、律儀に帰宅してご立派な父親ヅラをやりとげた。

驚いたことにママは、お兄ちゃんを殺したのとまったく同型の新車を購入した。

なにを思って買ったのかは知らない。アル中の脳味噌が考えることなんか、理解したくもない。

だがいかに厚顔なママでも、平気の平左とまではいかなかったらしい。その車を、彼女は数えるほどしか運転しなかった。

車庫の中で朽ちかけていたステップワゴンは、数年後にぼくの愛車となった。ぼくとカイを乗せ、各地を奔走してくれた。

——カイ。

この名前を打つとき、情けないが、いまのぼくは平静ではいられない。

あいつはぼくに言った。

「おまえが、傷つくと思って」

何様のつもりなんだ。なにが「傷つくと思って」だ。そうやって高みから見おろしていたのか。寛大な心で、思いやってくれてたってわけか。ふざけやがって。友情に篤いスポーツ少年ぶって、腹の中じゃぼくを憐れんでいたのか。

——いや、違う。

ぼくが悪い。

油断した自分が一番いけないのだ。

クールダウンすべきだ。冷静に、自省しなくちゃいけないときだ。

ぼくを無視するやつはすべて、「この邪眼で石に変えた」と己に言い聞かせてきた。死んだお兄ちゃんや、死んだも同然の自分自身だって例外じゃない。生身で生きていたのはかろうじて——脳内の住人ではあったけれど——祖父だけだ。

でも、カイがあらわれた。

あいつはぼくを無視しなかった。ぼくに話しかけてきた。ぼくの相棒になった。

だがおしまいだ。

脳内の祖父は消えた。カイはくそったれの偽善野郎だった。

ぼくの死に価値はない。それはわかった。でも生きていたって同じだ。だったらやはり、死んだほうがいい。

ただし、やすやすとは死なない。やるだけやって死んでやる。

両親に、殺人者の実親という最低の汚名を着せてやろう。

健全でご立派で輝かしいカイの前途に、消えない汚点を刻みつけてやろう。

結果を見届けられないのが残念だ。

その頃には、ぼくはもうこの世にいない。

＊　　＊

5

文稀は倉庫の扉を後ろ手に閉めた。

父親が資材置き場として使っている、会社からやや離れた場所に建つ倉庫だ。

文稀は壁の電灯スイッチをオンにした。広さにそぐわぬ貧弱な電球が、二、三度弱よわしく瞬いて点《とも》る。

文稀はあらためて中を見まわした。

景気がよかった頃、この倉庫には発電機だのアーク溶接機だの、プラズマ切断機だのインバータだのが所せましと詰めこまれていたものだ。車庫にはダイナやギガといった、大型トラックがずらりと並んでいた。

だがいま、ここには錆びたコンテナと古タイヤ、数枚のブルーシート、同じく錆びたクレーンフックが転がっているきりだ。

工具棚には、グラインダーや溶接トーチは見あたらない。その代わり、社員が飲んで置きっぱなしにしたらしい空き缶やペットボトルが乱雑に並んでいる。錆取り剤のポリタンクは使いかけのまま放置され、薄汚れた軍手がねずみの糞にまみれている。

——使ってないなら、手ばなしちまえばいいのに。

文稀は鼻を鳴らした。

会社が傾きかけているというのに、父は見栄を張るのをやめようとしない。レンタル工具や駐車場の契約すら切ろうとしない。

——いや、見栄じゃなく、現実を認めたくないだけか。

とはいえいまだけは、この倉庫がまだあってよかったと言える。

文稀がここに長谷部俊馬を呼びだしたのは、数時間前のことだ。言うまでもなく『佐伯みづき』の名を使っておびきだした。俊馬と『みづき』とのメールは、すでに一箇月以上つづいていた。

いかにも俊馬の強引さに折れたふうを装って、

「うち朝帰りも遠出もできないから、親戚がやってる会社の倉庫で待ち合わせるの、どう？　そのくらいの距離なら、夜でも出れると思うけど」

と申し出た。俊馬は速攻で「もちろんいいぜ」と飛びついてきた。

話は二分と経たずまとまった。

「じゃあ七時に倉庫でね。鍵あけとくから」

「すげえ楽しみ。みづき、パンツ脱いで、口あけて待ってろよ」

「やだあ。またエッチなことばっかり言うー」

という愚劣なやりとりをもって決定した。

先週までの文稀なら、父の会社の倉庫を利用しようとは考えもしなかった。身内の所有物件で犯行に及ぶだなんて、自殺行為だ。いずれ警察の手が伸びるにしろ、すこしでも先送りにすべく小細工を弄していくはずだった。

だが、事情が変わった。

——まあこの事態も、想定の範囲内とは言えるけどな。

文稀は苦くうそぶいた。

この倉庫の片隅には、小型冷蔵庫が置かれている。工具棚に放置された空き缶やペットボトルは、そこで冷やされていたものだ。社員への福利厚生として、税務署にも認められた設備であった。

文稀は今日の昼間、その冷蔵庫に缶ビールと烏龍茶を仕込んでおいた。

俊馬がお茶類を好んで飲まないことは調査済みだ。彼はアルコール以外は、甘い炭酸飲料しか口にしない。そして肥満体型のせいか、肌寒くなってもきんきんに冷えたビールを好む傾向があった。

冷蔵庫に仕込んだのは、フェノバルビタールの溶剤入り缶ビールであった。

プルトップをほんのわずかに開け、溶剤を注射器で注入しておいたのだ。注射器は、1型糖尿病だった「お兄ちゃん」が使用していた残りを使った。

——フェノバルビタール。

バルビツール酸系の、睡眠導入薬および鎮静剤だ。ちなみにバルビツール酸系は副作用や毒性が強いなどの理由で、いまはベンゾジアゼピン系の薬品にほぼ切り替えられている。

左眼球を失ったあと一年あまり、文稀は睡眠導入薬なしでは眠れなかった。

薬はすぐに効かなくなり、次第に強いものへ換えられていった。そんな中、もっとも効いたのがこのフェノバルビタールだ。いわば文稀自身の「お墨付き」の睡眠剤であった。

午後六時五十五分、文稀は俊馬へメールを送った。

「ごめーん！　ちょっとだけ遅れる。そのまま倉庫で待ってて。あたしが行くまで、冷蔵庫の中にあるやつ、好きなだけ飲んでていいから！」

午後七時三十二分、文稀は倉庫へ足を踏み入れた。

扉を後ろ手に閉め、壁の電灯スイッチをオンにする。

錆びたコンテナと古タイヤ、数枚のブルーシート、同じく錆びたクレーンフックが転がっている倉庫内で、ひとりの男が大いびきをかいて眠っていた。

三百五十ミリリットルのビール缶が二本、床に転がっている。うち一本は飲みかけらしく、琥珀いろの液体がこぼれて水たまりをつくっている。

二本目まで耐えたんだな、と文稀はひそかに感心した。大柄なせいで薬がまわりにくかったのか、それともよっぽど女とやりたかったのか。

かるく爪さきで脛のあたりを蹴ってみる。反応はない。

文稀は安堵の息をついた。

なんのかの言っても、櫂なしで実行するのは不安があった。主に肉体面においてだ。自分が長谷部俊馬とまともに一対一でやりあったならば、どう見つもっても勝ち目はゼロである。

文稀は俊馬の両手首を合わせ、慎重に親指同士を結束バンドで縛った。両足首も同様に、ひとまとめにして拘束する。

まだ目覚める気配がないことを確認して、さらに手首も縛った。

文稀は眠る長谷部俊馬を見おろした。

金髪の根もとがだいぶ黒くなっている。頬は毛孔《けあな》がひらき、にきび跡がクレーター状にへこんでいる。髭がまばらに伸びかけている。

なかばひらいた唇からは、虫歯の臭気がひどかった。歯根まで腐っている臭いがする。額のにきびは白く膿《う》んで、いまにも破裂しそうだ。

——祥太くんのお見舞いに、一度行っておけばよかったな。

文稀は思った。

もし土橋祥太の状態をこの目で確認できていたら、長谷部俊馬への憤りはもっと強かったに違いない。こんなクソのクズのためになぜ、と、さぞ生なましい感情が湧きあがったことだろう。

——でも、しかたない。

世の中は、うまくいかないようにできている。

文稀はよく知っている。いままでの半生で、いやというほど思い知らされている。だからある程度のところで、諦めて割りきるのが習い性になっている。

合成皮革のバッグを引き寄せた。

中身はいつもどおりだ。ガムテープ。梱包用結束バンド。スタンガン。催涙スプレー。タオル。バリカン。鋏。ハンマー。懐中電灯。カッター。特殊警棒。バンダナ。ニット帽に、工業用カッター。

文稀はまず、スタンガンと特殊警棒を取りだした。

警棒を振りあげかけて思いなおし、隅に積まれたブルーシートを一枚持ってきた。念には念を入れなくてはならない。なにしろ櫂はいないのだ。簀《す》巻《ま》きにして、体の自由を完全に奪っておくべきだろう。

ブルーシートを床にひろげ、その上に俊馬の体を転がす。

俊馬のまぶたが、震えながらゆっくりとひらいた。文稀は口の中で舌打ちした。だがまだ俊馬は状況が呑みこめていないようだ。ぼんやりと目をしばたたいている。

文稀は手早くブルーシートで彼を覆い、ガムテープを幾重にも巻きつけた。荷物を扱うように、手早く事務的に扱った。

「……おまえ、だれだ」

俊馬が、舌をもつれさせながら問う。

文稀は答えず、ガムテープの端を切った。いまの文稀はサングラスもバンダナもしていない。剝きだしの素顔だ。しかし俊馬にしてみれば、一面識もない他人である。

「なあ、だれだよ。なに、してんだ」

文稀は立ちあがり、足もとを見おろした。

巨大な蓑虫が転がっていた。

蓑虫の目に焦点が戻りつつある。われに返って喚きだす前にと、文稀はちぎったガムテープをその口に貼りつけた。

俊馬が目を見ひらいた。

ようやく自分の身に起こっていることを知覚したらしい。テープの下でせわしなく唇が動く。ブルーシートで覆われた体が、もがいて跳ねる。

文稀は彼の横にしゃがみこんだ。

俊馬の額に汗が浮き、両の目に恐慌の色が満ちていくのをゆっくりと見守る。

誰だ、と俊馬の瞳が雄弁に問うていた。

おまえは誰だ。なぜこんなことをする。目的はなんだ。誰かに頼まれたのか。おれになにをするつもりだ。

こうなってしまうと、みんな反応は同じだな――。文稀は思う。

拘束後、彼らのまなざしに宿るのはいつも、

――なぜ自分が。

という疑問符だ。さも理不尽な目に遭わされているかのような「なぜ」であった。なぜもクソもあるまい。いままで他人をさんざんいいようにしてきたくせに、なぜ「自分の番が来た」と思えないのか。動物同士の食物連鎖じゃあるまいし、人間同士なのだ。いつかやったぶんだけやりかえされる、と覚悟しておくのが当然ではないか。

元相棒は言っていた。

――覚悟の問題です。人を殺す権利を手にするってことは、自分が殺されても文句を言わない義務も同時に背負うってことでしょう。殺されてもかまわないってやつだけが、殺せるんだ。問題は、その覚悟があるかどうかです。

カイは正しかった。

いまになって心からそう思える。彼は無知無学に等しかったし、単細胞で、偽善者で、感情的すぎた。だがそれでも、根っこの部分でいつも正しかった。

彼の言うとおりだ。これは、覚悟の問題なのだ。

俊馬が唸りながら、身をもがいている。コンクリートの床で無様にうねっている。

文稀は爪さきで彼をかるく蹴った。俊馬のこめかみに動脈が浮きあがる。目に屈辱と怒りが走る。

文稀は靴底を彼の顔にのせた。

ゆっくりと力をこめていく。踏みつけられ、俊馬の顔面がひしゃげていく。この角度からだと、表情が見えないのが残念だ。俊馬がけものの声で低く呻く。

足を離した。

俊馬の顔いちめんを、くっきりと靴底の模様がいろどっていた。

思わず吹きだしそうになり、こらえる。眉間《みけん》に皺が寄った。

文稀は利き脚を後ろへ振りあげ、渾身の力で俊馬の胴体を蹴った。ガムテープ越しにも、俊馬がくぐもった悲鳴をあげるのが聞こえた。

二度、三度と蹴りつける。

櫂の脚力なら骨折ものだろうが、華奢な文稀の脚に蹴られたところでたいしたダメージはないだろう。だがそれでよかった。短時間で終わってしまってはもったいない。夜明けまで、じっくりと時間をかけていたぶるつもりだった。本番は明日の朝だ。

文稀は俊馬の顎を蹴りあげた。

しかしはずれた。顎を狙ったつもりだった爪さきは、俊馬の鼻に当たった。鮮血が勢いよく飛びだす。

息ができなくなったらしく、俊馬は激しくもがいた。窒息させるのはまずいかと、文稀がかがみこんだ。口のガムテープを三分の一ほど剝がす。

喚くかと思った俊馬は、まず喉を鳴らして息を吸いこんだ。ぜいぜいと荒い呼吸をついたのち、

「なんで、だ」

唇を半分以上ふさがれた、不明瞭な声で問うた。

「なんで、こんな。おまえ、だれだ」

「土橋祥太」

文稀は短く答えた。

俊馬は一瞬きょとんとし、直後に「ああ」と呻きを洩らした。

「あのガキの、知りあい、か」

「違うよ」

「なら、なんで」

文稀は薄く微笑んだ。

剝がしかけたガムテープで、彼の口を再度ふさぐ。

「知りあいじゃなくたって、おまえらのやったことはむかつくんだよ」

彼は平手で俊馬の頰を叩いた。

掌に血がつき、顔をしかめる。シャツの裾で手をぬぐった。

「『義憤』って言葉知ってる？　『公憤』は？　どっちも知らなそうだな。……じゃあこれならわかるか。『ネットリンチ』」

彼は立ちあがった。合成皮革のバッグを拾いあげ、中をかきまわす。

「SNSで犯罪行為を自慢する馬鹿や、おまえらみたいなクズを、圧倒的多数の世論で社会的に罰することを指すんだよ。テレビのワイドショウなんかで、自称有識者や自称評論家がよく批判してるあれだね」

独り言のようにつぶやきつづける。

「なぜ批判するんだろうな。馬鹿らしい。この国じゃ、昔から大衆がやってきたことじゃないか。お上が裁かないなら、悪評を流す、ものを売らない、縁談を断る、家に火をはなつ、火事と葬式以外は疎遠にする等々と、民衆は民衆なりのやりかたで裁きを――私刑を繰りかえしてきたんだ。古今東西、どの国だって同じだ。彼らは郵便が発達すれば手紙を、電話通信が普及すれば電話を用いてきた。それがインターネットに変わっただけだ。なのに『現代社会の闇』だの『閉鎖社会が生みだした暴走』だのって、馬鹿馬鹿しいにもほどがあるよ。

第一、テレビのワイドショウが世論を扇動するのは善で、ネットの扇動は悪なんて、そんな理屈が通るもんか。松本サリン事件でさんざん犯人扱いした河野義行《こうのよしゆき》さんに対して、やつらはどれだけの補償をした？　通りいっぺんの謝罪をしただけで、あとは頬かむりじゃないか。綾瀬女子高生コンクリート詰め殺人事件では、マスコミは性的にも身体的にも暴行されて殺された被害者の水着写真を、ヌードグラビアだらけの週刊誌に載せた。栃木リンチ殺人事件や桶川ストーカー殺人事件では、警察発表を鵜呑《うの》みにし、被害者に対し『元暴走族』、『水商売のようなミニスカート姿』とでたらめな侮辱報道を乱発した。尼崎連続殺人事件ではまったく無関係の女性の写真を『主犯の女だ』と一日中テレビで流しつづけた。それは悪じゃないのか？　『悪気のない、ただの間違い』だって言うのか？　だったら責任をとれよ。間違ったなら相手に許してもらえるまで誠意を尽くすか、やりかえされることを覚悟しろ。糾弾する権利だけを声高《こわだか》に唱えて、責任という義務を放棄するようなやつらに、ネットリンチを批判する資格があるわけないじゃないか」

文稀は言葉を切り、俊馬を振りかえった。

「な、おまえもそう思うだろ？」

俊馬は目をいっぱいに見ひらいていた。鼻血まみれの顔が蒼白だ。震えている。

その双眸が心中を雄弁に語っていた。

——こいつ、いかれてる。

異常者だ。こいつはまともな理屈が通じない。狂人だ。本気で、おれを殺す気なのかもしれない。なにをされるかわからない。

「話が逸れちゃったな。まあどっちみち、おまえにはむずかしすぎたか」

文稀は肩をすくめた。

「でもこれなら聞いたことあるだろ。教科書にも載ってる『ハンムラビ法典』ってやつだ。目には目を、歯には歯を。おそらく人類史上はじめて、罪刑法定主義をあらわした法典だよ」

穏やかな声音だった。

「目をつぶされたなら目をつぶせ。歯を叩き折られたなら歯を折ってやれ。——一般には残酷な刑罰と思われているが、違う。これは『目をつぶされたなら、目をつぶし返す以上の報復をしてはならない』という意味なんだ。つまり、過剰な復讐を禁じるための法律なんだよ」

文稀は微笑んでいた。

俊馬は身動きひとつしない。凍りついてしまっている。

「でもこれっておかしいよな。ある日罪もない被害者が理不尽に片目をつぶされるのと、罪を背負った加害者が罰として片目をつぶされるんじゃ、まったく意味合いが違う。罪なき被害者と、罪ある加害者。スタートラインからして異なってる。だったらやっぱり、加害者の罰にはプラスアルファがあって然《しか》るべきだ。そうだろう？」

文稀は合成皮革のバッグから、ハンマーを選びだしていた。

ふたたび俊馬のそばへ膝をつく。

俊馬の体を無造作に押した。俊馬がうつぶせになる。ブルーシート越しに、文稀は指で彼の背骨を丁寧にたどりはじめた。

「土橋祥太は、一生歩けないかもしれないそうだ」

文稀は声を落とした。

「リハビリ次第で回復の可能性はある。回復しない可能性もある。ともあれ、完全にもとの体に戻ることは、百パーセントないらしい」

指でなぞりながら、脊柱《せきちゅう》をゆっくりと数える。

第三腰椎《ようつい》で、文稀は手を止めた。

人間の体は思いのほか脆《もろ》い。と同時に、意外なほど頑丈でもある。銃で頭を撃たれても無事だった、などという記事は枚挙にいとまがないし、高層マンションの最上階から飛びおりて即死しなかった前例だってある。

生死うんぬんなど、要するにすべてが運だ。

母親に堕胎されず、乳児期に突然死せず、変質者に誘拐されず、車や電車にも撥ねられず、通り魔に出会わず、ストーカーに刺されもせず、部活動のしごきやいじめで自殺することもなく、中学生まで生きのびてきたなら、それだけで幸運と言えよう。いわんや罪を犯して罰をまぬがれるなど、幸運の最たるものだ。

——でもその幸運も、今日で終わりだ。

文稀はハンマーを振りあげた。

ハンマーは第三腰椎に当たった。ように思えた。俊馬が悲鳴をあげる。ガムテープで押しつぶされた、豚のような悲鳴だ。

同じ箇所を狙って、文稀はもう一度殴った。折れたかどうか、よくわからなかった。手ごたえがあった気もするし、そうでなかった気もする。もう一度殴ってみた。俊馬の体が海老反りに跳ねた。

文稀は俊馬を仰向けに転がした。

涙と鼻血と青洟で、顔がぐちゃぐちゃだった。文稀は粘液に触れぬよう、ガムテープを指さきでつまむようにして半分ほど剝がした。

「おれはクソのクズだ、と言え」

俊馬は反応しなかった。なにを言われたのか、理解ができないようだった。

文稀はいま一度、刻みこむように言った。

「ぼくの言ったことを繰りかえせ。——おれはクソのクズです、と言うんだ」

俊馬の額のにきびはまだ潰れていなかった。その白い膿を眺めながら、文稀はじっと待った。

やがて、俊馬の唇がひらいた。

「お、れは、くその、くずれす」

俊馬は泣いていた。

文稀はうなずいた。

「おまえは、最低だ、死んだほうがいい」

「お……れは、ざいでい、れす。じんだ、ほうが、いい」

「そうだ、死んだほうがいい」

「じんだ、ほう、が、いいれす」

嗚咽で喉を揺らす俊馬を後目に、文稀はいまさらながら軍手をはめた。指紋を残さないためではない。俊馬に素手で触れたくないからだ。長谷部俊馬は、あまりに醜く汚らしかった。

文稀は壁のカレンダーを見あげた。

かろうじて今年のカレンダーだが、二月以降はめくられていない。しかし、日付を確認する程度なら充分であった。

——誕生日は、来週の金曜。

その日に高橋文稀は十五歳になるはずだった。

彼はふいと顔をそらした。床の俊馬に目を戻す。

俊馬の顔は紫色になっていた。

眼球に、血のすじがいくつも走っている。いまにも眼窩から飛びださんばかりに膨れあがって見えた。

「アルバート・フィッシュって知ってる？　知らないよね」

文稀はポケットを探った。

「二十世紀前半に、子供を何百人も殺した連続殺人犯だよ。小児性愛者《ペドフィリア》で、スカトロ好きで、マゾヒストのおじいちゃんだ。でも残念ながらサディストのパートナーが見つからなかったから、自分で自分の体を痛めつけて我慢してた。お気に入りはびっしり釘を打ちつけた板で自分の尻を叩くことと、陰嚢《いんのう》に針を突き刺すこと。警察が逮捕後に陰嚢のレントゲンを撮ったら、大小さまざまな針が三十本近く刺さったままだったらしい。このレントゲン写真は有名で、フィッシュについて書かれた書籍にはたいてい載ってるようだね」

しゃべりつづけながら、俊馬の脇にかがみこんだ。

「でもそんな筋金入りのマゾヒストにも、耐えられない痛みがあったそうだ。爪の間に針を刺しこむことだよ。あまりにも痛くて快感どころじゃなかったから、二度とやらなかった、ってさ」

ポケットから出したものを、文稀は俊馬の眼前に掲げた。

注射針だった。

「いっぺんやってみたかったんだ。フィッシュの逸話を読んで、いっぺんでいいからやってみたいって思ってた。稀代のマゾヒストですら耐えられないほどの痛みって、いったいどれほどのものなのかな」

文稀は微笑んだ。俊馬の口にガムテープを貼りなおす。

「——まずは足からだ」

裁ち鋏で、ブルーシートの爪さき部分を切り取りにかかった。

俊馬の体が、激しく震えだした。

6

外が明るくなってきたようだ。

文稀は倉庫の窓を開けた。新聞配達らしきバイクの音が、ゆっくりと遠ざかっていく。

時計を見ると、午前五時をまわったところであった。

夏の頃は四時にもなれば、カーテン越しにも降りそぐ陽光が感じとれたものだ。あれがたった三箇月前とは思えぬほど、十一月の早朝は暗くて肌寒い。空の端は白みかけているものの、いまだ濃紺のとばりが頭上を覆っている。

三時間ほど仮眠しよう、と文稀は思った。

床に目線を落とす。

ブルーシートの蓑虫は微動だにしない。このぶんなら、眠りを妨害される心配もなさそうだ。

文稀はあくびを嚙みころしながら、腕時計のアラームを八時にセットした。

「あっと、その前に」

忘れるところだった、とノートパソコンをひろげる。

以前から用意していたブログを、彼は『公開設定』に切り替えた。これでパスワードなしでも、万人が閲覧できる状態となった。とはいえ朝方の四時から六時はもっともアクセスのすくない時間帯だから、しばらくは誰も訪れやしないだろう。

文稀は最後のテキストをブログへコピー&ペーストした。記事を保存し、管理画面からブログを確認する。

しっかりと今日の日付で更新されたことを認め、安堵の息をついた。

——カイに、この意味は通じるだろうか。

メーラーを立ちあげるかどうか、数秒迷った。迷った末、立ちあげた。

予想どおり、緒方櫂からは数件のメールが届いていた。きっとＬＩＮＥも同様だろう。メールはひらかず、件名だけを眺めた。どれも「返事くれ」だの「もう一度話そう」だの、内容がうかがい知れるものばかりだ。

文稀はノートパソコンを閉じた。

やはりカイは単純だ、と思う。だが単純イコール愚かではない。むしろ緒方櫂は察しのいいほうだ。勘だって鋭い。

あのブログを、カイがいつ見ることになるかは知らない。だが彼がなにも感じないはずはないと、あらためて認識できた。

——眠ろう。

文稀は床に身を横たえた。

合成皮革のバッグを抱きまくらのように抱え、目を閉じる。

神経が昂ぶって眠れないのでは——と思ったが、杞憂だった。神経よりいまは肉体の疲労がまさったらしい。

吸いこまれるように、文稀は深い眠りに落ちていった。

＊　　＊

以下は、ぼくの最後の日記となる。

日記など残さず、警察に犯行声明文を送りつけることも考えた。きっとそのほうが、マスコミ受けはよかっただろう。「愚鈍な警察諸君、ボクを止めてみたまえ」などと挑発し、やたらと画数の多いペンネームを名乗っておけば、著名な精神科医や評論家がもてはやしてくれたかもしれない。

だがやめておく。ぼくに残された時間は限られている。

代わりにブログのコメント欄を開放しておいたから、好きなだけ楽しんでほしい。どうせぼくは見られないから、なにを書かれてたってかまわない。

さて、これで最後だ。

予定どおり誕生日に決行できなかったことだけが残念だが、しかたがないだろう。なぜって、どこの中学でも、全校朝会は月曜だからだ。


今朝、腕時計のアラームでぼくは目覚めた。

場所はもちろん倉庫だ。錆びたコンテナと古タイヤ、錆びたクレーンフック、そしてブルーシートの簀巻きが転がる埃くさい倉庫である。

短時間の眠りだったが、充分だった。頭がすっきりして手足も軽い。

眼鏡をはずして、〝生きのこり〟の右目に目薬をさした。左目を失ってからというもの、負担をかけつづけてきた眼球だ。だがあともうちょっと、がんばってもらわねばならない。

視界が明瞭でなければ、目的は達し得ない。

ブルーシートの蓑虫はあいかわらず動かない。

ぼくは外へ出た。シルヴァーのステップワゴンに乗りこむ。助手席に、合成皮革のバッグを放る。

キイをまわし、エンジンをかけた。

ギアをRに入れる。バックで切りかえし、倉庫の車庫を出た。

東崎第一中学校には、十分足らずで着いた。

すこし早すぎたので、近くのコンビニ駐車場で待機を決めた。無糖でない缶コーヒーとグラタンコロッケバーガーを買い、車内で朝食とする。

普段ならこういった炭水化物の塊は口にしないが、今日は別だ。第一に、炭水化物の糖質はすばやくエネルギーになる。第二に、もう健康を気にする必要はない。ビタミンや食物繊維が足りないだの、血糖値が上がるといった心配は二度と無用だ。

だって、今日で全部が終わる。

パンを咀嚼しながら、ぼくはななめ向かいに建つ東一中をうかがった。

カイは「兄貴のほうだけでいい」などと甘っちょろい台詞を吐いた。でもぼくは、やはり兄だけでは我慢ならない。不公平だし、バランスだって悪いではないか。

やはり弟の長谷部准哉にも制裁は必要だろう。もともと准哉が兄に泣きついたことが、すべての発端だったのだから。

SNSによれば、准哉は保護司の勧めに従って、今週から保健室登校をはじめるのだという。全校朝会が終われば、教室でなく保健室へ直行するのだ。保護司などまるで無視の兄貴と違い、准哉は大人の顔いろをうかがうのに忙しい。

八時二十五分。

予鈴が鳴った。

同時に中学校の正門が閉ざされる。まだ道を歩いていた生徒たちが慌てて走り、門扉の隙間からすべりこむ。

宅間守《たくままもる》が起こした大阪教大附属池田小事件以後、国内の小中学校はどこも「戸締まり」に厳しくなったと言われる。しかしぼくの下調べでは、市立東崎第一中学校に警備員が就くのは夜間のみだ。

監視カメラも、正門と駐輪場を除いてはダミーカメラばかりである。土橋祥太のいじめ暴行事件以後は、休み時間ごとに各階一名ずつ教師が巡回するシステムになったものの、それ以上の対策はしていない。

八時二十八分。

正門を閉ざされてしまった生徒たちが、群れをなして裏門をくぐっていく。

なんのことはない、正門を派手に閉じてみせるのはパフォーマンスに過ぎないのだ。それを知っている生徒は皆、あせる様子もなく堂々と裏門へ向かう。

噂によれば正門と裏門を同時に閉めていた時期もあったらしいが、保護者からの苦情がいちじるしく、すぐに裏門開放に至ったという。

「家庭の事情で朝食が遅くなることだってある。配慮してほしい」

「体質で、朝早く起きられない子だっている。締めだすのは差別だ。子供たちが教育を受ける権利の侵害だ」

という苦情がとくに多かったそうだ。まったく、ノイジーマイノリティのずうずうしさにはいつも驚かされる。

ぼくは朝食を終え、コンビニのゴミ箱に缶とパンの袋を捨てた。合成皮革のバッグから軍手を取りだしてはめた。これは指紋を隠すためではない。純粋に手の保護のためだ。靴も、靴紐のないタイプに履きかえた。

八時四十分。

東一中では、生徒たちが体育館に集まりはじめている。毎週月曜の朝は、全校朝会があるからだ。

東一中は市内でもっとも「ガラが悪い」と言われる中学である。制服を着崩し、上履きの踵を履きつぶした生徒たちが、全身で「かったるい」とアピールしながら館内に入っていく。とはいえ、さぼらないだけ可愛げがあると言えよう。

竹刀《しない》を持ったジャージ姿の男性教師が「ちんたらすんな！　並べ！」と怒鳴る。生徒たちの舌打ちが響く。教師のこめかみに青筋が浮く。

教師たちが怒鳴り、急《せ》かし、尻を叩いて、ようやく定時の五十分には「整列」らしき体裁がととのう。

校内の全教師が体育館に集まる頃を待って、ぼくは裏門から東一中の敷地に入った。ジーンズに紺のウインドブレーカーという、なんの衒《てら》いもない格好のままだ。もちろんマスクもバンダナもしていない。いまさら顔を隠す気はなかった。ステップワゴンは、コンビニの駐車場に置き去りにした。

体育館の窓から中を覗く。

東一中の男子生徒は、俗に学ランと言われる詰襟タイプの制服だ。女子は上下紺のブレザーで、どう着崩したところで野暮ったい。

ちなみにぼくとカイが通っていた秋葉西中は、男女ともにブレザーである。上は紺、下は紺とモスグリーンのチェックだ。この制服で東一中にまぎれこむことはできない。

今日のこの日のため、ネット通販で学ランを購入しようかとも考えた。だが結局やめた。格好悪いからだ。

なんのかの言っても、今日はぼくの晴れ舞台なのだ。格好悪い真似はしたくなかった。

体育館にピアノ演奏が鳴り響く。校歌斉唱だ。

しかし歌う生徒は一割に満たない。むなしく伴奏だけが流れる。壁際に並んだ教師ですら、生あくびを隠そうとしない。

ずらりと並んだ生徒たちの頭が、まるで凪《な》いだ黒い海だった。

ぼくは長谷部准哉を探した。三分以上目を凝らし、ようやく見つけた。

彼はいかにもつまらなそうに突っ立っている。ポケットに両手を入れ、絶えず体を揺すっている。

ピアノがやまないうちに、ぼくは最後の用意にかかった。

まずガスガン用のエアタンクを背負った。右手にガスガンを持った。海外のネットオークションで落札した、改造済みの固定スライド式ガスガンだ。

レギュレータの減圧機能は意図的に壊してある。装塡《そうてん》しているのはもちろんＢＢ弾でなく、金属弾である。

出品者によれば「殺傷能力については、銃に比べ三ランク以上落ちる」とのことだった。

だが試し撃ちの結果、五メートルの距離から中身の入ったスチール缶を貫通する程度の威力は確認できた。ただし非常に燃費が悪いため、クロスボウを併用すると決めた。

クロスボウも、同じく海外のネットオークションで落札した品だ。これは左手に携える。

トリガーを絞れば、すぐ発射できる手軽さゆえだ。

自分のいでたちを見おろし、ぼくは内心で苦笑した。

――まるで「津山三十人殺し」の都井睦雄《といむつお》だな。

戦時中、岡山のある村で一晩に三十人を殺した都井は、右手に猟銃を持ち、腰に日本刀と匕首《あいくち》を差し、鉢巻で二本の懐中電灯を角のように頭へ固定して、首からは大きな自転車用ランプを吊りさげ犯行に及んだという。素晴らしい。後世に残る大量殺人事件の犯人として、満点の演出だったと言えよう。

もっともいまは朝だから、ランプは必要ない。接近戦をする気はないため、刃物も内ポケットに隠した登山ナイフのみだ。大量殺人犯として、やはりぼくでは力不足のようだ。とても都井にはなれない。

手袋をはめなおし、スポンジタイプの耳栓を詰めた。靴底に張ったすべり止めを再確認した。

ピアノの演奏が終わった。

代わって、校長がマイクを握る。

「えー、これから朝礼をはじめます。一同、気をつけ、礼。……えー、はい。十一月に入って、寒くなってきました。寒くなるとですね、毎年この時期は、交通事故が増えるようです。なぜかというと、寒いから両手をポケットに入れて歩いて、こう、猫背になるから、前が見づらくなる。また両手はポケットなもんですから、轢《ひ》かれてもいざというとき手で受け身がとれない。そういったわけで、みなさんも道を渡るときは充分に注意して、左右を確認して渡るように……」

よくこんなくだらないスピーチができるものだ。ある意味、感心さえしてしまう。

ぼくは窓から離れ、ぐるりと迂回して中庭側の戸から校舎に入った。

誰もいない廊下を歩く。

息を吸い、吐き、呼吸をととのえる。

鼓動が耳のそばで、どくどくとうるさい。あれほど予行演習したのに、緊張しているのだ。馬鹿みたいだ。

――これで終わりだ。おしまいだ。

――最後なんだから、派手にやらかそう。

体育館の扉に手をかける。試しにかるく押してみる。

鍵はかかっていない。中からはやはり、校長の間延びした声が響いてくる。

ぼくは両手で扉を押しあけた。

予期していたような、劇的な反応はなかった。誰もこちらを振りかえらなかった。数秒置いて、壁にもたれていた教師が「あれ？」と怪訝そうな顔でぼくを見る。

その表情を合図代わりに、ガスガンの引き金を引いた。

一発目は、ろくに照準を定めず撃った。

目の前で背中を見せていた生徒が、吹っ飛ぶように前のめりに倒れた。列が崩れる。幾人かが将棋倒しになる。

二発目を撃った。

弾の行方は見えなかった。だが振りむきかけていた男子生徒の肩に当たったようだ。彼が短く声をあげる。がくん、とその場に膝をつく。

膝をついた生徒を中心として、生徒が飛びすさり、輪ができた。

体育館内に、同心円状の空間が生まれた。

現実って、やっぱり映画と違うな。ぼくは思った。すぐに悲鳴ってあがらないもんなんだな。誰もがまだ、戸惑い顔できょとんとしているだけだ。

膝をついた男子生徒は、呆然と肩を押さえている。

だが離した掌に目を落として、彼は悲鳴をあげた。己の血の色が、ようやく事態を理解させたらしい。

それが合図のように、何人かの女子生徒が叫びはじめた。ひどい金切り声だ。耳栓をしておいてよかった、とぼくは嘆息した。

「おい、おまえ！」

竹刀を持ったジャージ姿の教師が駆け寄ってくる。

「なんだおまえ、何組の生徒だ！　こんな悪ふざけして、ただで済むと――」

ぼくはクロスボウをかまえた。

トリガーを引いた。

矢が、彼の左腕を貫いた。

一拍置いて、教師は喚きだした。矢を振り落とそうとでもするように、激しく左腕を振った。

動脈のどこかが傷ついたのか、腕を振るたび血が飛び散る。顔に血がふりかかった女子生徒が、この世の終わりみたいな悲鳴をあげた。

――へえ、思ったよりいけるな。

小型かつ連射式のため、じつを言うと、威力はさほどないと踏んでいた。だが至近距離だったからか、それとも出品者の改造能力が高かったのか、矢は見事に人体を貫通してくれた。やはり実践が一番だ。なにごとも、やってみなくてはわからない。

ようやく、生徒たちがわっと走りだした。

逃げまどっている。パニックだ。ぼくが背にしているのとは逆の出口に、津波のごとく押し寄せる。

「落ちついて。待ってみんな、落ちついて、止まって――」

ピアノを弾いていた女教師が、なぜか生徒を止めようと両手を振って叫んでいる。

馬鹿かよ。ぼくは舌打ちした。いまは生徒を逃がすべく大人が先導すべき場面だろうに、どうしてこう馬鹿なんだ。苛々する。死ねばいい。

ぼくはガスガンでピアノ女を撃った。

弾は女の顔面に当たった。距離にして約八メートル強。さすがに貫通はしなかったが、女はぶっ倒れた。充分だった。

とくに狙いを定めず、ぼくは撃ちつづけた。もしかしたら准哉以外にも、土橋祥太事件の従犯が混じっているかもしれない。だからこそ頓着しなかった。

――というか、広義の意味では、全校生徒が「従犯」なのかもな。

いじめを見て見ぬふりするのもいじめだ、という言葉がある。それを正しいとするならば、ここにいるほぼ全員が長谷部兄弟の共犯と言えるだろう。

長谷部俊馬は校内のいたるところで、おおっぴらに土橋祥太を殴り、いたぶり、彼から巻きあげた金で豪遊して歩いていたという。教師だって気づいていなかったはずがない。

そう思うと、もとから乏しい罪悪感がさらに薄れていった。

――誰を撃ったっていいんだ。

クロスボウの矢が、改造学ランの男子生徒の脇腹を貫く。近くにいた女子生徒が、泣き声にも似た絶叫をはなつ。

狭い出口に殺到する生徒たちの群れからも、悲鳴と怒号が湧いている。何人かが倒れ、踏みつぶされているらしい。

ぼくは人だかりに向け、三発ほど撃った。

当たったかどうかはわからなかった。だがつんざくような叫声があがり、同時に人波がぱっと割れて崩れた。

固まっていると危険だと、いかな馬鹿でもやっと気づいたらしい。やつらは蜘蛛《くも》の子を散らすように、散り散りに逃げはじめた。とはいえほとんどの生徒は「待って」、「待ってよ」と叫びながら、誰かのあとを追って走っている。

家畜だ、とぼくは思った。

逃げかたまで、飼いならされた家畜そのものだ。その証拠に、ぼくに向かってこようとするやつはいない。野犬に追われる羊だ。腰抜けの群れだ。

ぼくはガスガンを水平撃ちした。

緊張は完全におさまっていた。体が軽い。筋肉の強張りがとれている。家にいるときよりもリラックスしていた。

教師が五人、壁に背を付けたまま凍りついていた。ぼくはクロスボウを連射した。五人のうち二人に当たった。ひとりが腿を、ひとりが腹を押さえてうずくまった。

ぼくは撃ちながら前進した。

生徒の三分の一ほどは、出口から無事逃げたらしい。残りの三分の二は、ピンボールのごとく右往左往している。狂乱していた。家に迷いこんだ鳥が、逃げ場を探して壁に衝突しつづける現象そのままだ。

ぼくは笑った。笑いながら撃った。

髪を二つに分けて結った女子生徒が倒れた。背の高い男子生徒が床へ転がった。さっき腹を押さえた教師は、しゃがみこんだまま動かない。

眼鏡の男子生徒がうつぶせに倒れた。茶髪の女子生徒が胸を撃たれてくずおれた。

制服が紺と黒で残念だ、とぼくは思った。どこに当たったか、血が出ているのか、目視しづらくて困る。

その果てに、ようやくぼくは長谷部准哉を見つけた。

歩み寄った。准哉が退がる。

なぜか彼はぼくから目が離せないらしい。後ずさりするように退がる。

ぼくは進む。

彼の背が壁についた。

射程内だった。ぼくは、目を狙ってトリガーを引いた。

顔面を押さえ、准哉がうずくまる。残念ながら、正確に眼に当たったのか確認できなかった。准哉は顔から手を離そうとしない。血が流れているのがわかるだけだ。ぼくは舌打ちした。

ふたりの男子生徒が、しめし合わせたのか、同時にこちらに向かってきた。ぼくは両手をあげ、ガスガンとクロスボウを同時に撃った。

突進してくれたおかげで、うまいことカウンターになった。ガスガンの弾は、先頭を走ってきた生徒の顔面にめりこんだ。矢は、彼の背後に隠れて死角から襲おうとしてきた生徒の鎖骨下を貫いた。

いままでで一番大きな悲鳴があがった。

床にふたりの男子生徒が転がっている。痛みにのたうち、泣き喚いている。彼らにつづくはずだったらしい男子が、戦意を失ったのか棒立ちになっている。

ぼくは銃口を向けてやった。彼は空気が抜けた人形のように座りこみ、その場で小便を洩らした。うすい黄いろい水たまりが、床に広がっていく。

やったぞ、とぼくは思った。

――ぼくは、完全にこの場を制圧した。

向かってくる者は、もういなかった。見た目からしてイキがっていた生徒のほとんどは逃げ、残るやつらは壁際で震えあがっている。

――でも、そろそろだ。

逃げだした生徒が通報し、そろそろ警察がパトカーで向かってくる頃だろう。

ぼくはすくみあがった家畜たちをなおも撃った。撃ちながら、歩いた。映画の『十戒』みたいに、ぼくが進むごとに人波が割れた。

爽快だった。もっと早くこうすべきだった。

矢がもうない。ぼくはクロスボウを投げ捨てた。エアタンクも弾丸も、残り少ないようだった。

ぼくはまっすぐ歩きつづけ、校長が説教していたステージに行きついた。

短い階段でステージへのぼる。

何人撃ったかな、と眼下の景色を見わたした。

だいぶぶっ放したつもりだった。でも倒れているのは二十人程度だった。重傷を負わせることができたのは、至近距離から撃たれたやつくらいだろう。ほかは不運にも当たりどころが悪く、矢が内臓もしくは腱を損傷したやつか。

残念だ。やはり一介のガキにできることなど限られている。

ぼくは首をめぐらせた。ステージ端の、カーテンの奥に人影が見えた。禿げかかったじいさんがカーテンにしがみついて震えている。校長だ。ステージをおりる機会を失い、逃げ遅れたらしい。ぼくは笑った。笑いながら、彼に近づいた。

校長の顔が引き攣る。

ぼくは彼の真正面に立った。皺の刻まれた額に、銃口をごりっと押しつけた。

校長の顔は、紙のような蒼白だ。

「バーン」

口で言ってやった。

数秒置いて、校長がほっと頰をゆるめた。なんだ、と思ったのだろう。なんだ、しょせんはガキだ、撃つ度胸なんかないんだ——と。

ぼくは微笑んだ。

そして引き金を引いた。

＊　＊

7

文稀はステップワゴンの車内で、無糖の缶コーヒーとサンドイッチの朝食を終えた。合成皮革のバッグから軍手を取りだしてはめる。靴は、用意しておいた靴紐のないタイプに履きかえた。

すこし迷ってから、鋏を取りだし、バックミラーを見ながら前髪を切った。むろんヘアカット用のシザーではない上、腕前もよくない。だが見栄えはどうでもよかった。額の中ほどでざくざく切った。

試し日記では〝今日はぼくの晴れ舞台なのだ。格好悪い真似はしたくなかった〟なんて書いたが、嘘だ。格好なんか興味ない。見てくれを気にしたほうが、中学生らしいかと思ったからああ書いた。

とはいえ、あのくだりはテキストエディタに書き殴っただけで、ブログに貼りつけてはいない。すべてが終わったあと、パソコンを押収した警察が見つけてくれると期待して作成したデータであった。

時計を確認した。

八時四十分。

東一中では、生徒たちが体育館に集まりはじめている。

准哉は今朝もSNSを更新していた。保護司の勧めどおり、今週から保健室登校をはじめるのだという。つまり全校朝会に彼も参加するということだ。予定どおりだ。

校内の全教師が体育館に集まる頃を待って、文稀は裏門から東一中の敷地に入った。ステップワゴンは、コンビニの駐車場に置き去りにした。

ジーンズに紺のウインドブレーカーという、ごくシンプルで機動的ないでたちだ。マスクやバンダナは着けなかった。この期に及んで顔を隠しても意味がない。

体育館の窓から、中を覗く。

東一中の男子生徒は俗に学ランと言われる詰襟タイプの制服で、女子は上下紺のブレザーである。傍から見るといちめん紺と黒の世界に、ところどころ茶髪や金髪が混じっているのが不調和だ。

予想に反して、長谷部准哉はすぐに見つかった。

制服ではなく私服姿だったからだ。せめてもの抵抗か、ふてくされたように絶えず体を揺すっている。

体育館に、ピアノ演奏が鳴り響いた。

校歌斉唱だった。しかし歌う生徒は一割に満たない。むなしく伴奏だけが流れる。壁際に並んだ教師ですら、生あくびを隠そうとしない。

ピアノがやまないうちに、文稀はガスガン用のエアタンクを背負った。右手にガスガンを持った。

海外のネットオークションで落札した、改造済みの固定スライド式ガスガンだ。装塡しているのはもちろんBB弾でなく、金属弾である。左手には、同じく海外のネットオークションで落札したクロスボウを携えた。

ピアノの演奏が終わった。

代わって、校長がマイクを握る。

「えー、これから朝礼をはじめます。一同、気をつけ、礼。……えー、はい。近ごろ万引きが増えているようで、学校に何度かお店から連絡がありました。うちの制服を着た生徒が、えー、棚から黙って商品を持っていったようだ、という電話です。万引きなんて言葉がよく使われていますが、要するにこれ、窃盗です。やってることは、泥棒ですね。泥棒しちゃいかん、というのは人間の基本の根っこのところのあれでありまして、なんというか、きみたちはもう中学生なんだから、泥棒しちゃ駄目、なんて言われずとも、わかっている歳なわけです。しかしこうして、全校朝会でもって、言わなければならない。これはまったく、遺憾《いかん》なことでありまして……」

文稀は窓から離れ、ぐるりと迂回して中庭側の戸から校舎に入った。

誰もいない廊下を歩く。

息を吸い、吐き、呼吸をととのえる。

鼓動がうるさいほど高鳴っている。あれほど予行演習したのに、やはり緊張する。しかしそれで当然だ。練習は練習でしかない。本番でどうなるかなど、誰にもわからない。

体育館の扉に手をかける。かるく押してみる。

鍵はかかっていなかった。中からはやはり、校長の間延びした声が響いてくる。

両手で扉を押しあけた。

予期していたとおり、劇的な反応はなかった。誰もこちらを振りかえらなかった。数秒置いて、壁にもたれていた教師が「あれ？」と怪訝そうな顔で彼を見る。

文稀はその教師に向け、反射的にガスガンの引き金を引いた。

同時に「失敗した」と舌打ちする。

最初は生徒を撃つつもりだった。なのに、視界で動いたものを咄嗟に撃ってしまった。

弾丸は教師の頬をかすめ、壁に当たった。

撃たれた教師は、棒立ちで目を見ひらいている。なにが起こったのか、まるで理解できていない顔つきだ。

――まずい。仕切りなおしだ。

文稀は、振りかえりかけた生徒の背中を撃った。

当たった。生徒が肩を押さえてうずくまる。しゃがみこんで呻きはじめる。

ようやく、わずかなどよめきが起こった。人波が割れる。

文稀はほっとした。

だが大きな悲鳴はまだあがらない。誰も彼も、不思議そうにざわついているだけだ。

「え、あれ誰?」

「なんか持ってる」

「はあ? なに、YouTubeとかの撮影?」

あちこちから声が聞こえる。

「おい、おまえ!」

竹刀を持った、体格のいいジャージ姿の教師が近づいてくる。この流れは予想どおりだ。

文稀はふたたび安堵した。だが教師はため息をついて言った。

「……おまえ、中島だろう? まったく、しばらく来ないと思ったらまたこんな馬鹿を。

早くそのおもちゃを置け。話は聞いてやるから、職員室へ来なさい」

予期せぬ台詞だった。

文稀は目をしばたたいた。

どうやら誰かと間違えられているらしい。人波からくすくす笑いが湧き起こる。

文稀は顔をしかめた。中島だかなんだか知らないが、そのお調子者と誤認されつづけるのは困る。計画が、大きく狂う。

クロスボウをあげ、文稀はトリガーを引いた。

体育館内の空気が凍った。

ジャージ教師の左腕を狙ったつもりだった。だが矢は、彼の腋下に突き刺さった。矢の先端が教師の背中を突き抜け、不気味な角度で天を向いている。

今度こそ悲鳴があがった。教師本人でなく、背後の女子生徒があげた金切り声だった。空気をびりびりと震わす、恐慌を引きおこす声である。

つられたように、ジャージ教師が叫びはじめた。顔に似合わぬ、女のような喚声だ。

「えっ、なになに？」

「なんかあったの？」

「なんだこれ、サプライズ？」

駄目だ。まだ足りない。これでもまだ、全校生徒をパニックに巻きこむには至らないらしい。文稀は焦れ、ガスガンを構えた。

——まったく、現実ってのはどうしてこう予定どおりにいかないんだ。

舌打ちしながら、ガスガンを水平撃ちに連射した。
七、八人ほどの生徒が倒れた。短い悲鳴が湧く。
やや銃口を上向きにしていたせいか、生徒たちは胸から肩にかけて被弾したようだ。ひとりの女子生徒が手で顔を覆っている。どうやら顔面に当たったらしい、押さえた掌の間から、血がひとすじ流れて落ちた。

その赤を見た瞬間、文稀の頭に血がのぼった。

彼は走った。

生徒たちがぎょっと目を見ひらき、蜘蛛の子を散らすように逃げはじめる。

だがななめ前方にいた金髪の男子生徒は、臆しなかった。体を低くし、文稀に飛びかかってきた。

文稀は危ういところで体をひねり、至近距離から彼に弾丸を叩きこんだ。

どこに当たったのか皆目わからなかった。だが金髪は仰向けに倒れ、喚きながら床を転がった。

駄目だ——。文稀は思った。

予定と全然違う。全然、冷静でいられない。視界が興奮で狭まっている。世界がほんのり赤い。見えにくい。ただでさえ左側は見えないのに、ちくしょう。

残弾を確認しながら撃つ予定だった。でもそんな余裕はなかった。

——やつら、思ったより早く向かってきやがる。

人を寄せつけないためには撃ちつづけ、走りつづけるほかなかった。

文稀はがむしゃらに撃った。左側をカバーするため、クロスボウは対象を見もせずに乱射しつづけた。矢は、じきに尽きた。

クロスボウを捨て、文稀は長谷部准哉に向かって突進した。

視線が合った。准哉は立ちすくみ、目を見ひらいていた。左にも右にも逃げられないらしい。その場に凍りついている。

文稀は叫びながらトリガーを絞った。

最初の数発で、准哉は仰向けに倒れた。だがさらに撃った。倒れた彼の真上に仁王立ちになり、文稀は顔面めがけて連射した。

生徒の多くは出口に殺到していた。数人が、唖然《あぜん》と床にへたりこんでいる。

文稀は准哉から離れ、座っている彼らを撃った。

女子生徒のひとりが、頭をかばうように両手をあげた。弾丸がその掌に食いこんだ。女子生徒の悲鳴が館内に響いた。

文稀は撃った。出口に押し寄せているやつらに向かって、めちゃくちゃに撃った。悲鳴と泣き声があがる。

エアタンクはすでに軽かった。駄目だ、と文稀はまた思った。駄目だ、全然駄目だ。予想よりはるかに早い。このぶんじゃ、長くもちそうにない。

文稀はステージに駆けあがった。

サイレンが聞こえた。パトカーだ。救急車らしきサイレンが追随している。

もうかよ、と文稀は呆然とした。

これっぽっちで終わりかよ。理想どおりにいかないのは覚悟していた。でもこれじゃ、くそったれ、さすがに早すぎる。

無様なのはかまわなかった。格好悪いのは、むしろ望むところだ。

だが不充分なのはいやだった。

予行演習は終わった。本番は一度きりなのだ。やりなおしはきかない。

文稀は反転し、ステージ上から館内を見わたした。

生徒の大半は出口から逃げてしまっていた。怪我人も、走れる者は自分の足で逃げたようだ。倒れている長谷部准哉を除けば、床に転がって呻いているのは十人に満たなかった。

みんな至近距離から撃ってやったやつだ。やはり距離が遠くなるだけ威力も減るんだな、と思う。次の教訓として生かさなくちゃ——と考えかけ、「次」はないのだと気づいて苦笑する。

出口にまだ詰まっている十数人に向け、文稀は乱射した。

ここから撃ってもたいしたダメージは与えられまい。だが、撃った。弾を残したって意味がない。全弾撃ち尽くそうと引き金を引きつづけた。

ふっと、文稀は銃口を下げた。

血が点々と床に飛び散っている。誰かのすすり泣きが聞こえる。

赤みがかって見えていた世界が、ゆっくりと白くなっていく。褪《さ》めていく。

——まあ、目的は、一応達したかな。

文稀は薄く笑った。

だって長谷部准哉は、床に這ったまま立ちあがる気配がない。パトカーと救急車のサイレンが近づきつつある。

マスコミはきっと騒いでくれるだろう。死者は出なかったにしろ、一介の中学生が起こした厄介事としては、それなりに大事件に違いない。

背後に人の気配を感じた。首をめぐらす。

ステージの端の端、カーテンの奥に人影が見えた。

禿げかかった初老の男がカーテンにしがみついて震えている。見覚えがある。

さっき壇上で説教していた男、つまり校長だ。ステージをおりる機会を失い、逃げ遅れたらしい。

文稀は笑った。

パトカーのサイレンが近づいている。耳に突き刺さるような音だ。うるさい。うるさいほど近い。そろそろ校門前に到着しそうだ。いや、もう着いたのだろうか。

ガスガンを握った右手をあげた。

文稀は銃口をごりっと押しつけた——。己のこめかみに。

「バーン」

口の中でつぶやく。微笑する。

そして、引き金を引いた。

【体育館で、中学生がガスガン乱射】

9日午前9時ごろ、X県上神沼市立東崎第一中学の体育館に他校の生徒(14)が乱入し、ガスガンなどを乱射する事件が起こった。重軽傷者は合わせて27名。そのうち8名が病院へ搬送された。

なお乱入した少年はみずからを撃ち、同じく搬送されたものの重体。同県内の中学校三年生と見られているが、くわしくは県警が捜査中である。

——中央新報

【ガスガン襲撃事件、あらたな被害者か】

9日午後2時ごろ、X県仙波《せんば》市中岡《なかおか》に建つ建築会社の倉庫から、拉致されたとおぼしき少年が発見、救出された。少年は命に別状はないが、重傷を負っているという。

また被害少年が『東一中ガスガン襲撃事件』の上神沼市立東崎第一中学の卒業生であることから、県警は事件と関連があるとみて捜査を開始。現場となった倉庫は、東崎第一中学から約7キロ離れた住宅街に建っていた。

——文政新聞

【東一中ガスガン襲撃事件、少年を凶行に駆り立てた闇とは】

9日にX県上神沼市で起こった『東崎一中ガスガン襲撃事件』において、現在も入院中である容疑者の男子生徒（14）が、事件の直前に犯行声明とみられる文書をネット上に投稿していたことがわかった。

文書によれば襲撃は数年前から計画されており、男子生徒の日常生活や、現状に対する不満などがつづられていた。なお県警は、共犯とみられる少年（15）からも事情を聴いていく方針。

――報日新聞

終章

「――おう、カイ。来てたのか」

右手をあげて近づいてきたのは、スーツ姿の佐野亮介だった。

こいつ、また太ったな、と櫂は首をもたげて思った。最後に見たときより、ビール腹がひとまわり大きくなったようだ。

櫂に応える隙を与えず、亮介が隣の席へ腰をおろす。

市民病院のラウンジに、ふたりは座っていた。亮介は入院した祖母の見舞いに、そして櫂は高橋文稀に会いに、であった。

ラウンジには、カップ式自動販売機がはなつコーヒーの香りが満ちている。亮介の背後に座る男が煙草を吸おうとして、妻らしき女にたしなめられている。入院着の老女が、看護師に手をとられながら廊下を横ぎっていく。

亮介はポケットを探り、小銭を取りだした。

「……コーヒー飲むか？　おごるぜ」

「ああ、サンキュ」

耀はうなずいた。

「ミルクと砂糖、どうする」

ミルクだけ、といつものように答えようとして、耀は言葉を呑んだ。

笑顔をつくり、答える。

「なにもいらない。――無糖ので頼む」

マスコミが『東一中ガスガン襲撃事件』と名付けたあの一件から、丸十一年が経った。

高橋文稀が己のこめかみに向けて撃った弾丸は、頭蓋骨をぶち抜くことはかなわなかった。わざわざ海外のネットオークションで落としたという改造ガスガンには、期待したほどの威力はなかったのだ。

だがめりこんだ弾は彼の脳を傷つけ、昏睡状態に陥らせた。

祥太とは違い、文稀は目覚めはしなかった。あれから十一年間、市民病院のベッドに横たわったままだ。

亮介が、自販機から紙コップのコーヒーを両手に持って戻ってきた。ひとつを耀に手渡し、隣へ腰をおろす。

「おまえ、ずっと高橋んとこ通ってんだってな」

「ああ」

「えらいな」

「べつに、えらかねえよ」

櫂は苦笑した。

かつて祥太にやってやったように、櫂は三日に一度は通って、眠る文稀の手足を曲げさせ、関節をほぐし、最低限の筋肉が保たれるようマッサージをほどこしている。

誰に頼まれたわけでもなかった。ただ、自分がやりたいからやっている、それだけだった。

高橋文稀は、中学時代の友人だ。そしていまも中学生で、十代のまま止まっている。その肉体を、二度と使えないほど衰えさせたくはなかった。

「ちょっとした恩返しさ」

櫂は熱いコーヒーをひとくち啜《すす》った。

「……あいつのおかげで、おれは少年院に行かずに済んだんだからな」

十一年前のあの日。

東一中で文稀が事件を起こしたと聞くやいなや、櫂は日付が変わらぬうちに、彼の共犯として最寄りの警察署へ自首をした。

事件直後から、ネットでは文稀のブログが大きな話題となっていた。実名で記された犯行記録は、検索に容易にひっかかったのだ。

赤裸々に一連の犯行を吐露《とろ》したブログは、当然ながら数日で強制削除された。

内容は、評論家たちに「前代未聞」、「まったく悪びれたところがなく、暴力的に過ぎる」などと批判された一方、

「精神医学において、犯罪少年の心理をひもとく貴重な資料」

とも言われ、連日ワイドショウを騒がせた。

あの日、東一中では計二十七人が重軽傷を負った。ニュースは各局「さいわい、全員命に別状はないとのことです」と報道した。

ただ長谷部兄弟だけは、完全に「別状はない」とは言えなかった。

長谷部准哉は鼻骨と頬骨を折り、前歯のほとんどと片方の耳殻を失った。失明はしなかったものの両目の視力が極端に低下し、重度のＰＴＳＤを患ったという。

また倉庫に転がされていた長谷部俊馬は、腰椎損傷で両下肢麻痺という重傷であった。おそらくは一生、車椅子だそうだ。

父親の長谷部亨一は会社をたたみ、一家ごと逃げるように引っ越していった。兄弟のリ

ハビリがうまくいったかは不明だ。母親の奈々子が一連の事件について手記を出版するという噂もあったが、十一年経ったいまも書店で見かけてはいない。

警察の取調べにあたり、燿は文稀のブログを忠実になぞって供述した。

幾度も幾度も同じことを訊かれ、そのたび同じ返答を繰りかえした。

「高橋に誘われて、共犯になりました」

「高橋が主導でした。おれは用心棒というか、たいてい見張り役でした」

「従弟がひどい目に遭わされて、仕返ししてやりたかったんです。でもだんだん高橋についていけなくなって、喧嘩別れしました。あいつはおれのこと、偽善者だって怒ってました」

不思議と、文稀がそう供述しろと望んでいる気がした。だからこそ、あのタイミングでブログを公開したに違いないと信じた。

供述内容が認められ、祥太の件での情状酌量もあって、燿は家庭裁判所で誓約書を書いたのみで放免された。つまり審判不開始で、鑑別所にも少年院にも行かずに済んだ。

燿を迎えた母は泣いた。

父は「馬鹿なやつだ」と言った。

祥太の母は、涙ぐんで彼を抱きしめた。耳もとで「ありがとう」とささやかれたように思ったが、幻聴だったかもしれない。

残念ながら、祥太は劇的な回復はしなかった。

だがリハビリの甲斐あって社会復帰し、現在は障害者枠で雇用された医薬品卸会社に勤めている。

妹の涼奈とは、いまもって会えないままだ。一時期の彼女は荒れていたそうだが、現在は心療内科の先生の手助けもあり安定しているという。彼女が元気なら、会えなくてもいいと櫂は思っていた。

「――カイ、おまえさ」

紙コップを膝に置いて、亮介が言う。

「ん?」

「高橋が、いつか目覚めると思うか」

「さあ」

櫂は首をかしげた。

正直な気持ちだった。だが亮介は頬を歪めた。

「さあって、十一年もあのままなんだぞ。祥太くんのときとはわけが違う。たとえ目が覚めたとしても、もう回復する見込みはないだろう」

「かもな」

「だったらおまえ、いつまで通うつもりなんだ」

詰問するような口調だった。

櫂はすこし考え、つぶやくように答えた。

「フミキの親が、延命治療をやめるまでは……かな」

文稀の両親は、襲撃事件後すぐに離婚したらしい。彼の医療費は、延命を望んだ父親が払いつづけているのだそうだ。

はじめてそれを聞いたとき、

「あいつ自身が知ったら、どんな顔をするだろうな」

と櫂は思った。

文稀は世界に誰ひとり、自分の存在を望む者はないと信じていた。父親が十一年も延命させていると知ったなら、彼は喜ぶだろうか。それともあの可愛げのない口調で「金の無駄だ。くだらないね」と吐き捨てるのだろうか。

コーヒーで舌を湿し、櫂は言った。

「……さっきも言ったけど、おれはあいつに恩があるからな。罪にならないよう、かばってもらったんだ。いまのおれがあるのは、あいつのおかげさ」

「どうかな。高橋にしてみたら、そんなつもりはなかったのかもしれないぜ。例のブログだって、自分ひとりの力でやったと誇示して、イキがりたかっただけじゃないのか」

「だとしても、結果としてかばわれたことは事実だ」

耀はきっぱりと答えた。

亮介が口をつぐむ。

まだなにか言いたげではあったが、諦めたのか、ため息をついて話の方向を変えた。

「……もし目が覚めたら、高橋はどうなるんだろうな。やっぱ、逮捕されるのか」

「一応、いったんは逮捕じゃねえかな」

「となるともう成人だから、家裁じゃなく地裁で裁かれることになるのかね。意識は少年のままでも、体は二十六歳だもんな」

「まあ、もしそうなったらおれがほんとのことを証言するさ。『実行犯のメインはおれでした』、『あのブログはでたらめです』ってな」

「そしたらおまえが、罪に問われることになるじゃねえか」

亮介が眉をひそめる。

耀は微笑した。

「いいんだ、おれ自身の処分はとっくに終わってるからな。同じ罪で二度は裁けないと、法律で決まってるんだよ。一事不再理ってやつだ」

　耀はコーヒーを飲みほした。

「どっちみち犯行は少年期に犯したものなんだから、罪そのものは少年法で裁かれるはずだ。何十年も懲役を食らうほどの罪にはならねえだろう。捜査不能として、とっくに不起訴にされたなんて噂もあるくらいだしな」

　ラウンジに置かれたつけっぱなしのテレビを見上げる。タイミングよく、コマーシャルからワイドショウ番組に切りかわった。

　黒っぽいシャツを着た若い男が走っている。まずは背中のアップから、次に全身が映る。素人が撮った、手ぶれのひどい粗い映像が流される。

「ああ、例の通り魔事件か」

　亮介がいまいましげに言った。

「テレビは毎日これぱっかだな。次のでかいニュースがあるまで、この話題で繋ぐ気なんじゃねえのか。卒業アルバムだの文集だの元クラスメイトの証言だのって、例のごとく根掘り葉掘り突っつきまわして……」

「おれたちのときみたいにな」

　耀がにやりとする。

亮介が「あ？　ああ」と戸惑い顔になる。だが気を取りなおしたように両指を組んで、

「……もし高橋が目覚めたら、このニュースを見て、なんて言うのかね」

と言った。

櫂はテレビへ目を戻した。

画面の中では、男が妊婦に対峙している。妊婦は怯え、すくみあがっている。この腹では走って逃げられない。ではどうするのが最善かと、めまぐるしく考えているのがわかる。彼女は腹をかばうように両手で抱き、その場にうずくまる。

――もしフミキが目覚めたら。

無意識に、櫂は手を握ってはひらく仕草を繰りかえしていた。脳内に映像が再生された。動画で何度も見た映像だった。

男が右手を一閃させた。

妊婦は亀のようにまるく縮こまり、動かない。男の手が二度、三度と動く。

櫂はしっとりと手汗をかいていた。白っぽくなるほど握りしめていた掌に、次第に血がかよってくるのがわかる。指さきを擦りあわせる。

――もしあいつといま、このニュースをともに観られたなら、おれは。

脳内で、刃が妊婦の首すじをかすめた。数秒おいて、妊婦の体が傾《かし》ぐ。力なくアスファ

ルトにくずおれる。赤黒い血だまりが、楕円状に広がっていく。

──おれは。

「なに笑ってんだ、カイ」

亮介の声がした。

「え」

櫂は振りむいた。ゆっくりと声を押し出す。

「……え、おれ、笑ってたか？」


窓の外では、とろりと煮溶けたような夕陽が、いましも西の空に沈もうとしていた。ちぎれた雲が橙と桃いろに照り映えている。世界が真っ赤に染まっている。網膜に沁みるような、目に痛いほどの赤だ。

高橋文稀は、病室でひとり眠っていた。

意識はいまだ戻らないが脳幹は生きており、呼吸中枢に障害がないため自発呼吸をしていた。そのため人工呼吸器などの生命維持装置はつけていない。いまは鼻に通されたカテーテルから、高濃度栄養剤を流しこまれていた。

カーテンがなかばひらき、眠る彼は夕陽に照らされていた。

清潔な白のシーツが、朱がかった赤に染まっている。
文稀のまぶたが、かすかにひくりと動いた。

引用・参考文献

『心臓を貫かれて』マイケル・ギルモア　村上春樹訳　文藝春秋
『殺人百科』コリン・ウイルソン　パトリッシア・ピットマン　大庭忠男訳　彌生書房
『ぼくは「奴隷」じゃない　中学生「5000万円恐喝事件」の闇』中日新聞社会部編　風媒社
『明治・大正・昭和・平成　事件・犯罪大事典』事件・犯罪研究会編　東京法経学院出版
『そして殺人者は野に放たれる』日垣隆　新潮社
『犯罪被害者　いま人権を考える』河原理子　平凡社新書
『裁かれた罪　裁けなかった「こころ」　一七歳の自閉症裁判』佐藤幹夫　岩波書店
『人を殺してみたかった　愛知県豊川市主婦殺人事件』藤井誠二　双葉社
『加害者家族』鈴木伸元　幻冬舎新書
『日本の詩　第9巻　堀口大學・西條八十集』丸谷才一・窪田般彌編　集英社

解説

春日武彦《かすがたけひこ》
（精神科医）

一見したところでは、本書を構成するストーリーはとてもシンプルである（読み進めやすい理由のひとつはそのシンプルさにあり、もうひとつは日常に即したリアルな描写とフィクションとしての描写とが違和感なく融合しているからだろう）。内容を乱暴に要約してしまえば〈復讐譚〉ということになる。主要な登場人物の数も少ない。

だが、だから呆気ない小説といったわけではない。さまざまな側面を備えた、豊かな物語世界が本書には息づいている。

緒方櫂《おがたかい》は中学三年、十五歳になったばかりだ。ついこの前までは、野球少年として屈託のない日々を送っていた。が、兄弟同然に育ち今では別の中学に通っていた従弟の祥太《しょうた》は、同級生の兄たちから執拗かつ壮絶ないじめを受けていた。遂に重傷を負わされ、今では病院のベッドで昏睡状態となっている。しかも同じ連中に、祥太の妹は性的暴行を受けてトラウマに苦しんでいる。そんな理不尽な事件が起きたのだから、櫂の心は激しく動揺している。いや、怒りに駆られている。野球どころの話ではない。怒りは、いつしか復讐の二文字に向かって収斂《しゅうれん》していく。

いっぽう耀と同じクラスには、高橋文稀《たかはしふみき》というひどく影の薄い少年がいた。級友との交わりも拒みがちで、どこか得体が知れない。人生に投げやりな様子がありありと見て取れる。文稀はあと六箇月で十五歳になる。十五歳になったら死ぬつもりでいる。まさに虚無感のカタマリのような存在だ。

偶然にも、耀と文稀とは夜の公園で出会う。冗談半分の会話をきっかけに、耀は文稀が自ら命を絶つ決心を固めていることを知る。そこで耀はどう反応したか。

普通の小説だったら、耀は、文稀に向かって死んではいけないと戒めを試みるだろう。基本的に、なぜ人は自殺をしてはいけないのかを立証するのは困難である。今まで、説得力に富んだ「死んではいけない」の論証をわたしは聞いたことも読んだこともない。直感的に自殺はよろしくないとは思うものの、それを納得のいく意見として組み立てることが出来ない。したがって自殺をやめろという忠告は、人情話や感動的なエピソードを持ち出して誤魔化さない限り成り立ちにくい。小説の中で登場人物が自殺をほのめかすとたちまちストーリーは退屈になる。わざとらしくなる。

では耀の場合は？　「――じゃあ死ぬまでの間、おまえ、おれを手伝えよ」と切り出すのである。「こんなの誰にも言えなかったけどさ。どうせ死ぬやつになら心置きなく頼める。死ぬ方法と期日を決めるまでの間でいいから、おれを手伝え。その代わりおれも、できる限りおまえの自殺に協力してやっから」。

　というわけで文稀は耀の復讐を手伝うことになる。しかも、不慣れなまま「本番」の復讐を行っても失敗したら大変だ。そこでまず、いじめによって相手に深い怪我を負わせたり取り返しのつかないことをしでかした連中を全国から見つけ出し、そいつらに天誅《てんちゅう》を加えることで「予行演習（！）」をしようということになる。

　なんというオフビートな展開なのだろう。わたしはこの世間常識（あるいは良識というもの）に媚びないストーリーの進み具合に爽快さを覚えた。安っぽい道徳観にもそれなりの力があるなら、いじめによる深刻な被害者なんてあり得ない筈だろう。でも現実には学校が平然と事件を隠蔽し、結果的にいじめの犯人を擁護する。いじめを助長する。そんな腐った世の中に倫理だの「自殺は間違っている」などが通用してたまるものか。ましてや「復讐は駄目」などと。文稀はハンマーを片手に持ち、練習用に拉致した「加害者」へ言う。「やったら、やりかえされる——。なあ、おまえみたいなやつらには、一番わかりやすいセオリーなんじゃないか？　〝やりかえされる〟ときが、ついにおまえにやってきたんだよ」。

わたしたちが心の奥に抱え込んでいる苛立ちや不公平感や違和感を、櫂と文稀の二人は見事に払拭《ふっしょく》してくれる。カタルシスをもたらしてくれる。でもそれは、もしかしたら読者に迎合しているだけではないのか。ある種の強烈な欲望を忠実に描き出しているという意味では、本書はポルノと大差がないのではないか。そんな批判が出てきてもおかしくなさそうだ。

もちろん作者はそうした反論が生じかねないことなど百も承知だろう。本書に備わったオフビートさは、チープな配慮によって「良識ある人たち」からの指弾を事前に避けるようないじましい姿勢を鼻で笑うための態度表明ではないのか。あれよあれよと怒りが具現化していく奇妙なスピード感には、建前主義の恥知らずさ加減を振り落としていくような力強さがある。

たとえばこの物語全体が、昏睡中の登場人物の脳内で生じた「歪んだ夢」であるといった解釈だって成り立つのではないだろうか。あるいは平行世界のひとつの形である、と。本書にはそれだけの自己完結性と多様性とが、同時に含まれている。最後の一行に読者がどんな意味を読み取るかで、この物語は容易に様相を変化させる。そうしたスリリングな手触りこそが本書の醍醐味ではないだろうか。

ところで耀と文稀とは、人生のダークサイドを共有することによって絆を深めていく。秘密の存在が彼らの日々を際立たせていく。見ようによってはバディもののようにも映るこの物語は、二人の秘密によって風変わりな友情が成立していく。

彼らはまさに思春期の真っ只中にいるわけだが、思春期の特徴のひとつとして、少年（あるいは少女）が秘密を持つようになるという事実を挙げることが出来る。いや、子どもだって秘密を持つだろうと異を唱える人もいるかもしれないけれど、子どもが持つのは「隠しごと」でしかない。思春期になり、自我が確立していく時期を迎えてこそ、生き方とか自己の存在と深く関わる「秘密」を心の奥に抱くようになる。

思春期では、身体も大きく変化していく。成長が著しく、外見もどんどん変わっていくし、性にも目覚める。性の目覚めは不安や戸惑いとともに、「他人には絶対に言えないビジョン＝秘密」を持ってしまった事実を否応なしに自覚させられる。そして秘密を持つことは、家族への裏切りをも意味する。もはや自分は無邪気な子どもではない、これからの人生は、自分自身で責任を負っていかねばならない。

秘密を持った人間は孤独になる。孤独を実感せざるを得ない（おそらく文稀の場合は、思春期以前に秘密を抱え込まざるを得なくなったレアなケースなのだろう）。たとえ仲間と「つるんで」いても、秘密を持っている以上は表面的に付き合っているだけだ。おしなべて思春期になると、無二の親友だとか友情、裏切りなどの言葉をやたらと使いたがるようになるが、それも秘密というキーワードが関連する。いじめといった事象も、孤独感を麻痺させるための醜悪な集団儀式といった側面が強いのではないだろうか。

といった次第で、櫂と文稀はそれぞれ苦しい事情を背負っているなりに、秘密――とんでもない秘密を共有することで、束の間の安心感と充実感を得ることも出来たわけであった。読者としても、そのあたりにささやかながらも心安らぐ要素を見出《みいだ》すに違いない。

だが、それにしても彼らの秘密はあまりにも厄介だ。ヤバ過ぎる。いったい作品としてどう着地させるのか。物語の終盤近くに至って櫂の心の迷いが全体の方向を微妙に変えていくことと相俟って、ラストはかなり意外な形をとる。そして最後の一行が読者の想像力への挑戦状となる。巧みな物語である。

ノンフィクションで『優雅な生活が最高の復讐である』という題の本があった（著者はカルヴィン・トムキンズ）。このタイトルはなかなか人の心を魅了する。わたしも、そのような生き方をしたいものだと心底思う。でもそれは実際には難しいだろう。ましてや十五歳には無理な注文である。ことに暴力に関しては、それによってもたらされた不条理感や憤りを優雅さへと昇華するのは相当に難しい気がする。

とはいうものの——

なるほど本書は復讐への意志と怒りとで満ち溢れている。悲しみと絶望とで覆い尽くされている。だが、それにもかかわらず、この本が世の中に存在しているということ自体にわたしはなにか腑に落ちたものを感じ、救済の予感すら覚えさせられるのである。不思議ではある。しかし、その不思議さこそがまさに小説の力というものではないだろうか。

※本文中に、ひとり親家庭や障害のある方に対して、今日では差別的もしくは不快とされる用語・表現・揶揄が用いられています。しかしながら、中学生のいじめという本作の根幹に関わる物語設定と、ネット上での言語を駆使する登場人物のキャラクターに鑑み、編集部ではこれら差別的表現についてもそのまま使用しました。現在の社会が抱える人権侵害や差別問題を考える手がかりになり、ひいては作品の文学的価値を尊重することにつながると判断したものです。もとより差別の助長を意図するものではないということを、ご理解ください。（編集部）

二〇一六年一月　光文社刊

光文社文庫

世界《せかい》が赫《あか》に染《そ》まる日《ひ》に

著 者　櫛《くし》 木《き》 理《り》 宇《う》

2019年9月20日　初版1刷発行
2022年8月30日　2刷発行

発行者　鈴　木　広　和
印　刷　萩　原　印　刷
製　本　ナショナル製本

発行所　株式会社 光　文　社
〒112-8011　東京都文京区音羽1-16-6
電話 (03)5395-8149　編　集　部
8116　書籍販売部
8125　業　務　部

落丁本·乱丁本は業務部にご連絡くだされば、お取替えいたします。

ISBN978-4-334-77903-0　Printed in Japan

組版　萩原印刷